U0112659

“海岸线”美文典藏

叛逆江河

许谋清 著

海峡出版发行集团
海峡文艺出版社

图书在版编目(CIP)数据

叛逆江河/许谋清著. —福州:海峡文艺出版社,2023.7
("海岸线"美文典藏)
ISBN 978-7-5550-3386-8

Ⅰ.①叛… Ⅱ.①许… Ⅲ.①散文集—中国—当代 Ⅳ.①I267

中国国家版本馆 CIP 数据核字(2023)第 138803 号

叛逆江河

许谋清 著
出 版 人 林 滨
责任编辑 朱墨山
出版发行 海峡文艺出版社
经　　销 福建新华发行(集团)有限责任公司
社　　址 福州市东水路 76 号 14 层
发 行 部 0591—87536797
印　　刷 福州印团网印刷有限公司
厂　　址 福州市仓山区十字亭路 4 号金山街道燎原村厂房 4 号楼
开　　本 720 毫米×1010 毫米 1/16
字　　数 240 千字
印　　张 18.25
版　　次 2023 年 7 月第 1 版
印　　次 2023 年 7 月第 1 次印刷
书　　号 ISBN 978-7-5550-3386-8
定　　价 68.00 元

如发现印装质量问题,请寄承印厂调换

目录

第一辑　沿着红墙构想

第二辑　感悟生命

第一辑

沿着红墙构想

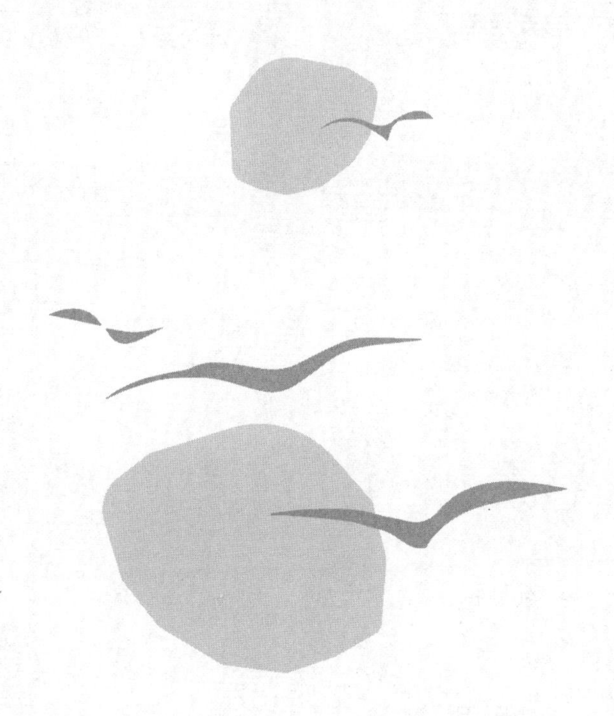

不期而至的雾

我有三次遇到非凡的雾。

头一次在北京，深夜，从《华声报》记者王永志家出来，把《泉州晚报》总编施能泉送到八大处宾馆，又折回来，正要过一座桥，一块雾，一块笨笨的雾，突然从天上沉下来，趴在桥上不动了。头一次看到这么实这么厚笃笃的成块的雾。那雾，状如硕大无朋的大海龟，它喝了酒似的要在桥上睡一会儿。它吞噬了红绿灯，连车灯也统统吃下去了，只是啃不动喇叭声。不过，喇叭都轻轻的，怕惹急它。我们的车没在它肚子里，就这么远远地看着它。它四只脚动了动，又睡着了。谁都不急，没撞车，喇叭也不响了，耐心地等着它。它许是高兴了，终于慢吞吞地挪开。先是让出一团红雾，慢慢缩成一盏红灯。接着腾出大片空间，显出一棵棵墨绿色的树。车灯亮了，就像冰雪消融，堵塞的车辆流开了。那天，同车的有江西作家傅太平，晋江乡镇企业家王子标。

要是世间没有雾，也是一种缺陷。雾让人产生想象力。

第二次在东北兴城，清晨，去海边看日出。天空凝然不动，心动，在期待朝日的喷薄。所有的心都是虔诚的，四周一片肃穆。突然后边有人尖叫一声，回头一看，像狼群追赶的羊群，奔突而来，一时间，雪浪滚滚，一直到我们的脚下。这是什么？雾。它怎么会是雾？可它就是雾。我们正无所措手足，迷迷茫茫，仿佛混沌初开。转身寻找，刚刚好清晰的一幢大楼，已被拦腰削去半截。我们的心平静下来，接受它。后来回想，如此奇观，也是可遇不可求的。一块观赏的，有《作家》主编王成刚一家，《当代作家评论》副主编林建法一家，作家孙春平一家，是年夏，我们四家同游兴城。

如果有浓雾在你眼前，甚至有迷雾在你的心头，不急，不妨静观再说，只要你脚底实在，那迷蒙是两重美，一是眼前朦胧的美，一是转眼之间它还会还你一个清晰的美。

第三次在东北吉林。《作家》主编王成刚，副主编孙理、宗仁发及司机小郝陪我和石晶去看雾凇。到吉林听《短篇小话》主编宁宣成介绍才知道，雾凇不是随便看得到的，得是零下二十五度还需江上起雾方才看得着。多年的雾凇节天不作美，留下很多尴尬。很多人只好住下等。我们的行程只安排一天，而且天气预报只有零下十七度。呜呼。出乎意料，我们第二天早晨赶上了雾凇。那年，我去东北又去香港，后来写了《八千里风景》，我称它为情感雾凇。我非常感激那天从松花江不冻结的水面飘起的薄雾，它并不奇特，却为我们塑出玉琢般的水晶宫奇观。雾凇这般璀璨，雾悄悄地退隐了。也许是我在雾的前面从不起急，所以，雾就这般报答了我。

有一回歌德在公园窄窄的小径遇到一位痛恨他的评论家，那评论家横在路上说，我从来不给小人让道。歌德说，我正相反。说罢，就从那人身边绕开了。这篇短文借这则趣闻献给读者一个微笑。

幽默是雾。

啼哭的石头

八百年前，在晋江的万石峰上，有一块石头发出啼哭并闪着亮光，于是刻摩尼光佛浮雕于该石上边。教义刻另石：清净光明，大力智慧，无上至尊，摩尼光佛。被乡人误为佛教中佛，香火数百年。至近年，成了联合国教科文组织海上丝绸之路考察团考察活动的最大发现，它是世界上保存最完好的摩尼教石刻。世界摩尼教研究会用它作了会徽。在国内，被重视为国家级文物。哭声使一块石头传奇而永恒。

乡人之误为愚。又有弘一法师住寺：草積不除，时觉眼前生意满；庵门常掩，勿忘世上苦人多。再由愚而智。可以说是融合了。

开元寺，庙前大埕石围浮雕狮身人面，庙后又是婆罗门教青石柱，也得承认融合。

在泉州宗教石刻陈列馆，有一块石头，居中为一尊双手合十两腿盘坐的佛像，胸口却挂着基督教的十字架，背后有犹太教的天使翅膀，座下为道教彩云和飘带，背后衬以伊斯兰教的拱门……专家认为，这种解释不科学，太民间图解。但民间，数百年来，十几种宗教在这里和睦共处，从未发生过异教之间的冲突。世界上发生过多少残酷的宗教战争，染红烧焦多少土地，却只在这小小的东方临海古城相当完好地保存着十几种宗教的遗址，包括仅存的完好的摩尼教遗址。以至于，人们称它为世界宗教博物馆。神的汇合正是人的汇合。宋元，这里是东方第一大港，梯航万国，市井十州人。

泉州八百年前，容纳了外来的摩尼教；八百年后，摩尼教把泉州带给外边的世界。

我们听不到那石头的哭声，但它确实是一块非凡的石头。那是一块三色石，似是神意，摩尼光佛衣着灰白，脸带青，手显红，全是天然，界限清晰。

黄海日出

中国帝王，不舞文弄墨的，也多少留下几句诗，全是惊人句。项羽的力拔山兮气盖世，刘邦的大风起兮云飞扬。是真是假，无从查考。但有一样东西绝对是真的，诗中的王气。好帝王坏帝王先不说，王气是文章中的好东西。

帝王诗爱写风云山海天地日月星，王气就是大气。

日月之行，若出其中。
星汉灿烂，若出其里。

流波将月去，
潮水共星来。

太阳出来光赫赫，
千山万山怒火发。
一轮顷刻上天衢，
逐退群星与残月。

曹操才高八斗，行文沉稳，隋炀帝出手不凡，如神来之笔。赵匡胤文字稍嫌粗了一点，却气势十足。

我是在黄海看到的日出，我扶着船栏站在甲板上。有船头如刃劈海，叫我胸襟充溢豪气。看日出，应该是没有云，那天的云却都如黑色的铁石堆积在已经变得透明的海天之间，就压在海面上。它们咬定在那里，不肯挪开，凶神恶煞一般。船头奋力犁开海面，终于也挣不开它的掌心。但我们却仍然还怀着希望，我们看到那些黑云处处露着缝隙，让人看到海天相接那是一条清晰明朗的线。那是希望之线。后来，我才懂得，在海上很难看到日出，就是晴天，在海面上也往往有一道“眉”。一道腻在海天之间的阴霾。这时，一块块黑云被镀上闪烁的金边，我有些迷惑。不知不觉中，在被挤开的铁门似的黑云中间，就浮在海面上，一块嫩红。那是什么？突然，就在那嫩红的一侧，一点金晶晶的颤动，不容人注目，它便喷溅而出飞射而出，不，那是雷霆万钧之力，它骤然掀翻一切。一时间，日轮雍容华贵帝临金碧辉煌的大海。铁石般的黑云顷刻失去重量，成轻轻的流霞，退一边去。黄金的熔液在海天之间奔涌，带着激情向我滚来……

那回的不足是，没有看到初日和大海断裂的过程。日头一开始似不太定形，扁圆，柔软，仿佛撑不起来，接着往上拱突，看似割断留在海里的部分，实现它浑圆的过程。那天是黑云重新集结拦阻，等日头再次挣脱时，已是威严的白光。

我多次追求海上日出，实是不可多得，这次日出就永远辉煌于我的记忆。思之再思之，我终有所悟，如果你能真正面对大海日出，你就会感觉到它本身就这样带着王气。

沿着红墙构想

时日匆匆，人也匆匆。一次次从长安街从金水桥边过，天安门两侧延伸出去的厚重红墙也匆匆。今日得余暇，沿红墙漫步。红得深沉，斑驳得古老，它无疑是构成古都的标志。微感脚下颤动，可能是地铁在施工，又见极目处，现代化的楼群正一点一点指向蓝天。心里掠过一个想法，北京正在完备它的双重性格，一是古都，一是现代化的大都市。现代化都市正在日新月异，那么日渐低矮的古都建筑会不会随日月而暗淡？

我注意了建筑师们在两都之间所做的衔接努力。琉璃瓦大屋顶正和高耸洋楼中西合璧，应该说颇具特色，却也带来若干尴尬，很有些留满人小辫穿西服的感觉；而古建筑修复也不尽人意，显得新而假，时时处处叫游客难堪。其实可以有另一种思路，往两个极端发展，谁也不扯着谁，意图可以达到淋漓尽致，距离拉开，倒能相映成趣。

古就要旧，现代就要新。八达岭、慕田峪长城是下本钱修的，现在最具魅力的倒是保留原状的司马台长城。而新建筑为北京增色的是京广大厦、国贸大厦甚至是二十一世纪饭店、亚运会体育馆之类的前卫建筑。

值得回味的是天安门的加高进行得平静，没有引起过异议，几乎是全体欣然接受了。红墙却碰不得，建贵宾楼，临时拆了一截，报纸只好做解释，完工后重新修复。

说旧也不是任其古旧残损下去，但求其古旧特色，仍然可以有所变动。

我沿着红墙一步一步往前走，突然觉得似乎少了点什么……

随着新的城市建筑必然出现新的城市雕塑，它们自成方圆，那么这长长的厚重的红墙的前边就显得有些空了。加上现代雕塑自然不宜，可要有一溜古雕塑，势必增添其壮美。

故宫是明清两代皇宫，可惜这两个朝代的雕塑，精品不多，石雕都如面捏的一般，缺少精气神儿。作为一个五千年古国的首都，不妨汇聚五千年的精华，也许这也是一个梦，但梦丰富了生活。

我不能不想起汉唐时代的雕塑，那是我们的古雕塑中最浑朴最有力度的代表。那时的雕塑家，必定听到来自天宇的声音，他们开了天眼，于是受到启迪，萌生了宏大的构想。锤凿随意，天然而成，辉煌于千年史册。择其雄美，或八座，或十二座，加工放大，以配红墙。我忍不住在心里喊出：壮哉！中华！

城市天堂

没有天使的天堂不算天堂，天使是长翅膀的，天使不让我们看见，但我们看见翅膀。没有翅膀的天堂算不得天堂，小时候，我天天被小鸟吵醒，现在母亲老在我的面前叹息，一只鸟也没有了。看过一张宣传画，一群白色鸟穿越工厂烟囱的浓烟，出来后是一群黑色鸟。我们现在连黑色鸟都没有了。原先，乡下人的墙上有好些墙窟窿，树杈上架着鸟窝，麦地里小鸟用细细的草编织着鸟窝，现在统统没有了，那是它们的家园，它们的家园没有了。恐龙灭绝了，我们还找到它们的化石；乡村的小鸟没了，我们甚至没有找到它们的一根羽毛。

原先，我们南方的乡村是鸟的天堂，现在完全不是了。是我们把天使逐出天堂，还是我们糟蹋了天堂，天使遗弃了我们。

一天，我突然找到一群久违的麻雀，它们竟然就住在我们家窗口斜对面一堵墙壁的爬山虎里边，在几根爬山虎交叉的地方搭了一个窝，在爬山虎的叶片之间嬉戏玩闹。我没想到我会在这样的地方找到翅膀，这么说麻雀还没有灭绝，在我乡下母亲住着的村子里没有麻雀了，但在北京城里我的家门口却找到麻雀。我明白了，城里没有叫它们灭绝的农药和化肥，它们逃离苦难找到了自己新的家园。现在，城里的树多了，花多了，绿茵地多了，过去我们乡下只要有水就有鱼，现在我们城里只要有绿色就有鸟。

一天，我住福州西湖宾馆，早晨起来，推开窗子，窗外是一棵挺拔的英雄花。我印象英雄花开花的时候，就满树红花，没有绿叶陪衬。这回的这棵英雄花，有几十朵艳艳的红花，枝杈上还有百十个叶芽，肯定不是百十片树叶，极像叶芽，真的。我定睛去看，那叶芽还动了动，也许是被我开窗的声音惊动了，那百十个树芽突然飞离树枝，天啊，竟然有这么大的一群鸟在一棵大树上栖息，刚飞起来天上一片碎碎的，而后就消失了。小鸟消失了，我遗憾刚才开窗不慎弄出声响，否则我们还可以共处一些时候。这是不期而遇，我都没有细心地看它们，竟然不知道它们是一种什么样的小鸟。哦，只要是大城市就有鸟儿。

一天，几十年来头一次被小鸟吵醒。我历来睡得晚，早上爬不起来，那天不知怎么就睡早了，不知怎么就醒早了，我要是睡晚了，小鸟再怎么叫我也醒不过来，那天我一醒来就听到鸟的鸣啭。是小鸟把我叫醒了，还是我醒了听到小鸟在叫？我说不清楚，但那时候脑子很清醒，醒来感到很舒畅，那鸟的叫声又特别悦耳。这是太难得了，我就跳了起来，撩开窗帘，去寻找小鸟，结果它就站在我对面楼顶上，一边欢快地踏跳，一边自由自在地歌唱。我叫不出这种鸟的名字，身子很轻盈，黑色的羽毛，翅膀有几块白色。这不是北京，是晋江，是青阳，一个刚成立几年的县级市的市区，我在这个地方也找到了小鸟。看来，只要有城市就有鸟。

现在，城市是鸟的天堂。

云雾中的天池

北方比南方冷，高山比平地冷，长白山天池在北方在高山顶上，除七八两个月，一般说人是上不去的。就是上去了，天池是一块冰，也没有什么看头。就是七八月份上去，长白山上也积着雪凝着冰，这就是长白山之所以是长白山了。但长白山并不全白，不是冰山，夏天也不能叫雪山，雪不是化了，是让风给削掉了。东北的冬天没有风，雪就静静地白着，在东北的长白山顶上夏天有风，雪就只好残残地白着。七八月份以外，长白山天池拒人于门外，就是七八月份，天池也一样不好接近，当我们来到她身边的时候，她就用浓雾把我们裹起来了，没鼻子没脸的。在山下热得冒汗，也没想到应该带什么衣物，这时候什么都拿来包在身上。几辆车停在上边，可怜巴巴的，散开的人一个个瑟瑟缩缩的，不敢走得太远，怕被那浓雾给擦掉了。

菲律宾大崖台火山口，山口没有水，退掉它的燥热的是抱着它的汪汪的碧蓝，我至今弄不清是海水还是湖水。什么东西都有它的对立面，水火不能兼容，却又常常水火互补，火后边是水，水后边是火。我没查资料，从长白山的样子看，天池也是一个火山口，使山顶呈环形，没有什么水可以升那么高来退掉它的燥热，水自天上来，它就这样把她抱在怀里，抱得紧紧的，抱出她的高贵，抱出她的傲慢。

我们在雾中摸索，走近环形山顶，看到从地里冒出来的一块块发黑的石头，感到一点真实的东西一点可靠的东西，可是不能再往前走了，再走一步就会掉下去，掉到我们想看她却看不到她的天池里边去。到高处，风更大，有把人推下去的感觉。高处不胜寒，牙齿都有点打战了。应该互相拽紧一点，在雾中的山顶更觉得险。梦寐以求，却无缘相见，就骂雾，就骂风，向雾向风发泄一通，而后再下山去。机会有时只有一次，失去了就失去了，一辈子也不再见这里的雾，一辈子也不再见这里的风。

出来了，出来了。什么出来了？看见什么了？天池。我怎么看不见？风太冷，可还是来点风吧。强一点的风把浓浓的雾推开，天池撩开她的一角面纱。匆匆一闪，又蒙上了，得有耐心。我终于在寒风的吹拂中紧缩着身子看到了天池的容颜，就像初恋含情的第一眼，一种热能的传递，你突然感到全身温暖起来，所有瑟瑟缩缩的人全都舒展了，人们欢呼起来，所有的声音不再发抖。

从天池下来，在半山腰的一家饭店就餐，不是在冰雪中开的饭店，我们已经回到林木耸立的山间。这是一家风味饭店，全部是长白山土产，全是山珍，黄蘑菇、猴头、蕨菜……很多名字都记不起来了，也许累了，也许冷过，也许饿了，事后我总记着这一席山珍。席间，谁都说看到天池了，有人说天池是碧蓝碧蓝的，有人说天池是紫红色的，有人说天池是金黄色的，有人说天池是墨蓝色的，有人说天池被风吹皱了，是绿色的。所有人都很高兴，情人眼里出西施，天池是所有游客眼里的情人。

我总是想把当时的情景真切地想出来，她却总是影影绰绰，只是在躲到浓雾中去匆匆的一个回眸。

大灵源

晋江三面是海，正在建造一座半岛城市。如果是汪汪碧蓝抱着一片高楼大厦，就使有斑斑点点公园绿地，仍然让人有压抑之感。幸好有一笔墨绿，几乎是从东北到西南，潇洒苍劲，让人为之振奋。这一笔天书，是整个灵源山脉，包括灵源山、华表山（石刀山）、万石峰、罗裳山、玉髻山、八仙山，还有稍稍游离的黑麒麟、白麒麟、红麒麟……灵源山是主峰，原名大鹏山，如大鸟低回。

"一名吴山，又名吴名山（吴明山、吴盟山）……亦名太平山……上有石曰望江石，南眺大海，可历数百余里。北顾郡治，山川城郭历历如绘。"（《晋江县志》八二页）

灵源山不高，不是名山。现在灵源山脉为生态林保护区。晋江工厂企业无孔不入，灵源山脉是难得的一片净土。看一山青翠，听泉声鸟语。

现存灵源山有明黄鳌泉黄伯善等五人的崖刻诗："幽壑萦纡兰芷芬，秋空飞送雁鸿群。""闲心自恋山中月，紫气虚连石上云。""黄花俎豆皆能笔，野蔌村蔬足论文。"是当时官宦文人骚客对这座山的描绘佳句，也是借景抒发情怀。

找到明·王慎中的《赠吴希澄归隐灵源山》：

家在深山非避秦，相寻正及桃花村。

近看道气眉间异，暗接心期语下亲。

“王慎中（1509—1559），字道思，号遒岩，又号南江。明晋江安平（安海）人，嘉庆五年（1526）进士。初授户部主事，改调礼部。在京，名噪一时，时人称其与唐顺之等八人为‘嘉庆八才子’。因触犯权贵，被挤出京都，贬为常州通判。之后，又历迁南京户部主事、礼部员外郎、山东提学佥事、江西参议。终因被权相所恶，于嘉庆二十年（1541）铨落其职，返回安海老家……他与唐顺之倡导的反复古主义古文运动，声名远播，天下称之为‘王、唐’，又称‘晋江、毗陵’（唐顺之毗陵人，现江苏常州人）。主要著作有《遒岩集》二十五卷。”（曾平晖编《晋江历代山水名胜诗选》60页）王慎中是名人了，我特别注意一下这首诗，是好诗。“桃花村”三字让我的心动了一下，灵源山上已无桃花，几乎只是杂树的绿，不禁叹惋。但起首两句清新隽逸，后两句并无惊人处。我一时还不能参透。

山上一座灵源寺，是一座古寺。《晋江市志》云：“初建莫考。”传隋僧一尘于此挂锡授徒。传唐道士蔡明俊山上居之。传宋吴氏昆季隐居于此。传元张定边兵败于此隐居，取山中百草，用师姑井甘泉泡制成灵源茶饼，流传至今，为海内外老字号药茶。清后，一度式微。后，几度重建。中华人民共和国成立后，晋江县人民政府定为文物保护单位。原寺不大，“文革”浩劫，佛像法物荡然无存，拨乱反正后，寺庙保持残损，移于右后，于原地建新寺，气势宏大。如来佛祖和观音菩萨普照众生，几十年来，香火甚旺。

寺门上方悬挂中国佛教协会会长赵朴初墨宝：灵源禅寺。亭上方悬挂全国人大常委会副委员长彭冲的墨宝：天坛。殿内悬挂“古佛”两字横匾，传清翰林庄俊元手书。“圆通宝殿”匾额则是主持宝心法师手书。

灵源寺前有攀枝花（木棉花），春日一树红花。寺侧有海底松

（珍贵林木），针叶墨绿。

吴有省在灵源寺内，为我装修一个书画室。

于是，我开始思考大灵源。

山不在高，有仙则名。

寒山寺无山，就因一首“夜半钟声到客船”的诗，闻名遐迩。

写灵源山，有无天下知的名诗？

山上寺旁，有林知读书处，建有望江书室，已废。只有寂寞古墓。

宋·林迥诗《灵源山（赠林知）》：

> 先生平昔命何非，万卷诗书一布衣。
> 回首长安成底事，吴山苍翠几时回。

林迥，惠安主簿，林知好友。

宋·刘涛诗《吊处士林知墓》：

> 处士坟三尺，吴山松万株。
> 空余著书业，不见炼丹炉。
> 道古言难合，年高势最孤。
> 盛朝礼乐备，无处用真儒。

“刘涛，字普公，宋南安人，‘东南奇士’刘昌言之孙。工诗及草书，苏轼跋其书谓：奇逸多才。宋徽宗曾召入宫中，天值大雪，令草书雪诗。涛书郑谷诗‘乱飘僧舍茶烟湿’四句。皇帝见其首书乱字而不悦，因问：‘卿字孰师？’涛对：‘臣无师。’不称旨而退。晚景困窘，隐居灵源山灵泉寺，自号灵泉山人。”（《晋江历代山水名胜诗选》58—59页）找到这林迥刘涛的诗，心里高兴起来。诗有骨，不是应境，不是无病呻吟，有点愤世嫉俗。

“吴山苍翠”“松万株”，应是一派景观。

已而，灵源山就有名诗人，写“山外青山楼外楼”（《题临安邸》）的林外据说曾在山上隐居，死后葬于灵源寺旁，有林氏族谱林外墓碑为证。诗可以说是千古绝唱无人不晓，林外却鲜为人知，林外的墓也几乎被人遗忘，我们找到为大灵源正名的可能。

山外青山楼外楼，西湖歌舞几时休。

暖风熏得游人醉，直把杭州作汴州。

“林外，字岂尘，知孙（林知的孙子）。工诗词，游太学，尝题吴江垂虹亭，人以为不食烟火语。他日，衣鹤氅衣，往西湖，题诗雪中既去，人皆惊难以为仙笔。绍兴三十年第进士，仕止兴化令。所著有《阑窠类稿》。”（《晋江县志》1337页）

诗写的是临安（杭州），却是有深远意义的一首诗，是古代反腐杰作，林外则为反腐文学的鼻祖。

林外还有同一主题的另一首诗《题滩旁驿壁》：

古今传名黯淡滩，十船过去九船翻。

惟有泉南林上舍，我自岸上走，你怎奈我何？

一片桃花隐而渐现，我终于读懂王慎中，他为“权相所恶”，“铨落其职”，回归故里，在灵源山发现“异”找到“亲”。首句强调“非避秦”，后边“异”和“亲”却几乎可以说是取之《桃花源记》。有一条线索清晰出来，林知，“无处用真儒”（刘涛句），官场无望，于是，“吴山青翠”（林迴句），望江书楼只能建在青翠吴山的“桃花村”（王慎中句）。王慎中说了反话，灵源山实为避世桃花源。林知之孙林外，再从桃花源的望江书楼出去，所以是“不食人间烟火”，所以，敢直面人生，“往西湖”（临安，南宋国都），以“仙笔”写了“山外青山楼外楼”（《题临安邸》）。“人皆惊”，他却“题诗雪中既去”。世间是“暖风熏得游人醉”“十船过去九船翻”，林外感到孤独了，“我自岸上走，你怎奈我何？”他能走到哪里去？又回来，还是“吴山青翠”，还是“桃花村”。祖孙同归，但林外却曾有彗星般的闪耀，“仙笔”也就包含着灵源山“松万株”“桃花村”望江书楼的孕育。

宗教圣地，往往也是旅游中心，香客游客如云。诗可刻山上石壁。从现在大广场上触目可见。此诗永远警世。

灵源山可复种桃树，再现桃花村。

很多名山都有名人题字，寺内，据说有曾公亮、张瑞图、郑成功、弘一对联，要考证一下。

曾公亮楹联：“灵山好作西天界，源水能通南海潮。”

张瑞图楹联：“从闻思修大士何曾出世，法界定慧众生各自开堂。”

郑森（成功）楹联：“洞口春深烟雨，海门夜半渔灯。”

弘一楹联：“妙相庄严同瞻仰，法身应现广无边。”

非常可喜的是留存都是他们的手书。

全世界都发生过宗教战争，但泉州让众神融合共住。

灵源山脉灵源寺、草庵、法华寺、紫竹寺，还有关帝庙；有佛教、道教、摩尼教。

灵源山脉，包含万石峰的草庵。

我曾写过一则小文《啼哭的石头》：

> 八百年前，在晋江的万石峰上，有一块石头发出啼哭并闪着亮光，于是刻摩尼光佛浮雕于该石上边。教义刻另石：清净光

明，大力智慧，无上至尊，摩尼光佛。被乡人误为佛教中佛，香火数百年。至近年，成了联合国教科文组织海上丝绸之路考察团考察活动的最大发现，它是世界上保存最完好的摩尼教石刻。世界摩尼教研究会用它作了会徽。在国内，被重视为国家级文物。哭声使一块石头传奇而永恒。

乡人之误为愚。又有弘一法师在寺里小住，并留有两副楹联：草積不除，时觉眼前生意满；庵门常掩，勿忘世上苦人多。又：石壁光明相传为文佛现影，史乘记载于此有名贤读书。再由愚而智。可以说是融合了。

……

泉州八百年前，容纳了外来的摩尼教；八百年后，摩尼教把泉州带给外边的世界。

我们听不到那石头的哭声，但它确实是一块非凡的石头。那是一块三色石，似是神意，摩尼光佛衣着灰白，脸带青，手显红，全是天然，界限清晰。

黄橙《草庵掩不住耀眼佛光》说：“一代名僧弘一法师与草庵也有不解之缘，他曾于1933年、1937年两度到此过年，1934年、1938年来草庵讲戒，1935年12月也在这里小住……”

草庵寺前有千年桧树，老态龙钟，也是很珍贵的。

以大灵源思考，也要注意玉髻山，那里有唐流浪诗人罗隐的画马石，那摩崖石刻古朴却极有神韵。清陈一策有诗：“上有妙笔扫华骝，神姿磊落当峭壁。”

“陈一策，字尔忱，号筠亭，晋江人。乾隆元年（1736）以贡生荐举博学鸿词。有《香雪斋集》《翠屏山人诗文全集》。”

这一片山脉的传说也极须整理。罗隐就是很美的传说，何乔远在《闽书》中记载：“唐末罗隐乞食于罗裳山下，山下人侮之，隐乃画马于石，每夜出食禾，人追之，则马复入石，山下人乃礼马。隐乃画桩系马，马不复出。今其迹了然。”

观音、关帝爷、摩尼光佛共聚灵源山脉。

灵源山的石头不多，可移他山之石。

灵源山现在是水泥路，方便一些人，听说又造石阶路，这更有味，也方便一些人。

林外墓边有多株古樟，被一幢卖水果的二层小楼挡住，要拆掉，让古树突显出来。吴有省说，要在广场上立一尊观音。另可划一片地，让善男信女植树。现在，早晨爬山的人很多，周末，上山的人更多。结合起来，如果，都去关心自己种的树，蔚然成风，会成一道风景线。

灵源山下，是安平古镇，有古寺龙山寺和护国寺。

朱熹于龙山寺有“普现殿”题匾，弘一有“绍陶佛种”题匾，龙山寺三字也是赵朴初的题字。

郑芝龙曾重修护国寺。郑成功曾于护国寺和清兵谈判，后驱逐荷夷收复台湾，为纪念故乡把热兰遮城改名安平镇。郑军把安平龙山寺观音的香火带到台湾，台湾安平龙山寺很出名，两岸龙山寺都有张瑞图题匾：通身手眼。

朱熹可称宋大书法家，张瑞图是明大书法家，弘一是现代大书法家，赵朴初是当代大书法家。

有没有写灵源的好诗，还是让我找到了，可以喝一杯。

元·王翰有《咏灵源山》：

旭日照高岑，天风振远林。
不因沧海色，那识白云心。
瑶树吞香满，珠林积翠深。
坐来明月上，何处起潮音。

“王翰，字用文，元安徽人。为潮州路都总管。当他离任回乡途经晋江，‘海天一色’的沙堤的自然风光，使他不忍离去，后遂寓居沙堤。元亡，王翰绝意仕途，移居山中，自号友石山人。经常盘桓于灵源山。明洪武中，朝廷征令入京，王翰不愿仕从新朝，遂自杀身亡。著有《友石山人稿》。”（《晋江历代山水名胜诗选》59 页）中华民族一直禁锢在土地上，王翰站在灵源山，已经在注视海，已经在聆听海，日浮白云，夜生明月，这蓝色的大海真美。仁者乐山，智者乐水。灵源山不但“香满”“翠深”，还可以感知大海。

明·张瑞图有《咏灵源山》：

仙掌花繁点客袍，禅关遥入紫云高。
群峰东凑趋青霭，一室中虚现白毫。
地主贤能新栋宇，山人老减旧风骚。
淹留三日缘何事，贪听松涛与海涛。

“张瑞图（1570—1641），字长公，号二水，明晋江人，万历三十一年（1603）举人，三十五年（1607）进士，殿试第三名探花。初受翰林院编修，于天启六年（1626），官至中极殿大学士，位居一品。因遭受‘魏党’牵连，罢官返乡。张瑞图是明代著名书法家，时称‘南张北董（董其昌）’，也是可入流派的山水画家。”（《晋江历代山水名胜诗选》33 页）张瑞图的墓在八仙山，也是灵源山脉的东北处。这首开首似是平平，后边却颇为生色。“贪”字用得好。山与海连在一起了。

明·苏浚有《咏灵源庵》：

丹崖玄室依云孤，一径纡回万壑殊。
有客入门苔不扫，无僧说法鸟相呼。

胸吞渤海栖三岛，手拍浮丘倒百壶。

夜静钟声醒客梦，天花渺渺出仙都。

“苏浚，字君禹，号紫溪，明晋江人。万历五年（1577）会魁。官至广西参政。因病辞归故里。苏浚为官亲民善政，文章也‘苍渊宏肆，一时莫匹’。回到家乡，喜欢游览山川名胜，皆有留迹诗文。著有《三余集》。”（《晋江历代山水名手诗选》36页）这也是一首好诗，细腻又雄健，海已经进入胸中。

之前，宋·曾公亮在这里想到“南海潮”，之后，明·郑成功在这里看到“海口”“渔灯”，灵源山和大海紧紧相连。这样，又构成灵源山诗和楹联的一大特色，区别于内地名山，突出一个“海”字，山就有了一个高远的境界。这里的海，已经不只是曹操“日月之行，若出其中。星汉灿烂，若出其里”那可望而不可即的大海。“手拍浮丘倒百壶”不再是文人骚客的癫狂，因为这里的人已经具备“胸吞渤海栖三岛”的气度。“东方第一大港”在这里起笔中国海洋文化的辉煌序篇。拿来，摩尼教自海外来，万石峰也就是灵源山脉容纳了它；出去，郑成功又成了中国海洋文化的先锋人物，在台湾海峡上演了威武雄壮的活剧。面目一新，山渴望海，海仰望山。如来、观音双手合十，摩尼光佛双手重叠手心向上，两种姿态，并存又是一种容纳。

此时，我顿感充实。

“山外山”“楼外楼”，“沧海色”“白云心”，意象甚好，让人回肠荡气。

有两个小插曲，一是中国书协主席沈鹏在日本买字帖，挑喜欢的买，回来后发现，三本都是张瑞图的字。二是，听说评现代书法，弘一的字名列前茅。张瑞图弘一可谓顶级大师。

读读林外的诗，读读王翰的诗；看看张瑞图的字，看看弘一的字。好诗，好字。

宋，林外诗称誉“仙笔”；明，张瑞图字占位“南张”。有明称“王、唐”的王，王慎中；有一代高僧，弘一法师。还有宋名相曾公亮，明民族英雄郑成功。

诗仙书仙，众仙会聚，物华天宝，人杰地灵。

这山再不是散乱堆积的绿，它有了魂，凝聚而突兀。

这是大灵源，它不仅仅是傍了国家级文物草庵的大名，它的整体也品位高拔，大灵源应享大名。

黑麒麟　白麒麟　红麒麟

在故乡的东边，有三座山，黑色的黑麒麟，石头山，苔藓沤的。白色的白麒麟，土山，白土。红色的红麒麟，也是土山，红土。黑白红，三座小山，三只麒麟。黑白红，亘古不变。小时候的记忆极深。多次上山，脑子里擦不掉那黑那红那白，尤其是黑麒麟，还记着上边的石头，有仙床，有狮子石，还有仙夜壶，都是黑色的。

这几年，长住故乡，又去注意那三座小山，竟然都绿森森的，变成三只绿麒麟。

一开始，有点儿拐不过弯来，照理说，农业时代才是绿色的。工业时代，土地一开发，因是红土地，便成红色。怎么反过来呢？

土地一开发，首先受害的就是黑麒麟，开山取石，仙夜壶小，一下子就让人给提走了。接着就瞄上狮子石，狮子石有根底，一时半会吃不完，后来，被刹住了。仙床可以说是幸免于难。自然，受伤害是必然的，一场场酸雨，苔藓都死灭了，黑石头变成白石头。这让很多山地都丢失历史，所有古墓前边的石人石兽都变“新”了。让人啼笑皆非。

这里，农业年代，做饭烧柴草，连草根树头都挠没了。红麒麟，白麒麟于是寸草不长，或者说是寸草不剩，于是是红土山白土山。工业年代，没人烧柴草了，没有拾柴草的人了。

草木有生命力。“野火烧不尽，春风吹又生。”

工业年代，集体无意识地破坏着环境，却又集体有意识地保护环境，尽管开发工业园区，一时间赤土连天，三座小山，三只麒麟却保了下来，像宠物似的，是三只绿麒麟。

老君头像

有人说它“老子天下第一”，因它是最大的一尊老子石像，就坐落在泉州清源山麓。并非时下的盲目比大，它在这里静坐八百年，与世无争，甚至独伴林木不与众神争一炷香火。不是坐地一巨石，而是植根地底，不知有多么深厚。文人骚客赞誉它“风吹冉动，指能弹物”。我却是惊异于他的头部，以我一家之言，中国古代宗教石刻，在造型艺术上并无出其右者。可惜这句话是我说的。

它没有一般传统宗教雕刻千神一面的缺陷，可以说是独具凡人形象。东西方雕刻艺术融合得相当完美。头顶、额头、眉弓骨、眼窝、颧骨、鼻梁、鼻头、鼻翼，还有微张的嘴，都准确生动个性。耳朵极有想象力，不是两耳垂肩，是夸大了的扇风耳，他在倾听着。雕得最好的是他的眼睛，两只眼睛在深陷的眼窝里，没细雕那双眼睛，简单的线刻而已，但这已经足够了。我们看到一双稍稍眯着的眼睛，在眼窝的暗影里带着思考神色。罗丹的思想者，连每一个脚趾都在使劲。而我们这尊老子像，他是放松的，内在的，一尊地道的东方思想者。

现在，石雕的额头上眉弓上满是苍老的苔藓，那是八百年沧桑的记录。而他的哲思正在深陷的双眼流泄。

八百年前，这里正是“东方第一大港”，这为吸收西方技法找到依据。远离中原，落脚泉州，背向大山，眺望碧海，这是八百年前泉州老子。望海老子。

我把自己关在屋里，写长篇小说《海有多宽》，意在重新解释泉州。我从这苔藓石人找到了启示，我笔下的女主人公在老君岩前边长久站立。

四角龙眼

八月，龙眼熟了，水果摊上都是龙眼。黄天来请我到他家聚会，受邀的安海古镇的文友还有郑梦彪、颜长江，还有我们的老师蔡尔辇。有意思的是他家院子里有一棵龙眼，桌子摆在龙眼树下，我们就在树下聚会。先品他家的龙眼，他儿子上树摘龙眼，他太太就在下边用托盘接，直接就送到桌上。现摘现吃。粒不太大，但很甜。

梦彪说，这是一棵被捆绑的龙眼树。

也是。它站在中间，四面墙壁，两面是邻家的墙壁，两面是自家的墙壁。有一枝是伸展出去的，盖房时忍痛把它锯掉了。它现在就这样卡在四面墙壁中间。捆绑它的绳索就是这四面墙壁，仿佛把这龙眼捆得喘不过气来。

天来说，他哥 1946 年去香港，临行时种了这棵龙眼，这一回盖房，舍不得砍它，精心设计，留这块空间给它。三十平方米。

我称它四角龙眼。这是有心人，才有这四角的三十平方米；这是有心树，才把枝叶伸满四个角。在人的生存环境遭到严重破坏的时候，它构成人和树的一种难得的共处的方式。

安海旧街区，房子挤着房子，针插得进水泼不进。寸土必争，占地不论三尖六角。街巷没有树木立锥之地。能让出三十平方米，已经是一种真爱。如果家家让出三十平方米，古镇就是很好的绿色环境。这龙眼适者生存，把几近圆形的树冠变成四角形。它绿叶重叠，只有风儿把叶片一层层拨开，才会有三五日斑滑落。即是烈日当空，可于树下设几品茗，或喷雾对弈，可捧书静读，也可以与朋友高谈阔论。花香叶香，龙眼熟时，树下的风是清爽的，还带着一丝甜味儿。鲜活的气息，让这树冠一层层洗去外面的尘雾、外面的嘈杂，一点点浸了进来，缭绕于鼻翼……

若是十五之夜，走上层楼，俯首，没有下临无地的眩晕，一方碧绿从下边托起，探身伸手，可触树冠上的嫩叶。无意中发现，那上边有一层银色水光。想再伸出手去，骤然停在空中，顿悟，抬头寻找，四方的墨绿托着的是皎洁的圆月。

第二十三块水飘

男人是山，女人是水。男人想去爬山，女人想沿着水流走。男人拗不过女人，就陪着女人。陪着女人沿水走男人有劲没处使，就捡几块石头子儿玩水飘。这个大男人就是故乡文友洪明社。明社杂才，精通书法、篆刻，善作冠头联、隐联。明社喜好石头收集石头，他有不少好石头。有一块五彩石头，上边是位着妆的戏旦，惟妙惟肖。一回喝了酒，拿出来让老朋友吴景良欣赏，吴景良又翻看背面，发现背后还有图案，一看是一位披着长发的少女的背光侧影，这一面是白底素描。明社的办公室给我一把钥匙，我可以自己开门进去，随时可以看他的石头，但不能拿走。一回，我越了轨，借一块，摆到我的办公室的桌上，他发现后赶快就抱回去了。这块石头就是他陪太太上武夷山因没去爬山而打水漂捡回来的。

打到第二十三块水飘，石头子儿又从水面上弹了回来。他有些纳闷，到底是什么把它挡回来的？好奇心驱使，他扒了鞋袜，提着裤子，蹚水去找。水清冽，他发现水底荡动着一块石头，上边还有花纹，就把它抱了起来，太好了，是一块蛇化石，结果裤子滑了下去，湿了大半截。回到沙滩上，太太噘嘴。要石头，要太太？两样都舍不得。往回走，两边不落好，石头太太都不说话。明社得奇石不敢有表情，但心里暗暗高兴。讨好地顺着太太，坐竹排漂流，竹排一晃，石头认定他不爱惜，跑回水底。明社不敢看太太的眼睛，挺男子汉的样子，拿钱雇排工下水去摸，把那块石头又请了上来。

回来后，明社把那石头摆在书桌上，一天天观赏。一条蛇成化石在上面盘曲着。人有情，石头也有情。看着看着，发现，那不是一块普通的石头，化石也不是一般的化石，状若一行行草。再看，竟是龙飞凤舞的四个字，繁体：云行之友。明社一个人在屋里拍案叫绝，从此更珍惜自己和石头的缘分。

文友明社有好多好多奇石，而我有他的一把钥匙。

我在草庵见到了谁

草庵摩尼，现在知道它是世界遗存的最完整的摩尼石刻，民间误认为佛数百年，这也许是它得以保护的重要原因。我曾有个想法，是谁发现了草庵？结果是一次无知。老朋友粘良图作了一部《晋江草庵研究》，告诉我们，几百年来，尤其是上一世纪，一直有专家学者在关注摩尼教的草庵，只是与乡人无关，你说你的摩尼，我拜我的佛。终于引来了联合国教科文组织海上丝绸考察团。于是，草庵不再是默默无闻的草庵。

近日，又去了一趟草庵。院门敞开，不用买门票。正是：净地无须扫，空门不用关。那天有雾，应了《晋江县志》的记载："华表山，在五都，双峰肩立如华表然。麓有草庵，元时建，祀摩尼佛。庵后有万石峰，有玉泉，有云梯百级，诸题刻。又有石形如虾蟆，春夏间常吐雾，满山布满，与海雾参连。"石板路湿湿的，树、草、藤所有绿都亮亮的，有鸟鸣啭。摩尼教偈语摩崖石刻"清净光明，大力智慧，无上至尊，摩尼光佛"和弘一法师"万石梅峰"的题刻，虽然描红，周边全是苔藓，所以它和这里深浅浓淡的绿成一种和谐。草庵原来无梅，"万石梅峰"是说山上有很多裸露的石头，远看似白梅朵朵，那是被文人骚客诗化了的。眼前，古桧树伛偻着，老老的。新移植的梅花瘦瘦的，细细的。都融合在一片绿里边。鸟们唱出草庵的静。草庵空寂，和我同去的年轻的演过七部戏的动作演员说，怎么就咱两个人？也许因为雾，也许因为静，也许因为湿，形成雾中空寂迷茫境界，很多历史的脚印身影在我眼前慢慢浮现出来。

我先看到弘一法师的背影，干瘦，如他的字，在石阶那边拾级而上。“长城外，古道边，芳草碧连天……”轰响在中原大地，他却寂寞在草庵。他曾在永春普济寺饲鼠，因为老鼠咬毁佛像，摩尼光佛是石刻，老鼠咬不动。他得过一场大病，误以为是大限已到，竟想在这里以尸饲虎。有两段文字很值得一看，一是在永春写的《饲鼠免鼠患之经验谈》：“现有鼠六七头，所饲之饭不多，备供一猫之食量，彼六七鼠即可满足矣……余每日饲鼠两次，饲时并为发愿回向，翼彼等早得人身，乃至速证菩提云云。”二是草庵病中写下的一段遗嘱：“我命终前，请你在布帐外，助念佛号，但也不必常常念。命终后，不要翻动身体，把门锁上八小时。八小时后，万不可擦身、洗面。当时以随身所穿的衣服，外裹夹被，卷好，送到寺后山谷。三天后，有老虎来吃去便好，否则，就地焚化。化后，再通知师友。”这位中华奇人，他在想什么呢？

手扶古桧树沉思的是明末的文人何乔远，“众人皆醉，唯我独醒”，在明朝废摩尼教，众口一词的时候，却能直面真实的情境说真话。法国汉学家伯希和 1923 年发表的《福建摩尼教遗址》对他的著文有极高的评价：“观其记述 17 世纪上半叶流传福建的传说之忠实，不能不令人惊羡也。”

站在草庵门前比手画脚的是明朝的钱梗钱太爷，被人称为“灭门知县”，他在十几里远的南塘废“淫祠”五通庙，手段是“火其神，斩其蔓”，而在草庵，他也把僧尼赶走，却没有砸掉摩尼光佛的石雕像，他怎么就在这时手软了呢？

弘一法师留下墨宝，有二副对联：“草積不除，时觉眼前生意满；庵门常掩，勿忘世上苦人多。”“石壁光明，相传为文佛现身；史乘记载，于此有名贤读书。”弘一法师把摩尼称为文佛，是误？还是有意？这也是一个谜。

何乔远留下著述，在其所著《闽书》《名山藏》中都有关于草庵的记载。“其教曰明，衣尚白，朝拜日，夕拜月。了见法性，究竟广明，盖合释老而一之。行于拂菻，火罗诸国。晋武帝太始丙戌灭度于波斯。太祖有天下，以其教上逼国号，禁除之。”

钱梗钱太爷留下遗爱亭，他的石雕像被毁后，又重雕。人们还记住他创办的龙泉书院，传说有十八仕人在这里读书。

我还看到山道上清兵的身影，不过，很模糊。他们和草庵没有什么关系，他们没有破坏草庵，也就向他们说一声谢谢啦。

山上还有古寨的断垣残壁。

不要忘记苦命的几乎愚钝得只会念阿弥陀佛的尼姑，她什么也没有留下，可她也是一位关键人物，所以她的身影也浮现出来了。1948年，共产党大军南下，晋江地下党向草庵广空师商借一百两黄金，就是她扮成乞丐，分五次把它送到地下党手里。这可以说是题外话。“文革”时，红卫兵破四旧，手拿铁锤和钢钎，爬上去要砸毁摩尼光佛的石雕像，她不知哪来的勇气，冲到红卫兵跟前，指着门外省级文物保护的铁牌说：“你们要毁佛像，得先把这牌子拿下。”竟然喝退了来势凶猛的红卫兵。事后，用自制的土坯把摩尼光佛的石雕像严严实实地封了起来，让它逃过一千年来最大的一次劫难。

我看到联合国教科文组织古遗址理事会总干事亨利·克利尔博士，看到国际古遗址理事会总协调员尤嘎博士，看到联合国教科文组织总部文化事务和公共关系委员会特项部主管阿丽丝·德·简丽丝女士，他们到草庵考察。

我看到联合国教科文组织海上丝绸之路考察团的到来。

1990 年月 10 月 23 日，一艘由阿曼国王提供的，作为联合国教科文组织海上丝绸之路考察团使用的一万一千吨超级豪华游艇，和平方舟号，从马可·波罗的故乡威尼斯启程，沿途访问希腊、土耳其、埃及、阿曼、巴基斯坦、印度、斯里兰卡、泰国、马来西亚、印度尼西亚、文莱、菲律宾、中国、韩国、日本十六国家二十一个港口城市。

林少川参加那次考察活动，他现在是泉州学研究院院长。

1991年2月14日，大旅行家马可·波罗离开泉州七百周年纪念日，考察团的船在隆重欢迎仪式中缓缓使进泉州港，来自三十多个国家一百多外交官、学者、记者考察了海交馆、圣墓、洛阳桥、开元寺、东西塔、古船港、老君岩、九日山、清净寺、草庵、陈埭回族史馆、法石村，参加海交馆落成典礼，在威远楼、承天寺赏灯并评奖，观赏地方戏剧、木偶，文艺踩街，在华侨大学参加两天“中国与海上丝绸之路”国际学术讨论会，参观“海上丝绸之路”邮展、工艺美术馆，考察团在九日山勒石纪念，在天后宫举行仿古祭海欢送仪式，由杜·迪安博士激动地宣称在泉州的考察把整个考察活动推向高潮。

联合国教科文组织海上丝绸之路考察团来泉州考察（在中国八天，其中广州两天、泉州六天）。考察团总领队杜·迪安博士说：“此次联合国教科文组织的考察历程，在泉州的考察是最大的收获之一，例如发现泉州保存着世界独一无二的摩尼教遗址——草庵，就是这次考察活动的最大发现。”他认为，“中国对外部世界的开放在泉州得到充分体现。”又，“我们看到泉州是一个不同信仰、不同民族相遇、文化交流、和平共处的城市。”联合国教科文组织决定把全球第一个“世界多元文化展示中心”设在泉州。

草庵，留下了联合国教科文组织海上丝绸之路考察团题名碑。

《倚天屠龙记》中写过明教的20世纪轰动中国的武侠小说大师金庸被人前呼后拥地来到草庵，参观并题词：熊熊尊火，光明之神。

我曾作短文《啼哭的石头》：八百年前，在晋江的万石峰上，有一块石头发出啼哭并闪着亮光，于是刻摩尼光佛浮雕于该石上边……首届国际摩尼教学术讨论会以晋江草庵的摩尼光佛造像作为吉祥图案，世界摩尼教研究会用它作了会徽。在国内，被重视为国家级文物。哭声使一块石头传奇而永恒……八百年前，我们容纳了外来的摩尼教，现在，摩尼教遗迹把我们带给外边的世界……我们听不到那石头的哭声，但它确实是一块非凡的石头。那是一块三色石，似是神意，摩尼光佛衣着灰白，脸带青，手显红，全是天然，界限清晰。

摩尼光佛的石刻历尽风险，保了下来，这过程就是一个奇迹。它还有一次没有记载的风险，听起来让人心惊肉跳，那是在“文革”过后，也知道摩尼不是佛，有人曾想把它改刻成佛，幸好没有下手。

我注意到原来的草庵已经被挤得非常小，右边让遗爱亭占去了，钱太爷的石像坐在那里。前边让华严寺占去了。左边有一小片空地，马上就让几块大石头挡住了。后边是石壁。加起来，可能不足一亩地。寺庙只有几分地，始为草构，故名草庵，元改为石构。可是，上一世纪，这是晋江从宗教文化的角度看最被世界注目的一亩地，一块小小的圣地。

现在，草庵得到重视，华严寺迁移，市政府拨款，2011 年复建龙泉书院，修缮华表山寨、登山步足，规划建草庵公园，占地一千二百亩。将利用龙泉书院的廊庑、大乘殿开辟介绍龙泉书院历史和弘一法师。两层藏书楼开辟为摩尼教博物馆。

我在雾气很重的草庵想，草庵究竟为什么值得我们这般重视？

草庵是一个里程碑，中国海洋文化初始阶段的里程碑。草庵是一块活化石，草庵浓缩着一个时代。海上丝绸之路的起点，“东方第一大港”。这里让世界各种宗教共存，被人称为世界宗教博物馆，神的会合也是人的会合，这里“涨海声中万国商”，这里“梯航万国，市井十州人”，这里光意大利翻译就有两百人。我们的祖先显示了自己的胸怀气度。草庵的意义就是让我们去思考研究那个时代，我们敢为天下先不是无源之水无本之木。八百年前，我们容纳世界各种宗教包括摩尼教，现在，草庵却又把我们引向世界。“他年我若为青帝，报与桃花一处开。”我希望建一座建造草庵那个时代的博物馆，那么，全世界的人，只要到草庵，都可以说：不虚此行。他们看到的不仅仅是一个宗教遗迹，而是透过它，看到一千年前的东方盛景。

泉州那个“世界多元文化展示中心”不知建了没有？一直没听说。这个想法太漂亮了。

相思树

桑梓成为故乡的代称。

这是我们古而有之的绿色意识。

《诗经·小雅》中说："维桑与梓，必恭敬止。"

古人家乡观念强，每每出门，都归心似箭。那时，还不懂得地球是圆的，往家走，望眼欲穿，首先看到的是高高地站在那熟悉土地上的树。那时，树比老屋高，不像现在楼比树高。

故乡是一种树。

桑梓是故乡树的代称。

我们的故乡是一种什么树呢？

我们这里是古港是侨乡，千百年来，走遍天涯海角。在异国他乡，思念故乡，脑海里就出现一棵树，那时家乡最常见的树，原来的名字现在已经无人知晓。

北方人发现白杨树树干上有一只只眼睛。我们远走高飞的先人发现故乡树的叶子是一道道眉。眼睛呢？因为在思念，眼皮是垂下的，所以是一道道凝眉。正好和了游子的心情，就把那种故乡树叫着相思树。

相思树也叫台湾相思，也叫台湾柳。相思树的叶子像柳树叶子，这点好解释。为什么都冠上台湾呢？会不会是郑芝龙郑成功开发台湾，从那边引过来的？单从字面上推，根据不足。闽南语在台湾叫台湾语，但根还是在闽南。当然，也许两岸都有相思树，台湾原来和大陆是连着的，后来撕裂，飘出去成为台湾岛，无疑，也带着相思树，所以两片土地永远相思。

相思树，又找到一个凄美的传说，《搜神记》中记载，宋康王想霸占门客韩凭貌美的妻子何氏，夫妻二人用死来表达忠贞爱情，遗书求合葬。“王怒，弗听。使里人埋之，冢相望也。”没想到两个墓上都迅速地长出大树：“屈体相就，根交于下，枝错于上。又有鸳鸯，雌雄各一，恒栖树上，晨夕不去，交颈悲鸣，音声感人。宋人哀之，遂号其木曰相思树。”

传说说出相思树一种罕见的现象，两棵相思树紧紧地抱在一起。古今多有传闻。

相思树是极平凡的一种树，不像名贵的树有种种苛求，却有极强的生命力。由于它的强者姿态让一片片赤土埔摘掉不毛之地的恶名，由于它在夹缝蓬勃生长让青筋暴露的岩石也带着柔情。

我久居没有相思树的北京，心里却一直有一棵相思树。

我第一次注意城里的树是上大学时路过上海，看到街道两旁的垂杨柳，青青的一抹一抹的绿，仿佛是定做的，都一般儿高矮，树帽一般儿大小，仿佛每个柳条都一般儿长短。后来就注意北京的杨树，树干都高大笔直，仿佛都一般粗细，像一排柱子。柏树，一棵棵数过去，像一个一个的塔。相思树的枝干是最不听话的，全都随心所欲，让我也觉得不好意思，像我们乡下人一样不懂礼仪。它不能融入城市。

北京的街道横平竖直。香港的街道是沿着海边建的，背后是山，前面是海，地面不够开阔，有时不得不挖山，有时不得不填海，街道就不能像北京那么宽阔，窄窄的街道，容不下窄窄的绿化带。有时走在一尘不染的街道上，冷不丁觉得缺少了点什么。几乎找不到街道绿化带的香港，和有着宽阔绿化带的北京相比，它是绝对的不缺少绿。

不仅它背后的山，很多山体还一块一块挤到街道边上来，和楼房并排着。规矩的街道自己规矩，不规矩的山在街道的允许下自己不规矩。不规矩的山上也就容忍了不规矩的相思树，在家乡常见的相思树，我终于在摩天大楼的香港找到了它。它的虬曲的枝干，它的眉形的长叶，它的绒绒的小黄花。我突然想，究竟是我故乡的相思树不能登大雅之堂，还是城市不应该拒绝我故乡相思树的姿态？

在这几十年里富起来的故乡，让人不无心忧，我们以牺牲环境为代价，落花枯树，寂寞鸟鸣。

最近，我们终于有一种欣慰，那就是重新拥向我们的绿，我们从新的高度创建绿色家园。在市区建八百亩的八仙山公园，九百亩的人工湖和四百五十亩的生态园。我们不仅有条和点的绿，我们也有成片的绿。不能成为绿化带的相思树，有了自己的立足之地。

在评选晋江人喜欢的树和花专家组，洪伟辟、黄良和我，极力推举相思树。

不要忘记贫穷时和我们相依为命的相思树。不要忘记我们在异地思念千年的故乡的相思树。

相思树是千年晋江的编年史。

鸟雀三题

喜鹊

1970年。山西朔县。部队接管一个监牢。我们在部队接受再教育，也便一块儿进驻监牢。

某日，在地里捡到一只小喜鹊，便带回住处，与我们同餐共宿，很快地就羽毛发亮。小喜鹊和我们混熟了，不怕人，总在小院里踏跳。

有一个同学，心情郁郁不乐，低头走路，把地上的一根木头踢出去，喜鹊忘记自己还会飞，只是往起一跳，于是躲闪不及被滚过来的木棍压折一条退。

小喜鹊马上就蔫了。

同学们都围了过来，都关心它。

我们连队，什么能人都有。马上就为喜鹊接骨，并用伤湿止疼膏，为它包扎。不几日，小喜鹊又会走路了。只是走起来有点儿别扭。一看，也许是不小心扭的，长歪了，一脚朝前一脚朝后。只好把它的腿重新打折，再接，这回成功了。大家都很高兴。

不几日，喜鹊的羽毛又发亮了。

一日，它突然想起自己的翅膀。头一次飞了几步。第二次飞上窗台。第三次就飞上围墙。它回头看看所有的人，而后就飞走了，消失在大墙的外头。

在朔县的田野上，是经常可以看到喜鹊的。我们在朔县的那些日子里，天天见到喜鹊。我常想，哪一只是我们的喜鹊呢？

血鹌鹑

北京人买了鱼买了肉，全都塞冰箱里，一是保存，一是杀寄生虫、细菌什么的。北京人惜命，做得挺认真。

闽南人一说是冰霜过的，就摇头，这里讲究的是吃鲜。记得汪曾祺老先生曾说过，北方人不懂什么叫鲜，光知道香。鲜可不是香。对闽南人来说，鲜比香还重要。猪。牛。羊。都得是现宰的。海鲜多是活的。菜馆、酒家、饭店都设有水柜。龙虾是活的。虾姑是活的。虾是活的。蟳是活的。跳跳鱼是活的。沙鱼是活的。桂花鱼石斑鱼加力鱼彩虹雕鲈鱼鳗鱼通通都是活的。

鸡。鸭。都是在菜市场现挑现宰，这才放心。

鹌鹑呢？

我想，一定是它太小，不上斤两，一买就得好几只，现宰太慢，得宰了等顾客。宰了又怎么证明是刚宰的呢？

我在街面上看到这惨惨的一幕，卖鹌鹑的人把鹌鹑活活地剥皮，并不杀死，让它们血淋淋地站着颤抖着等待买主。真叫人目不忍睹。

别的国家和地区对宰牲口家禽直至鱼都有法律规定，动物必须在一秒钟内杀死。我们却还保留着很多残忍的方式。猴脑。三声菜。八仙过海。这些只是听说过，而在闽南街上的血鹌鹑却是亲眼所见的。

某日夜，与故乡文友王云传、伍约瑟（我为他取了一个笔名：五月色）闲谈对酌，因是在约瑟的宿舍，他正炖鹌鹑，便端上作下酒菜。我的眼前老是闪出街头的血鹌鹑，终于是无法举箸。

醒　雀

我出生在农村，小时候一直住在村子里，每天早晨都是让雀子吵醒的。雀子和我们住在一起，天一透亮，它就睁开眼睛，一睁开眼睛，就说个没完，不知昨夜做了什么好梦。还都说都说，一窝窝都好热闹。我在雀叫声中醒来，一夜的梦却都让它吵跑掉了。但醒来，再在床上懒一会儿，听听鸟语，是很惬意的。

消灭麻雀后不久，麻雀又多了起来。后来不消灭麻雀，麻雀却眼看着少下去了。

终于是母亲给我讲的那段故事，那段我在《世纪预言》中写的故事：这几年蛤蟆和雀子一群群地自尽。蛤蟆自己跳起来，把肚子扎在剑麻上。雀子一群一群，成千上万，全往一个山上飞，自己分成两拨，莫名地就对打，死了一山坡……

随着工业文明的发展，一个有歌声有翅膀的美妙天堂世界正在被人类擦掉。人类太实际，叫自然受着深深的创伤。

在北京，在我的家门口，我还常常看到雀子。它们甚至几次不屈不挠地在爬山虎丛中筑巢。几次受风雨摧残，它们继续努力，终至成功。

在城市还有雀子，而在家乡的村子里却见不着了。

最近母亲又说，好久没听到雀子叫了。

我说过：母亲已经九十高龄，属老神仙了，她感知着这个世界。

听了母亲的话，我怦然心动，但有一种无力回天的感觉。

花 树 三 种

古槐，两棵或三棵

院子里有两棵槐树，是两棵古槐。有人说是三棵，但那另一棵我没见过。

两棵古槐中间夹着一幢西式平房。那平房的墙不构成一个四方形，而是凸凸凹凹的多边形，但总体还是一个四方形，只是非常明显地凹进一角，那自然是在迁就其中的一棵古槐。房子大概已近百年或已过百年，古树却没细考过它的年轮。但凭百年老屋特地为它凹进这一角，也许可以说，那时它已经是古树。主人爱树，于是削屋适树。

古槐默默，似是无情，但根须在黑暗的地底互相触摸。繁枝密叶也在屋顶向对方延伸，并在 8 月的黄昏借用暗香偷情。

老屋不知几换其主，它的最后一任主人，又注意起这两棵古槐。原因是西边那棵古槐挡去他的夕照天光。

主人是半个艺术家，他用一半的精力搞艺术。我感到他也是爱树的，他的门前有一排柏树，两丛翠竹。一是朴拙，一是挺拔。两盆娇滴滴的紫薇。一墙泼辣辣的爬山虎。天知道他为什么埋怨古槐？

主人的另一半蹒跚于官场，属下百十人，搞行政的两位，都感觉到那两棵古槐。

其中一位，在西边那棵古槐贴近地面的地方剥去一圈皮。

主人感到适意了，亮堂了，于是一抬头，看到蓝天上举出一只枯黑的手。举了几年。也许看腻了，锯了去，剩一个枯树头。它竟然就这样去了，没在树头边上再萌发几株新芽。它连它的伙伴也不留恋吗？

只剩一棵古槐。8月照样繁花，香了半个院子。它独自一个，又留恋什么呢？

主人的另一位行政属下，也没能忘记那另一棵古槐。搞基建时，利用它，把一盘盘扭曲的钢盘拉直。古槐默默。

几年后，一场风雨，另一棵古槐也倒下了。请园林局的人来看了现场。它把房子都压坏了，还有它自己招了虫子，是棵病树。锯掉就锯掉，顺理成章。自然不算谁的过错。

但我知道，有一个剥去一棵古槐的一圈树皮，有一个用古槐拉钢筋，让它受了内伤。

只剩下两个枯树头，夹着那幢西式平房，绝不萌发一株新芽。

记得冯玉祥将军曾写过一首打油诗。

> 老冯住徐州，大树绿悠悠。
> 谁砍我的树，我砍谁的头。

而在这个院子里，被砍头的是两棵古树。

古树砍了，主人便死了，主人一死，房子就让人拆掉了。最后被刨出来的是那两棵古树深埋地底的树头树根。于是，好像什么事也未曾发生。

总有记住它们的人，但我不知道那另一棵……

冬日的白玉兰

早些年春游讲究到颐和园去看白玉兰。

现在，玉兰花种得多了，长安街贴着宫墙有长长的一排，红墙白玉兰，醒人的眼目。

我们院里种了三棵，两白一红。

一棵，听说是白玉兰。它绿过几回，便夭折了，未曾开过一朵花。

另一棵，是红玉兰，年初移栽过来。从一地到另一地等待春天。人挪活，树挪死。有几棵树给挪得蔫头耷脑的，它却极顽强，脚跟还没站稳，便用尽吃奶的劲儿，而赢得全院人的青睐……但它终于心力不支，在含苞未放的时日便一朵朵从枝头跌落了。残留寥落的碎碎的绿叶，都如虫子咬过一般，接着便全部枯死枝头。几场雨，枝干上只绽出两片绿叶，两只眼睛，盯着你，像一丝幽幽未断的魂。但种花老人比我们看到更多的希望，他说，只要树皮不干，它便还活着。

还有一棵，也是白玉兰，这是最好的一棵。每年春天给我们奉送一二百朵冰清玉洁的花朵。

红墙边的玉兰，一棵棵是等距离的，而且每一棵高大挺立，显得雍容华贵。树冠都成宝塔形。

我们院里这一棵，却是分杈的，显得随意，别有一番娇媚。

人无千日好，花无百日红。玉兰花的花期更短。最好时是含苞欲放的几天，从干干的枝杈上伸展出来这玉石般的花蕾，它抢在绿叶前边，抢在姹紫嫣红前边。当人们注意了它，它便一天天地丰满自己，以至于丰润白嫩，形体并没有根本的变化，让人充满了等待。终于在某一天，它缓缓地绽开了，但开了就意味着凋零。它真正绽开，大概也就撑持一天，不及两天，花瓣便有倚斜的了。三四天便成病西子。五六天便开始零落，并渐渐地让位给绿叶。当多种树、多种花的叶子争着抢占空间的时候，玉兰花树的绿叶便被挤在其间，它再也不显眼了。

人们注意玉兰花，几乎就只有那么几天。

再有关心它的是种花老人。他是个古稀老人。两道弯弯的白色的长寿眉下边，坑进去的眼窝里边闪着蓝幽幽的光。铸铜般的筋骨鼓凸的躯体。他着一件家做的白粗布背心，腰两侧用几道布把前襟和后襟连在一起。让风儿在那些孔洞里钻来钻去。老头浇水、施肥、拔草。

另一个关注它的是我。别人认定作家就是坐家，不用上班，这是太自在了，闲适得可以在外边赏花并呼吸新鲜空气。其实，我是不舍弃绿叶。

深秋，初冬，叶子便都变了，或艳红亮黄，或焦红枯黄。全都无可奈何地去了。于是，除了松和柏，一切在夏日伸展的绿色的叶片便零落成泥回归大地。于是，只剩树干树枝。树枝我也不舍弃。于是，我再次注意了白玉兰。

玉兰花树利用最后的绿叶的遮盖，便开始孕育第二年的花蕾。当叶片纷纷离枝而去，那些微微鼓胀的枝头便暴露无遗了。

冬日，我便忘不掉玉兰花，常常去看它，不是看那些写意的疏枝，而是注视那饱胀的枝头，细细地数出明年的花数。

冬日，北京零下十几度的寒冬，加上风像刀一样拉，那非凡的枝头，就那么忍着，抗着。

冬日，种花老人抱着炉子，去啜二锅头啦，而我，独自成为寒风中的数花人。

扑向寒冬的园菊

立冬了。

坐在暖室里隔窗看外边的花坛。柿子树只剩下一树铁黑色的枝干。玉兰的叶子枯焦。毛槐的叶片黄绿不匀，却已经在枝头挂不住。玉棒自己围成一个金冢。紫藤和丁香在一起，是庞大的一簇金黄，可惜只是最后的璀璨。于是，不落叶的松柏显得更绿，甚至一针针显出油光来。但一切都已经无可挽回，冬，到底叫人产生一种落寞的情怀。

一偏头，却看到那一丛园菊，在阴冷的寒气里，却灿若繁星地开放着。

梅花，直至玉兰花桃花杏花李花迎春花，它们都有着不畏严寒的赞词。但它们毕竟是受到春的暖意的呼唤。

而这丛园菊呢？它是为了什么。听到了谁的呼唤，就这么不管不顾地扑入寒冬？

去冬，也是这丛园菊。开放时，我并不在意。从春到秋，花花草草，舒展妩媚。它不过是岁末的一种花，并不娇美，似乎是挑剩的似的，把这不伦不类的季节留给了它，让它跻身于枯枝败叶之中。花色也不中看，橘红色，色不太匀，还有点儿发旧，甚而至于让人觉得它有点儿像出土文物。

后来，是种花老人，见它们散散的，用一段细索把它们拢在一起，它们竟然就这么互相依偎着，抗住了严寒，叶不枯焦，花不凋寒。整整跨越一个冬季。

我见过别人家插的干花，有从内蒙古带来的，还有从泰国带来的，都经过人工，都是死亡的花。

这丛园菊是生命的花，在寒风冷雪中的生命的花，仿佛被寒冷凝固了，又仿佛凝固自己以对付寒冷。你看它，叶不枯而润，花不凋而嫩。

显然，这是与世无争的一种花，却又是自强不息的一种花。

下雪，夏的姹紫嫣红的花坛成了冬的白玉无瑕的花坛，花花草草已经眠于地下，独有这丛花，在这雪地中自成花魁。依旧依偎搂抱，百十朵花，谁也不肯低下头去。那花，有了一种冷艳之色。

直至来年，当所有的花草吵吵闹闹地扑向春天时，它才在人们不在意的时候倒向大地，并缓缓再从根部萌发新枝。它也不乔装打扮，像个漫不经心长不大的姑娘。当各种花以各自的性感美炫耀于世时，都以为它是一丛寡情的异类，谁也不知道它这么长久地寂寞，内心孕育着一个多么狂傲的构想。

我问种花老人，这是什么花。

种花老人告诉我，叫黄藏菊。也叫九月菊，在农历的九月开。也叫五姐妹花，每一枝都开五朵花。

它枝杈散漫，又不献媚取宠，所以不能登堂入室，不尊贵于盆架。

它植根于大地。

它直临风雪。

它便不改自身的野性。

它便有资格向人显示出不驯的个性。

我走出暖室，去吞吐带着馨香的寒风，冬日不是无花的季节。

菲律宾的云

在从碧瑶回马尼拉的长途大巴上，我总是望着窗外，时而旷阔，碧草连天，时而狭窄，椰林夹道。醒人眼目的是那些红色蓝色的民居屋顶。路两侧还能遇到长年堆积的火山灰。也许是回程，我不再追逐那些异国情调的一景一物，便昂首放眼长空。千岛之国菲律宾常常风雨突变，却又转眼扫尽阴霾。天蓝极，不是一个洗字就能概括。纤尘不染，是人被逼到没路后的硬造。其实，那蓝，是由那些白色的云给提出来的。

长年住在大陆内地，云的印象往往是浊浊糊糊的。也许也因了各种烟尘的污染，但不止于此。黄土高原刮起大风，天空几天都是黄色的，天不下雨下黄泥，地也跟着黄几天。浊浊糊糊的云还是黄色的。没错，这只是偶然。但平日的云，真的也是常常没个形，色儿也多是灰不溜丢的。不是没有白云，又抹不去笨笨的感觉。天不易见蓝，云也不易见白。蓝不透，白不透。

蓝天是人类对天空的一个非常笼统模糊的概念。一位英国画家画了一个紫色的天空，很多人不接受，它却因这点突破成了名画。这岛国才真是天蓝云白，叫人心里好清爽。先是荡出一丝一缕，幽幽然，像在碧蓝的水中淘洗白色的纱巾。

突然堆积起来，云的奇特造型，只能用天马行空大鹏展翅作比。有时是布德尔及布德尔以后的现代雕塑加上十倍的变形，那是天和海，上下两样无边的蓝色碰撞的想象力。而且，它瞬息万变，像一代代现代艺术在否定前贤，标新立异。有铸铜，有石雕，有木雕，甚至有沙雕冰雕，这里的云雕是让人望空兴叹的上帝杰作。

我的南方故乡虽是大陆，却也是海边。从蓝色的海面上升起的白云比从黄土地红土地黑土地上升起的白云更白。看菲律宾的云就有似曾相识的感觉。也许，这一朵，来自故乡。也许，那一朵，要飞向故乡。

洗 绿 叶

飞机要降落的时候，我已经被新加坡这座花园城吸引住了。

记起新加坡城市规划设计大师刘太恪说过，城市设计的最高境界，一是惜墨如金，错落有致的建筑群；一是泼墨如水，留出大片的绿地。

在饭店住下，发现摆在门前的每一盆花树，叶子都发出亮光，干净得一尘不染。想起北方，屋里尘土多，一位朋友，家里养着君子兰，还有龟背，那叶子，她老是用湿布擦拭，否则上边老是蒙着一层尘土。

我问漂亮的服务小姐："这叶子是不是有专人擦洗?"

她上下看看我，笑着说："有呀，是天使。"神秘地走开了。

我想，原来，新加坡还有这样一种职业。

第二天，出门，4、5 点钟，被截在半路，一小时的雨。

回来，又见到那漂亮的服务小姐，她告诉我："现在是雨季，每天 4、5 点钟都有一小时雨。"

我突然明白，这就是新加坡洗绿叶的天使，真的是天使。

秋红，谁为至尊

造物不堪忍受秋的零落，再作抖擞，于是有了一树树金黄，一丛丛红紫。黄色毕竟带着几分凄惶，红色却抖动着活力，抖动着生机。于是世人一到秋风萧瑟时日，便独钟于红叶。

北京一到秋天，秋游讲究的是去看香山红叶，看的是“万山红遍”，看的是“层林尽染”。看红叶要挑准日子。一般都在10月20几日前后，早几天红得不透，晚几天也不行，最怕的是这几天刮大风，那造物的杰作，往往毁于一旦，是很破坏心境的。当然毁了游兴。

其实，于秋日红艳者不乏其物。西红柿原是爱情的信物，现在让我们吃到肚子里去了。柿子树的叶子红了，柿子也红了。京郊房山河北沟遍布柿子树，深秋，年年红出一道沟。枫叶也是红的，它高挺着，红得像火炬。爬山虎也是红的，它爬满了一堵堵墙，一段段墙，从深秋红入初冬。不过，山里人摘柿子忙忙的，把那一片秋色误了。枫树，北京不多，也许气候不适，很少看到满树红紫的。记得在武汉见过三几棵红枫，它们在低洼处，拔地而起，好像有白墙衬着，它一直举向蓝天，在那儿抖动火苗一样的叶片。爬山虎这几年多了起来，把立交桥和一些高大的建筑也点缀得春意盎然，秋色浓浓。它蔓向公园，也探入人家，既有大写意，也有工笔画。正在赢得北京人的青睐。

去秋到香山看红叶，就没赶上好时候。再加上商业化的冲击，也颇煞风景。一到香山，先就见卖红叶的，等到走进山去却见不到一株红透的，心里就少了点什么。觉得那好的红叶都让贩子们摘去发财，叫这自然美景一下子残了。园林不能一览无余，一进门先得有屏风挡一挡，后才有曲径通幽。贩子们哪曾想到这些，一座香山，就他们红火。当然，从生意的角度看，也没错。一进门，游客的心最盛，要是有一伙人，总有慷慨解囊。管理园林的人大概也知道这是大势所趋。无可奈何红叶去。记得，一进香山，有几棵柿子树，叶片已经落光，枝头却还挂着几个熟透的柿子，红得像玛瑙。柿子不摘，红坠枝头，这说明他们想到看秋人的心了。

秋天不看红叶，总觉得空了一块。其实，未必人人都挤在香山。有雅兴也不妨去看看京郊的柿子沟，还平添几多野趣。实在忙得脱不开身，你忙里偷闲，定要去注目那些爬山虎。它常常是你凭窗举目可及的。

爬山虎的绿叶也好。

我窗外的那堵窗上就有爬山虎。干粘石的水泥墙，大概一米多高隔着一道横格。爬山虎每个月爬一格。4 月一格。5 月一格。6 月一格。7 月一格。8 月，天太热，爬不动了。9 月末它终于爬上去了。10 月又一格……

我们全家人都关心这棵爬山虎。一天天观察，它往上爬没有，见它爬不动了，还在心里为它鼓劲儿。

麻雀竟在它的藤叶间搭窝，风雨毁了它们的窠，照样不肯离去，黄昏时总在叶间嬉戏。

干粘石的水泥墙不好攀爬，有几场狂暴的风雨，狠心地把它们从高处整片地撕下来。叫我们心里很不好受。但爬山虎不屈不挠，萌发新芽，继续往上爬，好像它有一个什么目标似的。它将义无反顾，或者，这是一种宿命，爬，就是它的一切？

在去看香山的红叶不红回来没几天，我发现我们窗外满墙上的爬山虎红了。红得像有明火衬着，红得像它自己能溢彩流光，那是怎样诱人的一墙红叶啊。尤其是高处那几串，红得娇嫩，可以说是红艳欲滴了。

造物赐福于万物，谁为骄子？看谁写出最浓的秋色……

三十二君子

今年春节前，岳父给送来一盆君子兰。三株合盆，叶叶宽大，叶叶墨绿，带着一股盛气。

君子兰是名贵的花，也养得娇。岳父交代不要太热，少浇水，开花前要晒晒太阳。何为太热？少是多少？晒晒是怎么个晒法？怕把花伺弄坏了，真是无所措手足。厨房放几天，怕太凉，怕油烟，便挪客厅，又怕太热。我家是朝北的，没阳光，抱到院子里怕冻死，寒冬腊月的。只能在屋子里晒太阳，借了人家几回阳光，沉沉的，抱过去，又抱回来。我倒是一片真情，君子兰是知情的。

刚好卡在春节头一两天，第一株开了。又隔了三五天，第二株也开了。再隔五七天，第三株也开了。第一株开了十二朵。第二株开了十一朵。第三株开了九朵。合共是三十二朵。三十二君子，没有滥竽充数的，整香了一个月。如此之盛，震了所有的客人。

朋友问怎么养出这么好的君子兰，我一时无语对答。想了想，只好把过程一说。她笑了，让你赶上了。她说，她的君子兰照顾得比孩子还周到，甚至每天用清水帮它擦洗叶子，不让落下一点尘灰。偏不领你的情，正是有心栽花花不开。

古今一直有君子小人。为什么独此兰获此殊荣？我知道，世间万物都有自己的品性，既有动物吃植物，也有植物吃动物。在南美非洲的很多原始森林中就潜藏着难以预测的险恶。有君子兰，可有小人花？

今年在东北会友。在南方会友。北京文友多年散散的，各自独来独往。今年有多项文学活动，于是得以会聚。三处会友，有数十正直坦荡友人，正是应了三株三十二君子的花兆。

奉献了三十二朵花，所有油亮阔大的长叶骤然苍老了。但君子兰不是水仙花，花败叶倒，而是在老叶间萌生一片片嫩绿新叶，被新叶推向一侧的花梗默默地孕育花籽。

为了感谢君子兰，春暖花开时，我便把它捧到屋外的花坛上去晒太阳。谁知君子兰好阴凉，不盛骄阳，只一会儿，竟把几片新叶晒化了。这个化字绝不夸张，绿色消失了，成了透明状。我知道这是烫伤，赶忙搬到荫凉处。心里难受极了。对不起，君子兰。

后只好交代朋友去救护，但我仍常问它并去看它，希望它碧绿如初。

君子兰，我歉疚和思念的花。

紫帽山，我寻找你那紫色的帽子

紫帽山，我猜想，也许你有过一个紫色的花冠，或者有过一顶紫云的帽子。数次登紫帽山，但都没见到它。

如果你有过一个紫色的花冠，那它是在什么时候丢失的？我和你相知相识的时间太短，还知道你有龙眼林、荔枝林、杨梅林和柿子林，但它们有很长一段时间不开花了。那时，一万根烟囱在你的一侧编织了一朵硬硬的云，日照不透，风吹不去，让你受了伤，让你丢失米黄色的龙眼花、红色的杨梅花。人们一次次反省，拔除烟囱，驱散浊云，还你蓝天。但你的紫色的帽子却还是一个无解的谜。

我这次爬到你的山顶，听到熟悉的《草帽歌》：

妈妈你可曾记得
你送给我那草帽
很久以前失落了
它飘向浓雾的山岙

耶哎妈妈那顶草帽
它在何方你可知道
它就像你的心儿
我再也得不到

忽然间狂风呼啸
夺去我的草帽耶哎
高高的卷走了草帽啊
飘向那天外云霄

妈妈只有那草帽
是我珍爱的无价之宝
就像是你给我的生命
失去了找不到

我要为紫帽山寻找紫色的花。人世间有哪些紫色的花，好心人告诉我，紫薇、桔梗、勿忘我、荻花、紫睡莲、紫三色堇、紫花地丁、诸葛菜、紫牵牛、紫矮牵牛、紫玉兰、薰衣草、鸢尾、紫石竹、益母草、黄芩、紫菀、风铃草、紫罗兰、紫藤、夏枯草、紫花藿香蓟、野牡丹、通泉草、蜂室花、醉蝶花、紫丁香、紫荆、紫花槐、歪头菜、茄子花、扁豆花、蚕豆花、千屈菜、互叶嘴鱼草、毛地黄、紫翠菊、华北盆篮花、紫风信子、蝴蝶兰、紫茉莉、紫丁香、银莲花、绣球花、百子莲、紫芳草、耧斗花、匍匐筋骨草、飞燕草、假连翘、地中海蓝钟花、万代兰、薰衣草、美女樱、矢车菊……那天，有人还说，有紫色的三角梅。

我这回来了，看到你的树多了，花多了，也看到你曾丢失的又回来的花，紫帽山，我真为你高兴。但我又惶惶然，我仿佛看到另一朵云，又把它的影子投在你的脸上……这里举办了紫帽山七人书画笔会，七个画家合作一幅山水画，上边题了一行小小的字。山水画，不能题大字，这是一种约定俗成。假若你尊重一座大山，你不能肆意拔地而起，风骚在它的前边。我真的害怕，害怕一万根无理的烟囱倒下去后，几百幢合理的高楼站起来。过去，中国人说知足常乐，千百年，让你昏昏沉沉。但是欲望也可能把你弄得要死要活。

耶哎妈妈那顶草帽
它在何方你可知道
它就像你的心儿
我再也得不到

紫帽山，也许我应该去寻找你那顶紫云的帽子。

我着手搜索。

紫帽山，常有紫云覆盖，故名。

紫色：代表权威、声望、深刻和精神，紫色是由温暖的红色和冷静的蓝色化合而成，是极佳的刺激色。

紫云：带有紫气的云霞。

紫气：紫色的霞气，古人以为瑞祥的征兆或宝物的光气。

这次，我爬到你的山顶，西北望，我知道那里有清源山上八百多年前的老子石雕像，因是最大，称老子天下第一。但我看不到清源山看不到老子像。

《列仙传》："老子西游，关令尹喜望见有紫气浮关，而老子果乘青牛而过也。"

据说，太阳出来，射出各种光芒，有青光，有紫光，有红光，有黄光，青光、紫光波长比较短，被大气吸收了，我们就只能看到黄光红光。但朝霞的调子偏冷，晚霞的调子偏暖，这不就是青光紫光使然？

什么人物要出现，能是紫气浮关？能是紫气东来？而且是滚滚如龙，长达三万里？一个我们敬仰的人，我们心里都觉得他带着五彩光环，让蓬荜生辉。那么，紫气东来三万里，就是在关尹喜的心里。他尊老子为圣人。

关尹喜等了九十天，强留老子写下了五千字的《道德经》。

老子把《道德经》留下，飘然而去，不知所至。

所以后人说，先有关尹喜，后有老子。

我们在半山的金粟洞后边，看了四处摆放的心字石，有个心字，三点都在外边，有人笑说是花心。

传说紫帽山有百字心字石，从眼前脚下渐渐进入山林，不知有多么深远，人们在寻找中，全然迷失。传说，若是谁找齐百字心字，即可成仙，一般人都只能找到一二十字，自知当不了神仙，便哈哈一笑，还是下山做人。其实，有心如关尹喜，崇尚文化，自然就能看到紫气浮关，就有紫气东来，就能找回紫帽山那顶紫云的帽子。

紫气浮关，紫帽也。

牛姆林

牛姆林夏天不管多酷热的日子总是保持摄氏二十八度，这是一个诱惑。牛姆林后来又养了孔雀鸵鸟，想增强它的诱惑力。但牛姆林对我的诱惑仍然仅仅是那片山林，那片带着草木清香的山林。

我是一个基本上不做笔记的人，但在牛姆林我不得不一个一个地记下那些珍异树木的名字。仿佛一种宿命，回来后那份记录便丢失了，不但丢失了那份记录还丢失了那份记忆。苦苦地想那些树木的名字，全都混杂了无法清理，好像有一种沉水樟，只要砍伤它的树皮，它就没完没了地流水，牛姆林人给它取了一个特别的名字：最容易受伤的女人。算了，忘掉了就让它忘掉了，对于那些珍贵林木的解释属于辞典。在林间漫步，让脑子完全放松，不要苦苦地去记这记那，损伤了我对于林间摄氏二十八度的享受。当然，该记住的还得记住，牛姆林的树木有四种特点：板根现象，绞杀现象（就是藤缠树现象），变异现象（一棵树的树叶突然变成另一种树叶），茎花现象（在树干上开花），这是热带雨林的四种特征，所以我们也称牛姆林为闽南的西双版纳。林间的摄氏二十八度不是室内的摄氏二十八度，那空气是浓浓的纯纯的，有时是青草的苦味儿，有时是花朵的香味儿，并不混杂，一丝一缕的，沁入你的肺腑。

人工地铺了一条条鹅卵石路，不是水泥，这鹅卵石路本身就很可人疼，跟那些山间的林木显得亲密无间。落叶满阶红不扫，就是满地落叶，你都觉得它干净，这是经历了现代生活以后最亲切的印象。牛姆林偶尔也能看到游客随意扔弃的红的白的塑料袋，但牛姆林人是敬业的，你能看到有个背着大塑料袋的人，在山道上不时地弯腰，捡拾那些现代垃圾。鹅卵石道，棕色的黄色的，偶尔也有一片红的绿的落叶，脚踩在上边，比踩在任何高级宾馆的地毯上都舒坦。

山林高高地撑着，像一组绿色的伞，但疏密有致，把凶狠的太阳打碎了，变成一组温柔的碎片，日斑在人的身上跳动，像小孩子软软的小手。举头，是鸟语；低头，是泉声。树木也会说话，轻轻儿的，也许是树叶跟树叶在亲嘴。

牛姆林并没有以某一景某一物作为你的目标，让你觉得是到达了，只是非常随和地展示各种林木，你不会因为没有到达某景而耿耿，在牛姆林是一种真正的休闲。你可以闲闲散散地走，你可以轻轻松松地谈说，就是你忘乎所以讲天说地，你也仍然感觉到那个清清爽爽的牛姆林一直拥着你。但也有一些东西调皮地打断了你的话，一只像用花瓣编织的大蝴蝶，一只像用蓝宝石雕琢出来的蓝蜻蜓，它可能成为你的高谈阔论的一个逗号，给你的话语增加了一种情趣。蝴蝶常常擦着你的裤脚飞，蜻蜓常常立在你注目的某一杈新枝上。到牛姆林就是看树，各种各样的树，无意中发现这蝴蝶这蜻蜓太多太美，它使静静的牛姆林有了一种无声的热闹，仿佛无数色彩在流动。牛姆林人告诉我，牛姆林的蝴蝶有上千种，牛姆林的蜻蜓有上千种。哦，牛姆林的蝴蝶，牛姆林的蜻蜓。我们甚至可以翻过来说，蝴蝶的牛姆林，蜻蜓的牛姆林。

北溪桃花谷

我们不是在桃花开的季节去永春桃花谷。

走在路上就开始下雨，天白茫茫，地湿漉漉。远景，雨幕已经拉上。近处，烂泥还想拉住你的脚。

谁知一到桃花谷，雨停了，而凑热闹的云搂着青山不撒手，林木刚刚洗过，层层叠叠的绿，色重了一点，云一派清纯，白如棉团生丝。很多山拉扯着围成一圈往下看，它们在看什么呢？是在看游人吗？我们在看它们。

云把一层层山分出来，一层二层三层，云漫不经心地，回回把山的层数搅混，弄不清是五层七层。

有木头的台阶，木头的扶栏，林木拥着，走上高处，树因人而开心，扔几十粒水珠，从衣领处钻进去。

三几声鸟语，也是刚洗过的，像突然跳开的水珠。

桃花谷，原来是一个野山谷，有溪流，从绿里边钻出来；有瀑布，从岩壁上洗下来，汇在一起，从山底下跑掉了。现在挽留在谷底，宛若天成，青蓝青蓝。它知道那么多山围着在看什么，那些山都照影在它的里边。

几处楼台，隐在山林里，惜墨如金。

湿漉漉碧森森的岩壁，绿条参差，野趣横生。

我喜欢那一山山刚刚洗过的树，绿绿的，亮亮的。

本想让山帮我数树，山把自己都数错了。

他们自己说了一句广告词：来永春永葆青春。

我说，你们这里是一个人分一百棵树，我们是一棵树分一百个人。

横渡汾河

在我的生活中，很少感觉到身边有一条河。长江黄河，都只在它们边上片刻逗留。故乡的晋江，上边已经横跨着很多大桥，每次还都是坐车经过，从眼前匆匆飞闪的是两边的桥栏，忘却中间空一截的下边是滚滚的江流。细想有点滑稽，真正贴近过的是遥远的那一弯浊黄的汾河。我住马牧，在汾河边上接受“再教育”，隔岸是洪洞县县城。洪洞县里没好人。《苏三起解》里的一句戏文让贫穷的小县城出了名。不过，那时我们要寻找城市文明，只有过汾河走到那里。噢，汾河，我一次次走过的汾河。我记住它几乎断流的干涸的河床，有人在水流中扔几块石头，我们就这样踩着它过河。我记住它为了友情，漂走一束我送给远去的友人的野花。我记住寥落地立在岸上的有点儿寂寞的白杨树。我更清晰地记住它的那一回洪涛那一回暴涨……

暴涨的汾河才叫汾河，汪洋恣肆。可是那一段汾河上没有桥，多数时间处于干涸状态的汾河里也没有船。不暴涨，桥和船又有什么用？用时没辙了，要过河得现扎木排，记得是又大又笨的木排，怎么也掀不翻的木排，可以载百十人的木排，让人放心。没有桨没有橹没有撑竿，就由浸在水里的几个人推着走。一岸人全上，不分男女老幼，推过去。到那边，排上的人全下，等着的一岸人，男男女女又全上，又推过来。推排的人，在河中都只露一个脑袋，可到岸边就都把身子露出来了，全都一丝不挂，全都精赤条条。排上的人聚成一团，并不嬉笑，全都认认真真地过河。偶有一女子衣着俏一点，或带一把红伞。浊黄的河水，浸黄的木排，古铜色的裸体汉子，显得极和谐统一。并没觉得是伤了什么风化。我总忘不掉汾河的这一幕。

那是生命中非常扭曲的一段日子。我们那一年由全国分配到北京的大学生一百五十多人，那时的大学生男生居多。到部队接受“再教育”被劈成两半，我们是一半，当然是男生居多。我们连的另一半是北京师范学院的学生，他们比较特殊，好像是男女各半，分配前就多交了朋友，这在当时是不可以的，于是把他们拆开，我们连的另一半就是师范学院的有男朋友的女生，以为这样就不会乱来。当然，结局不可能让设计者们满意。这让教育我们的部队军人官员很是烦恼。不过，什么都会过去的。逝者如斯，逝者如汾河。

叛逆的江河

当我动笔要写故乡的这条晋江的时候，另一条河却同时向我奔腾而来，是金涛澎湃九曲连环的黄河，我们中华民族的母亲河。一江，一河，一条不足200公里，一条有几千公里；一条只穿过几个县，一条流经十几个省；一条鲜为人知，一条无人不晓。没有可比性。

我注视黄河。

它似乎是从蛮荒中涌出，从远古流向未来……

一开始，它竟是那般的柔软、微弱、清亮，只是淙淙流淌。但它招呼着，汇集着，于是融汇百川，激越冲击，泥沙俱下，滚滚滔滔，再也没有什么阻拦得了它了。到了禹门渡，河床是坚硬的岩石，泥浪日日夜夜地冲刷，从大禹治水到现在，烈性的黄河浪，把岩石的禹门渡洗退了60多公里！一条叫人这样敬畏的河啊！它继续往前冲击，涌向无遮无拦的大平原，然而它筋骨肌肉突突的躯体突然放松了，它舒缓地把自己摊平了，它挟带泥沙，每吨水里竟裹着70公斤泥沙！它缓慢了迟滞了，像是流不动，有些地方变成了大泥淖，连风也推不动它，它几乎打不起浪。它闷闷的，不作声了。它太累了，竟然悄悄儿地把泥沙卸在河床上，慢慢地慢慢地把自己托了起来，托得比地面还要高，甚至连河床也比地面高出了好几米。于是，它的沉默就显得那样可怕。叫你等待着等待着。不信，你就等待着。说不定就在哪一天，哪一个瞬间，上游一抖动，它便跟着翻一个身，暴躁起来，恢复它狂暴的野性，任意冲开一个缺口，轻率地抛弃原来的河床，夺路而走，百般威风地漫向大海，滚向大海，这就是叫人心惊肉跳的龙摆尾。史书上记载：黄河重新选择入海口，竟有 26 次之多。它一次次卷走老辈人的血肉灵魂，它又一次次为晚辈人铺展着华北大平原。

它用乳汁哺育了我们，我们称它为民族的母亲河。它吞噬了无数生灵的生命，我们又把各种的诅咒扣到它的头上。或溢美或诽谤，于是它毁誉各半摇摇摆摆，多少年来，我们一直把它当成一个客体，有时是神，有时是魔。其实，它是我们的肌肉我们的筋骨我们的血液我们的灵魂。龙摆尾并不是要让石破天惊，不是要叫人刮目相看，那是它的极度的痛苦，迸开的是它的血、它的泪。我们有时看不清自己，有个洋人倒看得真切，他说，这是一条动脉出血的河。黄河就是我们。舍弃黄河就没有我们。黄河流的是我们每个人的血。

河在闪闪烁烁，河在轰轰流淌。黄河流入了大海。在海上，它也还是一条河。碧蓝的海面上，笔直地往前涌动着一条黄澄澄的河。黄色的是河。蓝色的是岸。大海是包容万物的，它终于接受了这条古怪的河。蓝色的浪花和黄色的浪花拥抱了，激起那么高的水花，编成常开不败的花的摇篮。白色的浪花，闪耀着生命的光彩。摇篮里摇动着金红色的日轮。海水是金色的、红色的、绿色的、蓝色的、紫色的。它洗去长河的疲劳，化开它的浑浊，卸下它的沉重。

晋江呢？我曾经去寻找它的源头，源头的名字很诗化，叫“桃舟”。但我们费了一番脚力，却只找到云雾山中的一眼弱水，不由想起朱熹的一首诗：“步随流水找溪源，行到源头却茫然。始信真源行不到，倚筇随处弄潺湲。”第二天离开，车到高处，从车窗口眺望，一夜小雨，白云幻成奇观，云聚群山，连绵的群山，连绵的云雾。山在云里，云在山中。我们停车，站在崖头，纵观成为长卷的山和云。让我吃惊的是，云就停在那里，不弥漫不流动，包括那些弄巧纤云，全都凝然不动。朱夫子是人精，知道看见的不一定是真实的。何为源？罗隐说，出于山。李白说，天上来。我们去寻找源头，找到的是桃舟停云。大山不言云不语。

我无法拒绝，它们是那么固执地清晰地流动着，一江一河，好像自己有很多话要说。黄河要对晋江说，晋江也要对黄河说。

“大漠孤烟直，长河落日圆。”“白日依山近，黄河入海流。”黄河太壮美了，它浩荡入海，但是它在黄土地上走得太久，受到太深的教化，它没能把中华民族引向海洋文化。

历史的重任却落在3条小小的江河身上，晋江、洛阳江、鸿江。

现在，我站在江边，站在晋江边上，站在洛阳江边上，站在鸿江边上。老态龙钟的榕树给我荫凉，日斑在我身上跳动。心里涌动着江河诗词的名篇佳句：

孔子：

> 逝者如斯夫。

李白：

> 君不见黄河之水天上来，奔流到海不复还。
> 君不见高堂明镜悲白发，朝如青丝暮成雪。

李煜：

> 问君能有几多愁？恰似一江春水向东流。

苏轼：

> 大江东去，浪淘尽千古风流人物。故垒西边，人道是，三国

周郎赤壁。乱石穿空，惊涛拍岸，卷起千堆雪。江山如画，一时多少豪杰。

遥想公瑾当年，小乔初嫁了。羽扇纶巾，谈笑间，樯橹灰飞烟灭。故国神游，多情应笑我，早生华发。人间如梦，一樽还酹江月。

杨慎：

滚滚长江东逝水，浪花淘尽英雄。是非成内败转头空。青山依旧在，几度夕阳红。

白发渔樵江渚上，惯看秋月春风。一壶浊酒喜相逢。古今多少事，都付笑谈中。

毛泽东：

独立寒秋，湘江北去，桔子洲头。看万山红遍，层林尽染；漫江碧透，百舸争流。鹰击长空，鱼翔浅底，万物霜天竞自由。怅寥廓，问苍茫大地，谁主沉浮？

携来百侣曾游，忆往昔峥嵘岁月稠。恰同学少年，风华正茂；书生意气，挥斥方遒。指点江山，激扬文字，粪土当年万户侯。曾记否，到中流击水，浪遏飞舟。

一个词，重复着：逝水。于是，智者感慨万端，有很多深远哲思。3条小江，并没例外，滚滚而去。不一样的是，原先几乎所有的中国江河，到大海，就没了，所以是逝水。而这3条默默无闻的小小江河，到大海，反倒有了。竟然在宋朝、元朝就成就大事业，成古港，还让马可·波罗称为“东方第一大港”，与亚历山大港齐名。这使我的江河思考有了大海的澎湃激情。

一道斜斜的武夷山脉，把福建和中原大地隔开，这是让它更封闭，还是让它避开封闭，有了独特的外向条件？

看看二战地图，日本占领了大半个中国和东南亚各国，却独独把福建省空了出来。原因说不太清楚，也许就因为这武夷山。

江河接受两岸的过化，所以万里黄河、长江文化意识太成熟了，太沉稳了，循规蹈矩；而武夷山的阻隔，倒使晋江流域的小小江河保留一些原始野性，有一种叛逆性格。

当我注视晋江流域的时候，是这里的又一次蓄势待发。

每次飞越晋江，我总是从窗口往下看，那正是晋江、洛阳江的出海口，也是历史的“东方第一大港”，虽是昔日风光不再，却是气势犹存。山不在高，有仙则名；水不在深，有龙则灵。江河不在长短，有大海则壮观。江河总是一条宽度有限的曲线，而出海口却是一个延伸的扇面。若是旭日东升，江河只是一条金线，出海口却让人看到盈盈的一海镕金。使晋江出海口壮观的还有，泉州、晋江、石狮、南安一片片楼群在世纪交界拔地而起，不像过去只靠东西两座石塔擎着天空。

一次，我从北京飞晋江，飞机正要降落，却黑云滚滚、雷光闪闪，让人望而生畏，飞机又往回飞，暂时降落在武夷山。

这里还能重鼓古港雄风吗？我 20 年前提出这个问题，那时它只有“东方第一大港”的美好记忆和现实的只有 800 万吨的年吞吐量。

廉颇老矣，尚能饭否？

我不知怎么又想起孔明碗，它有两个底，中间是空的，看是一大碗饭，其实只有半碗。孔明后来是硬撑着的。

噢，你这让很多有识之士叹惋的泉州港。

孙绍振先生问，中国有没有海洋文化？

刘登翰先生说，应当说只有港口文化。

孙先生说，是出逃文化。

什么是“海洋文化”？

有人做这样解释：所谓“海洋文化”，是指依赖于海洋进行商品生产所形成的文化观念和形态。

几个世纪的风云，现在已经清清楚楚。

大陆文化，知足常乐，闭关锁国，就便是康乾盛世，也只是落日辉煌。

海洋文化，张扬欲望，地理大发现，征服大海，于是从15世纪开始，有葡萄牙、西班牙、英国、法国、德国、俄罗斯、日本、美国等9个大国的崛起。

中国古代海洋文化是极薄弱的，也可以说，只是处于一种萌芽状态，并一次次地被扼杀。

二位先生给我一个很大的启发，中国古代没有像欧美工业时代那样的海洋文化。

如果叫“港口文化”，泉州历史上有“东方第一大港”。

如果叫“出逃文化”，晋江流域是著名侨乡。福布斯公布的华人十大巨富，籍贯是晋江流域的，总是若干人榜上有名。

“港口文化”“出逃文化”就不是大陆文化。大陆文化意识薄弱的时候，它被容忍，便有“东方第一大港”。大陆文化意识强的时候，别无选择，这里的人就大量出洋，成了著名侨乡。

由于明清海禁，中国确实只有不完备的海洋文化。这种不完备的海洋文化在晋江流域得到较为充分的展现。

我决定写这条蛮有个性的晋江，它也许是听到一种呼唤，有一种共鸣，滚滚向我流来，我已经听到它的波浪。

沿着曲曲弯弯的晋江，走过崇山，也走过平川，但没有黄河的旷阔，也没有它的荒野，不像黄河源头只有又尖又硬的野草，这里云雾中有满山茶树，进入平川也有一片片荔枝林龙眼林，也有三棵五棵的，开红花的凤凰木，开黄花的相思树。这里的人迹不是一眼眼窑洞，是一幢幢有屋脊有燕尾翘角檐前滴水有天井红砖白石出砖入石的大厝，我们可以叫它“红砖厝”，倒映在江水里，历史上曾经是一道风景线。有蔡浅古大厝，传风水先生说，打石声不能停，所以，蔡浅一生都在盖房。有林路的富，没林路的厝。林路，清朝人，在菲律宾，从事建筑业，回到故乡，建了那100多间的古大厝。到出海口那边，倒映江水的还有非常独特的镶着红砖花窗的灰白色蚝壳垒墙的蚝壳厝，还有华侨回来盖的番仔楼。同时映入江水的还有村边盘根错节须根飘飞老态龙钟墨绿色的老榕树。使晋江流域显出特色的还有那些朴拙的古石刻，石将军、大力士、石狮子、风狮爷、石敢当。各种各样的摩崖石刻，让人记起“东方第一大港”的九日山祈风石刻。各种宗教石刻，让人记起泉州是“世界宗教博物馆”的摩尼光佛……它们都还掩蔽在南方浓浓的林荫中。我们顺着晋江北边的洛阳江、南边的鸿江，还能找到那带着风化斑痕的近千年的横跨江海的古石桥，洛阳桥、安平桥，这在古代世界是独有的。当然，这是记忆的风景，正在消逝的风景。但它是古时海洋特色的风景。

我站在江边，于是，我看到站在晋江、鸿江、洛阳江边上的故乡友人。

泉州有“番客墓”。后来，把华侨叫“番客”，古时，叫“番客”的是外国人。近年发现“世家坑”，是锡兰王子后代的墓地，锡兰王子的后代，与生俱来的左耳郭上有一个小孔。终于找到了锡兰公主，她叫许世吟娥。到她高祖母那一辈，没有男丁，招一许姓男子入赘，这一支后来就姓“许世”。许世吟娥是1975年生人，她应斯里兰卡总理的邀请，回访故国。

吴良良，爷爷晋江人，奶奶菲律宾人，外婆也是菲律宾人，外公西班牙人。长得像晋江人，永远不变黄色的脸。吴良良生于菲律宾南岛，菲律宾一位副总统也生于南岛，当人给介绍时，他说吴良良，你比我更像菲律宾人，让吴良良挺愕然。没人说他像菲律宾人。后来，他想，可能是他有点儿黑。我们都说，他像中国人，就是一点儿也不像西班牙人。他说，他儿子长得白，他有点儿像西班牙人。

黄亦工，父亲晋江人，母亲菲律宾人。长得像菲律宾人。卷毛，黑肤，坑眼，白髭。后来，黄亦工又说，他奶奶姓丁，是阿拉伯人的后代。

晋江陈埭丁姓是阿拉伯人的后代，他们的族谱一开始说，他们是姜子牙第几公子的后代，可翻到不记得是第十几页还是第二十几页，却改口说，前边是时势所迫才那么写的，元末杀元兵，他们色目人也很危险，跑到这里，隐姓埋名，终于定居下来，其实，他们的祖宗是阿拉伯人赛鼎赤·詹斯丁，他们取最后一个字作姓，和中国的丁姓混同起来。现在陈埭丁姓几万人，海外还有几万人。泉州圣墓是他们的祖墓，墓碑不是立在墓前而是立在墓后，风水传说，“进前三宰相，退后万人丁”。他们现在是回族，因为和汉族通婚，大部分人跟我们没什么差别。他们也有祠堂，只是结构有点不同，建筑构成一个“回”字。

晋江的一个特点就是混血儿多，而且是村村有华侨，有华侨就有混血儿。晋江很多人的名字也带混血儿特点，叫约瑟的，叫约翰的，叫威廉的，叫扶西的。菲律宾国父，祖籍晋江，叫扶西·黎刹，晋江有代表中菲友谊的黎刹广场，落成时菲律宾总统来剪彩。

一回，一个人对我说，他父亲是菲律宾人。我只回他一个字，噢。这在晋江不是什么新鲜事。他又说，我父亲是晋江第一个生吃龙虾的人。那时，甭说生吃，捡到龙虾，拿去喂猪。我父亲把龙虾肉剥出来，捣些蒜泥，配上酱油醋，就那么沾着吃。就为这，人才叫他番仔。

我的这些朋友从一个特殊的角度丰富了我。多国混血儿也丰富了这条匆匆流入大海的晋江。

泉州有中山街，安海也有中山街，是民国重修的街，所以，都以孙中山的中山命名。临街一侧有可以通行的廊子，里侧是店面，外侧只有红砖柱子，样子像骑楼，不是骑在河里，就骑在店面前边。那廊子遮阳遮雨，走动方便，什么时候都可以做生意，有叫“雨脚架”，有叫“屋脚架”，不知怎么叫对。颜呈礼说，好像是外来语，就去查资料，才明白，都说错了。最初是英国人在印度盖的一种房子，英国人在印度不习惯，太阳太晒，房子上边就多盖出一块。后来，不论是印尼人还是新加坡人盖街道，向英国人学，就是这个样子。20 世纪初传到中国。因宽度 5 英尺，英国人就叫它“5 英尺”，马来语叫“5KAKI”，厦门也有中山街，他们叫“五脚记”，金门人叫“五脚基”，泉州人叫“五脚架”。半是音译，半是意译。现在，泉州旧城改造，还保留特色，还是屋脊燕尾翘角，还是红砖白石出砖入石，还是五脚架，再加那一树树红艳的刺桐花。没有五脚架的晋江原泉安公路成街的“5. 8 公里”段的改造，为了强调地方特色也增补了五脚架。安海三里街，五脚架多年被占用，也重新清理出来。五脚架是晋江流域老街的特色，是拿来主义的一个标本。

闽南人都敬神，但海边的人根本就不知道山沟里面的人敬的是什么样的神，我们后来才发现山里的美岭人敬的那个神叫“五谷大仙”，山旮旯里面的人根本也不知道沿海人敬的是观音菩萨——千手观音，敬的是妈祖。山里敬的是面对大山的神，沿海敬的是面对大海的神。山里的庙一点点大，山里的神一点点大，山里抬神的轿子也一点点大，他们也不知道外面的寺庙这么高大雄伟、金碧辉煌。山里的美岭人如果有人生病，就把那神抬起来晃一晃，神摔出去压到什么草，那草就是药。山里人还可以把神这样摔，他们不知道沿海的人对神的祭奠有多么的隆重。山里的五谷大仙是黑乎乎的，只是手上拿着一穗金色的稻谷，他们不知道外面敬奉的观音菩萨是一位美女，而且还千手千眼，完全是信息时代的一个隐喻。

晋江流域是全国著名侨乡，古代、近代，大量的人是从安海港出去的，要祈求平安，都带着龙山寺的香火。由明、清开始的，去台湾，也是走安海港，都带龙山寺香火，所以，现在台湾有多座龙山寺。由是，千手观音是海峡两岸共同信奉的神。

我们现在面对的是这条泱泱流动的晋江。它从桃舟源头涌出，带着桃花的浪漫，又穿过安溪茶山山谷，夹裹茶花的淡香，这一条叫“西溪”。另一条从德化、永春出来，有翠竹倒映，有映山红戏水，这另一条叫“东溪”。两溪盘山而出，在南安会合，而后滚滚东流，泉州在江北，晋江、石狮在江南，但它并不仅仅是一条秀丽的溪流。也不留恋幽幽的南曲、古古的拍胸舞，走过“海滨邹鲁”“泉南佛国”，却仍然带着它的原始野性，和它呼应的是两岸的一块块大地秃斑——赤土埔。

不是大江大河，只是一条百十公里的江河。虽然也想九曲回环，但离海太近，没有发挥的余地。或者反过来说，它刚刚闯入平川，就听到海的呼唤。它太爱海了，急急就投入它的怀抱。它原来叫什么，有没有叫什么，很难查考。到1000多年前，中原战乱，于是有“衣冠南渡”。这是一次强制性的大迁徙，很多人身上戴着镣铐，被拖着走，把脚趾盖都拖劈了。这支人马千里中跋涉，直逼苍茫大海。残日如血。土地如血。晋江人都相信他们的小脚趾盖劈开一小块，还有老辈人走路习惯倒背双手是源于这次大迁移。这些身上带血的南迁者，在这条江河的下游跪了下去捧水解渴，眼泪滴落在水流里。大旗放倒在地上，铺写着一个“晋”字，他们认识到这条江和他们日后的紧密关系，于是，把自己的神圣的国号“晋”给了这条原来不知叫什么的江河。

晋江和洛阳江一南一北环抱泉州，并排涌向大海，在大海中交汇。那出海口于宋元年间形成了刺桐古港，被马可·波罗誉为“东方第一大港”。往南不过20多公里，还有一条鸿江，共称三江，出海口有安海港。有一种说法，泉州古港，一开始就指这安海港。宋朝谢履诗："泉州人稠山谷瘠，虽欲就耕无地辟。州南有海大无边，每岁造舟通夷域。"安海港同属泉州古港。也许海港的名声太大，把这条激情的江给淹没了。唐朝薛能诗："秋来海有幽都雁，船到城添外国人。"宋朝李邴诗："苍中影里三州路，涨潮声中万国商。"奇怪的是，北边比它小的洛阳江，南边比它小的鸿江，都出现了奇迹。800多年前，就在洛阳江入海口建了洛阳桥，在鸿江的河海交界处建了横跨5里海面的安平桥。现在都是全国重点文物保护单位。有意思的是这又牵出两座石桥和两位历史名人，洛阳桥和蔡襄，安平桥和朱熹。由此又引出一段段美丽的传说。洛阳江口经常有鬼怪兴风作浪，一次，正要把一渡船掀翻，突然，有一个小鬼喊，别乱来，蔡大人在船上呢。众人一看，哪有什么蔡大人？就发现一个孕妇，原来蔡大人当时还在母亲肚子里，闽南话把怀孕叫"带身"，那带身的女子就当众发愿，若生子成器做大官，一定到这里造桥。接着演义出一段故事，观音来为造洛阳桥筹款，观音化作一位绝色女子坐在船上，说谁能把钱扔在她身上就许配给谁，于是，围观的人就纷纷往船上扔钱，偏偏出了一个吕洞宾，他帮了樵夫韦陀，真的把钱扔到观音身上了。怎么办？韦陀也就做了佛，和观音做个"背面夫妻"。蔡襄何许人也？北宋四大书法家苏黄米蔡，苏东坡、黄庭坚、米芾、蔡京，蔡京是奸臣，于是换成蔡襄。安平于宋建炎四年（1130）建镇，朱松是安海建镇初年的镇监，他在安平当镇官的那一年在尤溪生了一个儿子，一大耳也，他就是朱熹。有造安平桥的黄护捐地建廨并建让朱松讲学的鳌头精舍，后，朱熹在同安当主簿，也来安海讲学。后，镇官游绛、县官邹应龙倡建石井书院，绘二朱夫子像于尊德堂。建镇8年，由僧祖派倡导，智渊和尚和大户黄护各捐钱万缗，开始造安平桥，后经泉州太守赵令衿终成大业。由是，又演义出一段故事来。安平桥中亭有一副对联，有人作了上联"世间有佛宗斯佛"，朱熹和了下联"天下无桥长此桥”。这是误传。经考证，这副对联是明朝黄元礼所作。安平桥有一个桥孔比别的桥孔都大，明末，船可以穿过这个桥孔进入郑府。郑芝龙就是从这里把数万灾民运到台湾，成了开发台湾的第一人，这样，才有郑成功从荷兰人手里收复台湾，成为唯一把西方殖民者逐出的民族英雄。晋江上原有的桥顺济桥真的名声不大。有人考证，刺桐港的中心在顺济桥。考证归考证，顺济桥还是默默无闻。浮桥就更说不上了。不过，洛阳江、晋江、鸿江相挨着汇入大海，而在入海口形成了泉州南北古港，刺桐港和安海港。

这片土地也出现过一批文人骚客，也有写江河写得极好的，当然，有的是借江河而言他。北宋曾公亮《宿甘露寺僧舍》：“枕中云气千峰近，床底松声万壑哀。要看银山拍天浪，开窗放入大江来。”南宋作《题临安邸》的林外也有一首《题滩旁驿壁》：“千古传名黯淡滩，十船过去九船翻。惟有泉南林上舍，我自岸上走，你怎奈我何?”称泉州“此地古称佛国，满街都是圣人”的朱熹有《观书有感》：“半亩方塘一鉴开，天光云影共徘徊。问渠哪得清如许?为有源头活水来。”晋江籍当代大诗人蔡其矫的代表作之一叫《波浪》：“波浪呵。”不过，他们写的都不是晋江。到20世纪60年代，作家司马文森才注意这条江，但他把也称“刺桐”的泉州小说为“桐城”，把这条江也小说为“桐江”，于是是《风雨桐江》。这些年来，这条江重新引起人们的重视，于是造了泉州大桥、刺桐大桥、高速公路桥、铁路桥、顺济桥、晋江大桥……原来在江北缩得像一只鲤鱼的泉州，就通过这些大桥密切了和江南的关系。鲤鱼跳龙门，今非昔比，已经构成一种大泉州的气势。

江南的晋江人心理有点不平衡，桥名要么泉州要么刺桐，最近，终于造成了晋江大桥。不过，晋江人的这种心理是可以理解的。晋江现在出名不是因为这条江，而是江南的这一片土地，先是晋江县的一个镇石狮成了服装集散地而驰名天下，接着晋江的乡镇企业名声大振，于是成立了两个市，晋江市、石狮市。排在全国百强县（市）前列，作了大泉州的基石。

有一句话说，闽人不出门是条虫，出门就是一条龙。晋江流域就是几条微不足道的小江小河，可一到海门就在宋、元创造了世界大港。开放前，这里有一块块赤土埔也算是穷山恶水，现在是一串赫赫有名的新兴城市。大海让这三江和它的流域升华了，甚至现在晋江主干流经的地段都是全国百强县市，晋江、石狮、南安、安溪。不是它流出一个个百强县市，而是和大海碰撞，反弹源流。沿海富起来了，晋江、石狮、南安，再加上泉州，得有成千上万家茶店，它们带动晋江源头产茶的安溪也富了起来。铁观音也风流神州大地。

这里不出皇帝，但东南亚一批国父和总统有晋江血统。

不但拥有土地，而且拥有大海。这里出海洋文化的先锋人物，唐朝造 7 座石塔导航的林銮，宋朝的造安平桥的黄护，明朝的重修洛阳桥的李五，明末的控制台湾海峡的郑芝龙、郑成功，清末的广州十三行之首的伍秉鉴，民国留下古檗山庄的黄秀烺和开福建第一条民办公路泉安公路的陈清机。

明清海禁，弱化一个民族的性格。基于这一点，这条叛逆的江河，就有极不寻常的意义。叛逆的江河，叛逆的性格。它的历史成就就是“东方第一大港”，就是全国著名侨乡。风流已经雨打风吹去。

20 多年前，我去晋江、洛阳江、鸿江的江口寻访宋元时被誉为“东方第一大港”的泉州港，它在明清海禁年间走向衰落，当时企图借改革开放之机重振雄风。很多人给它下了咒语，泉州大港时代已经过去，重建也只能晒日头。

也是那个时候，联合国教科文组织“海上丝绸之路”考察团从威尼斯出发，考察 16 个国家 21 座港口城市，在大旅行家马可 · 波罗离开泉州 700 周年纪念日到达泉州。在中国考察 8 天，泉州占了 6 天。在泉州达到考察的高潮。发现草庵摩尼教石刻是世界上唯一保存完好的摩尼教遗迹是这次考察的重大发现和主要成就。泉州是“世界宗教博物馆”，神的汇合是人的汇合。这里曾经是“十洲人”“万国商”。泉州曾形成巨大的海商群体，泉州南港的安平商人和徽州商人齐名。有两部古籍何乔远的《镜山全集》和李光缙的《景璧集》描述了当时的安平商人，“经商行贾，力于徽歙”“贾吴越以锦归，贾大洋以金归”。这里大海上至今矗立着两座宋朝时期的海上丰碑——北宋洛阳桥（834 米）、南宋安平桥（2255 米），都是全国重点文物保护单位。

明末清初，有一个西方国家，到台湾海峡骚扰，占领台湾若干年，让我们给赶跑了。那时发生一场时长 40 年的海上战争，我们胜了，泉州港一度重新繁荣，并收回“海上丝绸之路”起始路段的海权。安平港“古塔东西排两岸，大江南北渡千航”。以此为起点，中国控制世界茶叶市场 200 年。

骚扰我们的西方国家是谁？是荷兰。面积只有两个泉州大，当时只有 100 多万人口，却进入世界大国崛起的行列。到 20 世纪末，世界第一大港是鹿特丹港，是那个荷兰的第二大城市，海港年吞吐量 3 亿多吨，上海港只有它的一半。而集装箱吞吐量，作为中国海港排头兵（香港回归前）的上海港排在世界 20 位。泉州港在中国港口里排到第 18 位。

从荷兰人到亚力山大港齐名的“东方第一大港”泉州附近海面骚扰，到 400 年后，荷兰的第二大城市鹿特丹成为世界第一大港是值得我们深刻反省的。

这也让我重新注目泉州，它是联合国唯一确认的“海上丝绸之路”的起点并决定把世界第一个多元文化中心建在这里。《马可·波罗游记》和雅各的《光明之城》让西方发现东方财富，望向泉州。郑和下西洋有一次是在这里祭拜圣墓并从这里启程。郑芝龙、郑成功父子以这里为根基成为“海上霸王”并收回我们一度丢失的海权。

从这里走出去的伍秉鉴被《华尔街日报》评为1001—2000年世界50巨富之一，从郑氏父子开始而控制世界茶叶市场由伍秉鉴推上高峰。

我相信泉州的底蕴，并论证泉州港有重新崛起成大港的可能性。20年来，我关注海港，中国大港、世界大港，关注泉州港的发展变化。晋江人世代光脚，现在这里成了鞋都，他们制造的鞋走到100多个国家和地区。晋江人原来下雨天戴斗笠穿蓑衣，现在这里成了伞都，撑开晋江伞，色彩五大洲……

原来交通落后的泉州很快有了机场、高速公路、高铁动车。日益增强它的辐射能力。泉州港建设成港口群，新建泉港、石湖港、围头港。原来围头和金门相隔5.6海里，围头港建成，缩短了0.4海里。

1997年，泉州港突破1000万吨，进入大港行列。2001年上到全国12位。但是2016年，泉州港位居全国第28位。仿佛不进反退。

是我错了吗？为什么我还很高兴，泉州港的吞吐量连续4年破亿吨。20年前，中国上亿吨的港口只有上海等三几个港口，寥寥无几。我高兴，是因为泉州港和众多中国海港一起腾飞，和它邻近的厦门港破2亿吨，中国海港成群体发展之势，今非昔比，鹿特丹港吞吐量反过来只是上海港的一半，世界十大港，中国占7个。正如我20年前所说，一枝独秀的时代已经过去，泉州港有希望成为中国港口群中生机勃发的一个活力点。

晋江、洛阳江、鸿江至今仍然鲜为人知，但它终于得到历史的正名，青春而欢快地流动着。

晋江人用两种语言思考：普通话、闽南话。要知道有迁徙传统的晋江人就得懂一点带有海腥味的闽南话，至少懂3个字：人叫狼。狼叫龙。龙叫灵。狼、龙、灵组成晋江人性格：野性、驰奔、心有灵犀。

安平古道

闽南人“认路”也说“识路”，其实认路容易识路难。

安平（安海）是中国非常独特的一个古镇，靠山临海，山是丘陵，海是内海。古时的安海人，上得了山，下得了海。诗人颜长江给我们勾画出一个古镇面貌：“瘦瘦的三里街，长长的五里桥。”古镇抱着古港，画了一条细细的长线，陆地上的是老街，海上的是近九百年的古石桥。

颜长江说，安海古镇有一条官道，两条商道。安海人能翻山越岭去做官，也能下海捕鱼经商。官道是从龙山寺后往北过八尺岭到泉州南门，官道十里设一铺，铺是差役食宿的地方，并设有马厩，差役的交通工具是马匹。这里的人常说，几铺路，铺也是长度，一铺十里。一条商道是向东北，原来走鲤鱼尾，有一道石板桥斜向六角亭方向，后来，开泉安公路，填海取直，从风浪角直接到六角亭，这条商道经过五店市到泉州。泉安公路是陈清机修建的，是福建第一条民办公路，六角亭那边有一座清机桥。另一条是从西安过内坑官桥到安溪永春，这条叫海客路，山里的茶叶要送到港口走这海客路。官道、商道有别。商人做生意不太愿意走官道，有时走私要避开官的耳目。也有不得不重叠的，磁灶的陶瓷要运到海边，只好走官道。

颜长江说的这三条是主要陆路。其实应该说，原来还有两条陆路。一条是从龙山寺可能是过桐林绕到水头方向，南宋海上造安平桥

（五里西桥）直通水头，把它代替了，这条路通厦门。另一条是从鲤鱼尾到六角亭通东石，也是南宋也是海上造桥（三里东桥）从黄敦到井林到东石。还有一条极重要是水路，这里是安海港，江海交接，江是鸿江，到东石白沙和南安的石井这是海门，出去是外海，但一边还是围头湾。安海港是内海，安海原名湾海，涨潮时，海潮分为几路，涌入安海，直拍家门。当时是一个很好的避风港。唐朝就已经通广东的潮汕，甚至东南亚诸国。安海得益于这条水路，于是有了“贾吴越以锦归；贾大洋以金归”的安平商人，港又促进了路，于是，商道胜过官道，每次王朝衰败时都是它的兴盛期。“古塔东西排两岸，大江南北渡千帆。”

据说，民国期间，安海已经是六条公路的起点，应该还有别的路，往大营的路，往深沪的路，等等。

鲁迅说，其实地上本没有路，走的人多了，也便成了路。

中国有漫长的海岸线，在古代，尤其是明清海禁年间，能保持陆路水路并行是极少的。

路是个大问题，路怎么走也是个大问题。

南宋初年，有一个人从此地走出去，走的是官道，他想做官，去了国都临安。那个花花世界让他惶惑，他作《题临安邸》：

山外青山楼外楼，西湖歌舞几时休？
暖风熏得游人醉，直把杭州作汴州。

路怎么走，他也不知道，只能洁身自好。

古今传名暗淡滩，
十船过后九船翻，
唯有泉南林上舍，

我自岸上走，你能奈我何？

这在当时算是奇葩，世俗的人笑他不食人间烟火。后来人考证，他是林外，先祖林知，在灵源山有林知的望江书楼，这可能是林外去临安的出发点，后来又是他归隐的地方。山上有“松万株”、有“桃花村”。现在灵源山上没有桃花，我一直盼望那里能出现一片桃树。

路还得往前走，安海人不是仅仅按人画的道走。

陆路、水路，偏于一隅的小镇安海，反而是得天独厚。

小时候，当我仰躺在家门前的石床上听母亲讲天上星星的故事时，开始羡慕安海镇街那片灿烂的灯火，从我们村子走两里村路再走五里泉安公路到安海街。我在安海养正中学六年，中学的地势比较高，从教室窗口可以看到安海海面上的船。而后，我走过原来横跨大海那时已经变成“陆上桥”的安平五里桥到水头去坐车离开了故乡，坐汽车、火车、轮船、又火车，几千里到北京，又坐电车到北京大学，我读历史系。这很重要，它让我形成一种史观，不再满足热热闹闹的街谈巷议。后来，我以作家的身份回晋江挂职体验生活，因我是安海人，安海镇政府又给我安排一个办公室，我陆陆续续在安海又生活了十年。我对它的回报是告诉人们，这里曾经书写了中国海洋文化史诗的序篇。

我们选一条路走进那时的安海去看看，街也是道。

近九百年前，人们从西往东走，远远地看到那片古街了，但可望而不可即，让一片波光潋滟的大海隔开了。他们慕名而来，那古街叫弯海，湾海，安海，安平。舟楫往来，潮兮洪兮，尽风浪之险。出了一道难题，让古人去做。这个世界上第一个做出这道难题的是闽南人，是泉州人，是安海人。跨海造桥，造了洛阳桥，造了安平五里桥。一道横跨五里海面的大石桥就从古街那边向这边的脚下延伸过来了，万顷蓝波拥着，脚下是石桥，往前走就是。桥墩上附满海蛎和各种海藻，海水荡动，它们越扒越紧，怕被冲走似的，坚固了桥基。若是退潮，桥两边的滩涂上横行着大脚蟹，蹦跳着跳跳鱼，活跃了桥两边的海。终于是个窄窄的门洞，两尊矮墩墩的大肚石将军相对而立，天地暗了一下，豁然又明亮，迎面是一座白塔，繁华古街的喧闹漫了过来，才发现已身在古街了。故宫几吨重的汉白玉，是冬天在地上泼水成冰，运向皇城的。泉州东西两座石塔是把沙土堆成斜坡把石头推上去的。而这一座横跨大海的大石桥上的每块石板都有几吨重，古人是怎样完成这伟大的创举的呢？他们借用大海潮汐的浮力。

当我飞离故乡闽南那片喧闹的镇街一千多公里的时候，回头看，那条大约在一千多年前就已经出现了的古街慢慢有些清晰了。

古街叫安平、安海，原名湾海，一说弯海，又说："安平旧名，时人莫之详。"弯、湾同音，用在这里意思也相近。陆地成条状一条条伸向大海，大海相应地也就一条条伸向陆地，号称九十九曲。宋朝，船可以一直开到现在内坑的柑市，这么说，大海已经退出一二十里。明朝，船也一直能开到镇街上来。20世纪60年代，海水还能漾入很多人的住家。海一天天地退出去了。宋朝时，唐朝的名臣安金藏的后人安连济迁住湾海，改湾为安。我们现在，把安和湾混了，其实只要细心，会发现只是在文字上把湾改为安，在嘴上仍然叫湾海。安的闽南话读音并不是湾，这也许暗含着他们和这一湾大海永生永世割不断的感情。

但也有另一种说法，养正中学厦门校友会编的《校友通讯》里有一则《安海名称由来新考》：

> ……
>
> 宋、元、明三代，安海名称都叫安平，而不叫安海，请看：
>
> 北宋政治改革家王安石为安海人兵部尚书高惠连撰写的墓志铭，开头就写"高君惠连，字公溥，泉州安平人也"。
>
> 元代，改宋的乡里为都，安海隶晋江县第八都安平镇。

明代，安海为泉州府晋江县第八都安平镇，当时安海人善于经商，足迹遍及海内外，世誉之为“安平商人”，载入史乘。又民族英雄郑成功在安海生活战斗二十多年，把安海视作故乡，后来他收复台湾，立即将赤崁城改为安平，以寄托他对安海的怀念。

那么，安海的名称始于何时？始于清初从郑成功后裔手中收回台湾之后，清廷将安平改名为安海，寄寓海氛从此安定之意。

以上录以备考。

这里得插几句话，安海人把土笋（一种滩涂海虫）从滩涂里挖出来，经过碾磨，把它肚子里的泥污洗出去洗干净，下锅煮后盛成一小碗一小碗的，海虫带着胶质，就凝成一块一块的，这成了安海的特产专利，不管到泉州厦门，都认安海的土笋冻，再配上蒜泥、酱油、醋，是一道极佳的下酒菜。也许是孩子们嘴馋，常有人挑着担子沿街叫卖，但一般不沿大街，都是沿着小巷，这也给这种同时可以当作小吃的土笋冻带来一种非常特殊的情调。小巷不像大街，得顶着毒日头，总是大屋高墙挡着，日毒怎么也塞不进来，夏日也是清凉凉的，和土笋冻的清凉可口刚好是一种和谐。我把北京的朋友、东北的朋友、上海的朋友带到这里，一定要请他们吃土笋冻，他们望着凝成冻块的海虫，心里疑疑地，问我这是什么？我不拐弯抹角，告诉他们是海虫子。他们把伸出的筷子又缩回去了。我说，这里吃土笋，吃沙虫，吃蔗猴（一种甘蔗虫），北方不也吃蚕蛹，听说21世纪我们都要吃苍蝇食品，土笋冻我们不知吃了几百年了，你怕什么？这东西清凉解毒，味道鲜美，你闭着眼睛试一试。结果是，下回再上饭店，他们都提出要两盘。还得再插几句话：我们现在所吃的土笋冻，只能说是安海西安人做的土笋冻，这些土笋是从外地运来的，有的是晒成干运来的，有的是活着运过来的，安海本地的土笋几乎灭绝了，不是让我们吃光了，而是这些年的工业废水污染了养育我们千百年的安海湾。当我讲土笋冻的专利我为故乡自豪，但想到土笋冻的产地我又为故乡的大海深深地忧虑。

我猜想当时这个地方，除了海，四处都是水洼，鱼都是傻傻的，但自由地调戏碧波。鸟类极多，羽族浪漫蓝天。草木繁盛，叶子都是肥肥的，绿叶、红叶、蓝叶。时有候鸟落脚，圆圆的月，静静的滩涂，只有几道光，月光和照在一片熟睡的鸟背上羽毛的反光，星光和一只守护鸟的眼睛的光点。这里水气很重，常常起雾，海港朦胧，隐约帆影。这个隐约使人们产生了胆识也产生了想象力。

我想象当时的人，在赤日底下，男子有的穿着无袖的短衫，喜好敞怀，有的索性裸着上身，晒成赭红颜色，后背上挂着被晒爆了的薄膜状的皮。他们只穿着半长不短的裤子，赤裸着双脚，随意地在滩涂的烂泥上或沙滩上行走，在海水里涮脚。他们举起手遮在额头上，眯小眼睛看天上的毒日头，渴望有一朵云挡住它，云的影子黑黑的在滩涂上跑，他们会雀跃欢呼，把它叫作乌阴。有时他们在嘴里念念叨叨：乌阴来咬日，南风送秋沁。女人也跟男人一样在地里劳作，她们并不用衣服把自己包得严严实实，把袖子卷到露出肩膀，虽然不穿短裤裙子，但把裤子搓麻绳似的卷到大腿根，晒得跟男人一样黑。从不羞羞答答，敞开怀当着外人给孩子吃奶。她们都像南方的谷物一样，能生，所以都有两只养育孩子的丰乳，那也是风吹日晒的乳房，所以也是黑色的。显示她们活力的是同样黑黑的脸庞上的两片红唇。

我一直在猜想，那条街究竟是怎么出现的？内地也会形成街，但这条街和内地的街不一样，它是通向海口的街。先是有一些货物通过渔船从这里运了出去，招来外来的货船在这有点蛮荒气息的地方找到停靠的地方，发现这里是一处很好的避风港。古时，航船简陋，避风港才是港。外来的船只，给这些原来只知道东山日出西山日落海里有鱼有虾有土笋，船下海也是为了打鱼的本地人带来了像五光十色的货物一样的奇特刺激，一种比东山西山更远的异域意识。

混混沌沌的渔港变成渐渐清醒的货港，货船靠岸，卸货，没有大路，没有车马，笨拙的，原始的，肩挑手推，找到大路，把货物送到需要这些货物的一座城。当时，离它最近的城是泉州。仿佛开了天眼，有汗水有海水，一路滴答过去，由点成线，滴成一条路，滴成一条街。街长不过三里，但它通向十三省古大道，直抵泉州府。于是，人们看清楚了，“泉州人稠山谷瘠，虽欲就耕无地辟，州南有海浩无穷，每岁造舟通异域。”

《安海志》说：

> 古时海水西入西安、曾埭而至大盈；东入内市、庵前以达甘棠。东西港汊深浚，海舶可直通其内，与民互市。店肆罗列，故有曹店、内市之地名。两港汊环流迥抱镇市，形成半岛，如半周圆月，伸出水面，是安海有“半月沉江”雅称之由来。

安海的街对我来说是既感性而又亲切的，我的脑子里永远也擦不掉我青少年时代直至十几年前那条带有古朴的永恒色彩的老街印象。

古镇三里街，北至碧森森一片古树拥着的龙山寺，南抵临近茫苍苍一片浅海的白塔。这片灰色的旧街的门面，都带着雨脚架，时时飘散着一股股鱼腥味儿。它有过繁华也有过萧条，可它天长地久总是三里街，未曾伸长也未曾截短。有着两段短短的横街，与长街十字交叉，叫古镇热闹了两番。而后就是网状的窄窄的长巷，扎扎实实地兜住这块临海的红土地。长巷虽长并不寂寞，或墙上开花，或从墙外探进一杈墨绿色的老榕树。墙多是歪歪的，却古旧得亲切。无论大街小巷，全用一方方花岗岩掩盖了它赤红的地骨，并用它长年充足的雨水，把乡里人带到街面上来的红泥脚印冲洗到路沟里边去。

街巷路面上的石头都是滑滑的，有凹的有凸的，叙说着古镇历史的悠久。一大早，乡里人就牵着奶牛进街来了，在街巷上慢吞吞地走着。雾挺重，抹去了镇街的远景，似乎往前紧走几步就可以踏入虚无。偏偏有“哞哞”的唤声从那虚无中传出，渐渐地，人和牛才从灰蒙蒙中显现出来。本来石头就滑，又被雾气打湿，牛蹄子在地上一踩就打滑，一下一下把蹄子劈成两半拉，叫老牛步步小心。小牛犊在后边跟着，一时还适应不了这滑溜溜的路面，一趔趄一趔趄的。老牛时时回过头去，轻轻地唤两声。小牛紧跟几步，撞在老牛的肚子上。老牛的肚子上吊着两个竹筒，一筒盛水，一筒盛奶，被小牛撞得晃荡起来，把水花溅在本来就潮乎乎的路面上。乡里人踢踢踏踏地走着，穿着人字襻的泡沫塑料拖鞋。到了那片骤然开阔的所在，乡里人“吁——”一声把牛喝住了，蹲下身子捋捋那些奶头。这是头一处，奶还下不来，就把小牛唤过来拿脑袋拱拱那嘟噜坠在肚子下的大奶子，等把奶水嘬出来，便拍拍脑袋把小牛扯开了，从竹筒里倒一点水洗洗奶头，接着先挤几下把奶挤到另一个竹筒里，然后才接过主顾的盆罐，把一杯杯挤出来的奶倒里边去。当着你的面挤。

等奶的人一边粗粗地看着乡里人挤奶，一边拿耳朵细细地去追寻深巷浓雾中那一声飘飘的“玉兰花——”的吆卖声。

古镇人有古镇人的满足，吃的喝的什么都得是新鲜的。就像这牛奶，要眼睁睁地看着它从牛的奶子里嘶嘶地射出来。菜得是现摘的。有的在自家的院子里还种上一小片空心菜，临下锅才去摘下来。街上卖的水果甚至要看看带在把儿上的叶子。鱼虾常常还是活的。花跳鱼在水盆里一跃一跃的，睁着眼睛看挑选它的买主。红膏寻是一种河海交界处的螃蟹，用草绳捆着它的爪子，它还支棱着眼睛，嘴里冒着泡沫，显耀着自身的尊贵。你只要在小镇的市场上走一遭，你会明白大城市高级酒家、海味餐厅茶色玻璃窗上赫然醒目的“生猛海鲜”这四个字的版权究竟属于谁。就是白鱼这类实在不能活着上市的海鲜，古镇人还要叫售货员切开了看鱼脊骨那儿流血不流血。他们一听说城里人吃奶粉，吃冰冻过的鱼和肉，就连连摇头。这古镇人吃肉恨不能叫铺子上把活猪杀了给他看，吃鱼还要挑的是北风天打来的还是南风天打来的，他们说南风天的鱼差一色呢！古镇人在这种自足中规范了一整套的生活方式，而耻笑所有的外地人，甚至大都市里的人，把他们统统叫着“阿北仔”“番仔”，番罗罗！

我从小就喜欢这条街，它首先是我的故乡的街，我用童年的赤脚无数次擦过它的街面。同时它也是很多历史名人的街，我听到朱熹穿着木屐走在一段石板街上，发出嗒嗒的木屐声。我听到郑成功在他家门口拔剑出鞘的声响。郑成功驱逐荷夷，为了纪念故乡，把热兰遮城改名安平镇。海峡不是隔开而是联结两岸双安平。郭沫若诗：“郑藩旧邸踪全消”，但郑成功永远是安海（安平）人的情结。我的文友，古街兴胜境那位卖豆皮的诗人，他形象地用“瘦瘦”两个字形容这条古街。街上行人肩挑手推擦身而过，一直到21世纪初，也还是一个人走在街中间，右手伸到这边的店里买油，左手伸到那边的店里买盐。噢，在这片古街住着我的一些文朋诗友，仗着他们我产生了述说一条千年古街的故事的勇气。

我瞪大眼睛，我要看清那条古街，混混沌沌芸芸众生，我看见一棵盘根错节的老榕树，有一老者在那达卖茶水，他把一排碗都倒满，突然动作有点怪怪的，从底下抓起一把米糠，把它洒在那碗面上。我有点惊住了，他要干什么？他是想呛坏了那些过路人吗？一路肩挑手推的人来了，卸掉重负，都坐到像龙蛇一样弯弯曲曲地爬在地上的榕树根上。老者把茶水一一送到他们手里。我想冲着历史喊叫，但声音马上被吞噬了。那些过路人端着茶水，全都冲着那些碗面吹气，一直到碗面上的米糠全都吹光为止，才把那碗茶水喝下去。我似乎有些明白了，老者用这样的方法让过路人吹走辛苦，可是这是什么年月的风俗，我们是从那样的年月过来的吗？

存在决定意识，我是手指纹十个簸箕的农民的儿子，在安海经历

“围海造田”即填海的时代，我还不会游泳，镇街是我儿时的梦。

历史杂沓，我分不清前后左右东西南北，我翻阅古籍，寻找这片古街上第一个有名有姓的人。他的名字又仿佛无名无姓，一粒沙。

有人说他是个道士，有人称他高僧，史书同样是非不清。古人怎么知道比他们更古的一粒沙的名字？也许是听来的，我所能看到的史料，都是明朝清朝的，那也许就是传说。有说是东汉，有说是隋朝。那就是那个传说中的一粒沙，是僧服是道服暂不考究，是披发是光头也无从查考，史料有时也来添乱。

有鼻子有眼的是那个一粒沙走到此地，突然肚子疼了，他把怀揣的香火挂到一棵树上。可他解完手从茅房里出来，香火不见了，只看到那棵树，原来是一棵古樟，就坐在一眼古井的上边，它这时正冲着一粒沙发光。我们可以说那个传说中的一粒沙终于找到了那棵传说中的树，一棵会发光的古樟。

一粒沙说，这是圣地，于是便在此地建造这座龙山寺。一开始也不叫“龙山寺”，称“普现殿”。一粒沙的有无几乎是无从查考，但龙山寺古而有之却是无可辩驳。有龙山寺又反证一粒沙的存在。他把那棵古樟断为三截：坐地的一截，刻成一尊千手千眼观音。把中间的一截掏空了，做成一个鼓。把上面的一截破开，做成两扇没有接缝的门。

我们不敢随意反驳古人，如果他是道士，那他现在是改行了。如果他是高僧，正好顺理成章。不过问题不是这么简单，各种议论纷纷出现，有人说一粒沙，可能是 Elizabeth，会不会是个外国人？不过，他服侍的是千手千眼观音，是地道的中国的佛，那他就应该是地道的中国人，一粒沙，应该是他的法号。

但是专家学者们来了，说这尊千手观音的雕刻风格是宋代的，一种非常权威的说法，像一股狂风，似乎可以把一粒沙给吹掉了。

兵燹匪患，我们可以不可以设想一粒沙建造的龙山寺数次被毁，我们现在见到的是宋朝重新修建的，这尊千手观音有了宋朝风格也变成是合理的。但这里的人极为固执，他们认定龙山寺的观音极圣，谁也毁不了它，清兵烧毁古街，进行大迁界，几乎什么都毁了，就是毁不了龙山寺。“文化大革命”，红卫兵也毁不了千手千眼观音。既然从来没有被焚毁，那它就不是宋朝的，就是宋以前，不是东汉就是隋朝。于是，我们又回到传说，所有的传说，这是一种民间心理，总是把一个事物推向远古。这种说法可能会伤害民间的自尊心，幸好我们无意虚无的讲述龙山寺的故事，我们面对的是龙山寺的实实在在的存在。

清郑怀陔说：“明倭寇氛，神蜂却寇。清时迁界，宝殿灵光。”写作手法还是回到传说，和一粒沙发现樟木瑞光一脉相承。

其实，龙山寺如何惊退清兵我们也说不清，但是“文化大革命”离现在并不遥远。

星塔村民到派出所报告，红卫兵进入龙山寺。那时派出所有一个临时工，他的父亲是个浙江人，但他属于这片古街，他骑着一辆破脚踏车直奔龙山寺。他进了龙山寺，满地瓦片泥块，大门两侧的四大金刚已经全被红卫兵砸毁，红卫兵一路杀进去，现在已经直接面对两根龙柱，再进去就是佛龛，那尊木雕的千手千眼观音平静地坐在那里看人间的风云无常。也许因为他穿着警服，红卫兵的目光顿时全都转向这个也只有十几岁的后生家。临时工对他们说，先停一停，他从地上捡起一根木棍，指着让红卫兵看，红卫兵看到那两根石柱，上面都盘着一条龙，这龙柱不像北方的龙柱，北方的龙柱龙是附在那石柱上的，是一种浮雕，龙山寺的龙柱的龙是立体的，是圆雕，那两条龙几乎要挣脱石柱腾空而去，两只龙都伸出一个爪子都抓着一个球。临时工就用那棍子去击那两个球。红卫兵愣住了，一边是钟声，一边是鼓声。临时工说，可能是宝贝呢，这是文物咱们不要毁它。龙柱不能毁，木雕千手千眼观音更不能毁，它更是文物了。红卫兵说，我们要砸四旧，要破除迷信。临时工说，那我们先把它封起来不许人家到这里烧香。临时工找到星塔村民，从村里拿来好多大木板。红卫兵从龙山寺撤出，留下几位红卫兵代表，和那临时工，和星塔村民从里边用大铁钉把所有的门窗都钉死，然后他们爬梯子上了屋顶翻到外边去。落日一片辉煌，观音在莲台上双手合十。

龙山寺的观音千手千眼，还是来自海上的观音。千手千眼已经含着信息的隐喻。她让我们的祖先抬头，望向远方。

我们注意这片古街连接着那些古大道，陆路，海路。一是官道，一是商道。

唐朝，就有一个有名有姓的大商人林銮（东石人），他进一步完善安海的海上商道。“自外海至内港造石塔七座：其一曰立象塔，屹立于围头澳上，外海船舶至围头，循塔标绕独石西行以入丙洲湾。其二曰西资塔，引舟入蔡家涯、肖家港。其三曰西港凤鸣塔，引舟至八竖石，入林厝港。其四为刘氏塔（塔头）与其五之石菌塔，遥相对峙，引舟以入海门。其六为钱店塔，引舟入李家港、涂家涯。其七为锺厝塔（埔头），引舟入东石澳以至安海港口。”

如果说，先有安海港，后有泉州港，那么林銮，还有他的后来人宋朝的黄护进一步促成安海港的繁盛是功不可没的。

《安海志》说：“安海濒海，客舟可至，与民为市。东曰旧市，西曰新市。官遣吏榷税于此，号曰石井津。建炎四年庚戌（1130）因二市竞利相戕，州请于朝，差官监临，始置石井镇。市民黄护捐地建廨。”

两条古道，引导安海人从两个方向向前走。

宋朝，安平有两大工程，和两条古道有关。

海道先行。

安海建镇八年，就造了一座横跨大海的大石桥，安平桥。这座石桥四点五里长，用鲁班尺算，九寸相当一尺，所以是五里，又叫五里桥。这座桥是古代世界最长的海上人工石桥，是全国重点文物。

关于五里桥，《清源旧志》曰："宋绍兴八年戊午（1138），僧祖派始为石桥，镇人黄护与僧智渊各施钱万缗为之倡"。

桥中有一个中亭，亭中服侍观音佛祖，大门楹联：

> 世间有佛宗斯佛，
> 天下无桥长此桥。

桥建了一半，黄护、智渊相继病故。后民请官助，泉州太守赵令衿完成他们的未竟事业。

> 玉梁千尺天投虹，直槛横栏翔虚空。
> 马舆安行商旅通，千秋控带海若宫。

赵令衿在工程完成时题了诗，抒发自己的情怀，同时透露出他身上所具有的早期的商业意识。

黄护是这个时期最热心公益的大海商，他的名字也是可垂青史的。《安平志（校注本）》《乐善》一章这样评介黄护："性厌狷浮，目击安海之地，多贩鬻为生，商船至自潮广，寅寅如线。东西两市竞利，往往相戕，榷税吏不能制。宋建炎四年，州请于朝，创石井镇，而以迪功朗任良臣监其税（多传朱松为第一任镇监，不是）。时辟廨所，量夺民居，人皆难之。公独曰：息贪风，补弊政，此善事可为也。于是捐地建廨不吝。自尔俗化淳庞，人知礼让焉。且舍钱万缗，倡造安海东西二桥（误，黄护倡建安平桥，而东桥则非其所倡建），厥功未竟而终。宋追赠晋江县尉，韩识作《清源志》不没人善，因纪载其名，以垂不朽云。"

我们拥有的资料不多，很难把握这个人物。"贩鬻为生，商船至自潮广，寅寅如线”，他是生意人，和他做生意的是潮州广州人，不局限在本地，他做的是大生意。“性厌狷浮”，如果是现在，他也不上 KTV，他是胸有大志的人。他捐地建廨，也就是建镇政府，用心也不是在拿回扣，“息贪风，补弊政”，他是个正派人。五里桥是全国重点文物保护，20 世纪 50 至 70 年代差点儿给废掉，但毕竟还有一个重点文物的牌子而得以幸免，安海人的素质也算还可以。20 世纪 60 年代郭沫若还跑来题了一首诗，虽然是“五里桥成陆上桥”，但中国人习惯有书为证，这使后来修建的黄护陵墓有了文物的依据，听说重修黄护的墓就得益于郭沫若这首诗的手稿，中国人常常捉弄自己。民间传说却颇为风趣，建五里桥时，人问黄护捐多少？他说，一头牛。人以为他小气，一头牛算什么呢。结果，黄护真的牵出一头牛来，让在场的人目瞪口呆，那头牛是黄金做的……如果是这样，黄护还是个挺幽默的人。

精神工程先于物质工程，但落点建石井书院则晚于安平桥，安平桥动工于 1138 年，建石井书院已经是 1211 年。《安平志》（校注本）记载：“嘉定四年，镇官游绛，因士民之请，援四斋书院故事，白郡守邹应龙，邹出帑倡，委游君集众力，相地于镇西为书院，如州郡学之制。命通判朱在董其事，建大成殿、尊德堂、立四斋，曰：富文、敏行、移忠、立信。”又载：“绘二朱先生于尊德堂”。这里又引出几个人物，建石井书院起因，镇官游绛顺民之请，并请示报告郡守邹应龙，邹应龙出国库里的钱作为前期费用，又委托镇官游绛向民众集资，石井书院建成，朱松之孙朱熹之子朱在董其事，朱松朱熹的画像挂在石井书院的尊德堂。二朱过化，使安海成为“海滨邹鲁”成为文化古镇。安海出文人出官。

应该说，从南宋开始，安海的精神和物质出现分裂状态。

朱熹“灭人欲”的封建观念和海上这条“欲望”大道骨子里是对立的。但初始阶段，又貌似互补。《晋江市人物志》说，黄护在官署旁修鳌头精舍，作为朱松讲学的场所，朱松是在泉州一带传播理学的第一人，安海因此有“闽学开宗”的美誉。后来，朱熹又追寻父亲的足迹而来，在安海讲学。至于，后人在安平建了石井书院。两种观念在古镇并存，并没有发生冲突事件。对立是明朝清朝实行海禁，但海是一条生路，所以总也禁不绝。安海人应该说是通窍的，朱熹该拜也拜，“海滨邹鲁”“闽学开宗”，有点给自己脸上贴金的味道，可是靠海吃海，他们咬定“大海”不放松。商业链条从来没有被掐断，也说明安海人内心海洋意识的坚定。

当然，有时东风压倒西风，有时西风压倒东风。

何乔远李光缙描写的“安平商人”的时代，是海丝辉煌的时代，在明清海禁中是一种叛逆。明末，安平商人的兴起是朝廷受东北满人和西北农民起义压力，暂时放松对东方沿海的限制。但何乔远李光缙没有看到郑芝龙郑成功怎么把安平商人的事业推向顶峰。全面海禁，只放开安平一个口，让郑氏集团搞得风生水起。

泉州港衰落后，厦门港兴起，安海港又成为厦门港的中转港，依旧繁荣。

到了民国，陈清机想拓宽三里街受阻，他知道，路仍然不好走。但是，建泉安公路，他是一个大勇者。什么时候都需要开路的人，什么时候都得想路怎么走？

一千多年，和安海港有关的八大商人，唐朝的林銮，南宋的黄护，明中期的李五，明末的郑芝龙、郑成功，清末的伍秉鉴，清末民初的黄秀烺，民国的陈清机，在安海港结成一条璀璨的商业链。

我们注视安海的路，谁开的路，谁走在安海的路上？谁走进来了，谁走出去了？一直有人在注意安海的路，尤其是那座古石桥。廖仲恺：“五里长桥横断薄，不渡还乡，只渡离乡去。”郭沫若：“五里桥成陆上桥，郑藩旧邸纵全消。”名人尚且迷茫，更何况是平民百姓？在《被忽视的海丝八大商人》里，我注意两个人解剖两个人，一个郑芝龙，一个伍秉监，发现他们是惊人的相似。要了解中国的海洋文化，不知道郑芝龙、伍秉鉴，话题就会让人十分尴尬。现在，我也注意解剖两个人，一个是朱熹，一个是郑成功，注意，这两个人却是惊人的差异，这种差异让我们看到中国的几百年历史中的心理纠结。非文武之别，是观念上格格不入。这两个人还都极具人格魅力。朱熹是儒学的集大成者，尊称朱子，朱熹的理学是元明清三朝官方哲学。郑成功是民族大英雄。这两个历史人物都给我们留下思想的空间。朱熹在泉州有一幅对子："此地古称佛国，满街都是圣人。"让泉州人晕了好几百年。有人实在承受不住，于是由"佛国"推出不是"圣人"而是"僧人"。但是，不理解归不理解，弘一法师书写的"此地古称佛国，满街都是圣人"仍然挂在开源寺的入门处。郑成功北伐兵败已经是英雄末路，达素率清兵攻打厦门受挫，为什么又留给郑成功一年多时间，于是从容准备，东征收复台湾？泉州，这个海禁中的古港有很多神秘空白，引导人们去思考。但，朱熹是"顺天理，灭人欲。"完善着封建王朝的统治。郑成功却是中国海洋文化的先锋人物。大欲望让人类征服了海洋。传统讲君君臣臣父父子子，郑成功却要"杀父报国"，. 有人说他写了中国历史唯一的"教父篇"。当然，朱熹是过客，只是几次在安海讲学，是后人建的石井书院，画二朱先生于尊德堂，至今还留有朱祠。郑成功长住安海，却自毁郑府意为破釜沉舟，旧址让后人寻寻觅觅。朱熹的理学在全国占了绝对统治地位，偏偏在安海显得薄弱，安海在朱熹之后并没出杰出理学家，但一条面对大海的欲望商业链条绵延千年，安平商人让人不能无视它的存在。郑芝龙、郑成功的意义还在于他对海洋对海权的认识，这点常常被简单的民族情绪所掩盖。一个鲜为人知的小镇——安平（安海），却留有众多国家顶级人物的史迹（包括史疑）：一个开发台湾第一人的郑芝龙，一个从这里离开去开辟新天地而成为世界首富的伍秉鉴（家族），一个三朝尊崇的儒学的集大成者朱熹，一个世界上唯一把殖民者逐出的民族英雄郑成功，供我于此时此地进行对比，而且，各俱鲜明性格，仿佛天设地造，中国再难找到这样的典型古镇，这是安海在中国历史上的意义。无视南港安海港难成“东方第一大港”，联合国海上丝绸之路考察团在泉州考察发现世界仅存的草庵摩尼石刻取得最大的成就，但没有考察南港安海港则是它最大的失误。（此前，还没有人对联合国海丝考察提过批评。）历史不是留给我们享用的，而是叫我们继续烧脑。

活石

我喜欢收集各种石头，可能是祖传的。

我那位曾经以其威严而使我的几位伯母丧生，又以其雄才大略建家立业的祖母，给我们家留下了一幢沾满贝壳的石头房子，我是在这幢祖屋里长大的。这房子边上有很多石椅石床。我小时候习性懒惰，常常坐在东侧门外边的石椅上，看穿透天井的那道夕阳慢慢地在前厅的红砖上爬、爬、爬。热天就在门前的石床上睡觉，眼睛望着星星眨着眨着睡着了，又让晨光撩着撩醒了。日头一下山，我就拿清凉的井水往石床上泼，泼得冰冰的，晚上好在上边躺着。石床上有一条石板，它和别的石板一样，日头一晒就热，但别的石板日头一下去了还热，这石板就奇，日头一下去，很快就变凉，我们都喜欢那石板，晚上睡觉都抢那石板。它不是一块普通的石板，它是一块活石。也许因为这样，我心里就有了石头情结。

不过，收集各种石头是在三四十岁的事。

我用青瓷笔洗泡石子，有闲空时就洗一洗，在清冽的水中看石子的斑斓，不禁赏心悦目。我的石子并不名贵，但水的纯净使它们有了精神。有一枚石子，是我从建筑工地的石子堆里捡来的，乍一看，就是一颗鹅卵石，白里透黄。我把它捡回来是因为它有一个芽，一个洁白坚硬的芽。这个芽叫流水无法把这石子磨得八面溜光。这个芽使它摆脱了别的鹅卵石的命运。它就有了自己的形状，酷似一个萌发新芽的蒜瓣。有一枚石子像极抱成一团的熊猫，当然是侧面，要是正面那就更奇了。眼睛上的那块黑，前腿的黑都像极了，只是后腿差一点，细一点，却又用它的圆弥补了它的缺陷。多时不见刘炳钧，但一看到这熊猫就想起体态颇像熊猫的刘炳钧。还有几枚半透明状的花石子是写《纸床》的女作家江灏送的。她在鲁迅文学院，那石子就放在一个比试管略粗的玻璃管里，也用水泡着，很是醒目。见我喜欢，就连瓶一并送给了我。怕洒了，把水泼掉，插在胸口兜里。没想到铸成了大错，骑车回家后拿出来一看，瓶子断成两截，石子干磕，没有水给它作缓冲。罢，罢，罢，于是汇入我的笔洗石子族中来了。

我还有几枚雨花石，大多是六小龄童送来的，我从福州带回一个漆盆，把它们放在里边。其中一枚，四周白嫩透着血色，有一个棕褐直至艳红的眼，一层一层地聚中，层层精致甚是细腻。有趣的是我取其中的四枚，恰好可以摆成罗丹的一尊大理石女人体雕塑。当然，只是一个角度。第一枚石子是头部，歪歪的。第二枚从肩至腰，薄薄的肩，细细的腰。第三枚为臀部，颇为丰满。第四枚，是脚丫子。因是曲侧卧，从背侧看，只能看到这么一个脚丫子。

此外，我还有承德避暑山庄的上水石，一位老乡带来的。作家出版社潘宪立送我一块云南石头，这块不知名的石头是他从他的老家花一元钱买回来的，但对我来说，也是块好石头，我家住美术出版社，院里不知从哪儿运回一棵树化石，原来就断成一截一截的。不知谁砸碎了一截，一块块拿走了。剩下一块，树的年轮，木头的颜色都很清晰，天知道，怎么会把这么好的一块石头留给了我。现在它们都摆在我的书架上。

谁都得找点乐子，这是属于我的。

我三十多岁才结婚，婚前做一梦，梦见我的妻姓石。

1978 年，我在鼓楼结婚，我妻子的名字叫石晶。

筅　尘

闽南老家的春节更像春节。停车场那边的一段矮墙上炮仗花开得极盛。文联送来手写的春联。我们家两个儿子，带回两个女朋友，他们互送礼物，热热闹闹。昨天，一家人吃饭，做了一桌海鲜。孩子说，有一个亲戚出海打鱼，春节会有更新鲜的海鲜。家里只有几盆绿叶，让我觉得少了些什么，我寻寻觅觅，也许就因为这。有朋友先前送的两盆兰花，说一盆十月开花，一盆二月开花。十月兰花开过两次，白花。二月兰花，没开过，反支出一枝枯叶，很煞风景。我伸手想把它揪掉，刚捏住它，顿住了，我撒了手。不是枯叶，是花。状若枯叶，是花枯死了吗？要不，会不会让我捏坏？我观察了几天，棕紫色竟然有些水灵了，开了两朵。两朵兰花的春节是我家的春节。

春节有很多春。过年有很多“年”。闽南叫年兜，兜里装满了“年”。冬至要吃米丸，红的，白的。吃了冬至丸就多一岁。这么说，这也是过年。闽南人多信神，极虔诚。这年要大家过，高高兴兴。人神共度。冬至丸子，所有的神都要敬。闽南人做得无微不至，大神小神都敬，连牛厩、鸡笼都要搁几粒米丸，有牛厩神，有鸡笼神。偏偏就还有不周到的地方，连灯笼也有神呢，他们忘了给搁米丸了。这灯笼神只是挑理也就罢了，他还就发了大脾气，到玉皇大帝那里去告状，此地人挥霍五谷，牛厩、鸡笼，到处都扔。玉皇大帝雷霆震怒，要派天兵天将下来剿杀。消息是怎么泄露的，没说，可这达人就都知道了。怎么办？他们无力反抗。但他们是乐天派，剿杀之前，也得好好过个年，干干净净过个年。年兜筅尘就是这么来的。把房屋里里外外都有扫干净，地扫了，墙也要筅干净，屋顶也要筅干净。脏东西放在房子前边，一把火烧了。这时，看到那个旧灯笼破灯笼，在干干净净的屋里很碍眼，也烧了吧。结果把灯笼神也给烧死了。他们不叫他灯笼神，叫他灯猴精。天兵天将来剿他们，没有灯猴精带路，只好回去了。他们大难不死，过了一个好年。

我们的祖先没有被剿灭，还兴旺发达了。传统的确立是它的反传统的精神。祝大家过个好年，干净温馨的年，有兰花香的年。

记忆中的母校风景

眼前的东西总是具体的，清晰的，过去的东西就模糊了；但眼前的东西是复杂的，让我们分不清主次，过去用遗忘擦掉那些无足轻重的东西，留下珍贵的记忆。

青少年时代留下的记忆是最美好的，我的青少年时代是在我的三个母校度过的，那个时期在脑海里留下的记忆残片，总是叫我回味不尽，而其中历历在目的是三个母亲的风景。

我上过的小学是我生身的乡里的小学，叫可慕小学，它几乎可以说是没有风景，它甚至没有一棵树，在我的记忆里它是绝对的一棵树也没有。它是由乡里的祠堂改装而成的，那时上边的雕梁画栋就已经十分斑驳，现在记忆中更是一片模糊。上边还挂着几块匾，鼓突着几个金色的大字，什么字，也统统忘却了。课桌是长条木板架在两个方凳上，我们坐的小椅子是上学时各自从家里带来的。教室没有窗户，或者窗户太高，在我的记忆中没有留下窗外的风景。大厅后边用木板墙隔开，上边倒是有一些木头窗棂，但我们不敢趴着往上看，那里边堆满了我们乡里老辈人的木主，添了一点阴森。我没看过，只是感觉到它们，当老鼠在上边奔跑，我听到过它们一方方跌落的木质的脆响。没有窗户的教室，大厅用屏风隔开，几间教室空气自由流通，声音互相掺杂。能看到外边的大概只有天井了。天井是石板铺地，倒也整洁大方。先生——我们小学称老师为“先生”，先生经常把学生集中在天井里。小学学生不多，天井又不小，排儿队刚好装得下。先生站在台阶上讲话，学生不老实，想看看外边，也只能是坐井观天，或者是立井观天。

但小学，它还是给我留下一片好的风景的记忆。那是把大门打开的时候，我就喜欢小学的大门门槛儿，门槛儿下边是石头的，上边是木头的，很厚。我们总是在门槛里外席地而坐，无论教室里有多么闷热，这儿总是凉爽的。坐在门槛上往外看，外边的地不平，分几个坎儿，都种着葱绿的五谷。不能看得太远，只几个坎儿，那绿便齐刷刷地断了，枝叶可辨，直接就接在蓝天上。南方的天是朗润的，五谷是绿油油的，蓝和绿，润和油，非常和谐地镶嵌着，交融着。翻过一坡一坡的绿的尽头就是大海，从海面上收足了清凉又轻拂过五谷地里尖尖的嫩绿而后扑入胸口的海风总是叫人感到十分惬意。当时我还不懂，后来的多少年里，就为剪断这一缕凉爽，我们挥汗如雨地搏斗，我们血性方刚，我们又不吝惜使不完的力气。当然，那是我离开小学以后的事了。

中学呢，它几乎可以说是美丽的。我上过的中学叫养正中学，原先是私立的。后来才是公立的。中华人民共和国成立后怎么会还有私立的学校，这是特殊。侨办。我在小说《看不清桃红李白》里描写的史校长常常凝视的那窗风景，就是我记忆中的母校：

过去他就有这么个癖好，站在教室排房的高坎上，俯瞰下方。他是看着那教室一排排盖起来的。屋顶用的是机制瓦，分灰红两种。墙壁都是石头的，打得平平整整的条石，垒得挺讲究。那条石，崭新的，闪着白光。白条石和白条石之间，嵌一道黑色的水泥，远远看去，一白一黑一白一黑，煞是醒目。他站在高坎上教室排房的廊子里，前边就一层一层跌落下去。先是新开辟出来的体育场，这是方圆几十里最大的体育场，从上往下看，已经看不出那碍眼的沙砾，竟然是嫩红的一圈。再跌落一层，可以叫杂色，但杂而不乱。榕树，龙眼的墨绿，老了点儿；各种菜蔬的翠绿，嫩了点儿；此外是番薯一畦畦的绿，水稻一波波的绿；但都汇在一个总体的绿调子里边。再远处再跌落下去的就是海了，当然看不到波涛的起伏，于是只是凝碧的一块。那一道白一道黑，那一圈红一圈蓝，构成了他生活的梦。

我在《初恋没有故事》里继续描写我记忆中的母校：

中学正中有一条大道，两边是两排高高的凤凰木，碎碎的绿叶中大朵大朵的红花开得极盛，像一团团无烟的火焰。这火焰又极娇弱，微风吹拂，一地落红。学生在家里等通知（高考录取通知）等得心焦，总一两个、三几个到学校里转一转。要是平时，女生总是踮起脚尖，避开那些落了地仍然赫赫红着的花朵，现在她们全无那心思，一脚脚踩过，一路落红零碎。红红的花汁都浸到泥里去，叫人觉着几分的凄凉。

这已经和我的母校有些距离，我的中学母校正中没有夹道的两排凤凰木。但凤凰木是有的，在厨房外洗碗池边上有几棵，火一般的花常常跌落在水池里。我洗碗时总看到一个个子矮矮的大师傅冲我笑。他曾对我说，他认识我父亲，十几年前我父亲溺水而死他全知道。他说，我母亲把我们拉扯大不容易，我老记住他的笑。说这话时他是可以笑的。父亲已经死了十几年，儿子已经长这么大了。他笑时，我看到跌落在水池里的凤凰木花，像开的时候那样红。几年后，这位大师傅围观武斗，被一颗子弹击中。那时，也有一朵跌落的凤凰木花，像开的时候那样红。

记忆中还有两棵榕树，在体育场边上，那儿有两圈红土，高出周围的地面数尺，那两棵榕树就分别长在那两个红土坎上。跟过了马路那边的那棵几人合抱的老榕树相比，这是两棵小榕树。可人说，那两棵榕树总长不大。老年人甚至说，他们小时候，那树就这么大，到他们老了，还这么大。于是，我就感觉那两棵小榕树像两个小老头似的。离开二十多年后，再回去我就特别注意一下那两棵榕树，却发现它们明显地长大了，下边有好大一片荫凉。

中学的教室都是大窗户，我总喜欢往外看，上课时开小车也往外看，那是一窗窗的风景。越过体育场，收归眼底的还有一个榕树林，离得稍远，没时间去。去过一回，发现那是一个神奇的去处。好几棵榕树拢成一个榕树林子。其中有一棵，它有好几个树干，老树干边上还有几个小树干，像一群儿子站立在老父亲的身边。榕树的横枝上总有些根须下垂，一旦触地便扎入地里，于是形成新的树干。从下边看，几个树干各自独立。从上边看，它们仿佛是搂肩搭臂地抱在一起。再细看，其实它们是连体。这在我心目中老态龙钟的榕树骤然变得谐趣盎然，这儿仿佛是一个童话世界。1958 年学校也组织我们去炼钢铁，我们是低年级，力气小，负责砍树烧炭。我记得我们砍了山边上的好些相思树。而后在土坎下边挖洞，在里边烧炭，夜里还要守着，听到山狗的嗥叫，吓得要命，我们用相思树枝搭一个窝，藏在里边，真怕山狗来掏我们。成功的是高年级的同学，有人拉风箱一口气拉了五百多下，于是，火线入党。其他的都失败了，我们把树砍了，把木头烧成了灰，把铁砂炼成大乌龟，而后我们就班师回校了。坐在教室里发现少了好些东西，窗外的风景变得挺陌生，其中就少了那个童话般的榕树林。它好像被一只无形的手擦掉了，就像我们用橡皮擦掉画片上的一棵树一样……

记忆中还有一棵垂杨树，不知是谁栽的，它只摇曳了几天绿，柳条便枯死了。

记忆中还有些普普通通的桉树，它们高大挺拔，每年春天换掉一层旧皮，新皮青青的白白的嫩嫩的，显得就它们年轻。

中学的体育场挺大，有一圈四五百米的跑道。跑道中间是足球场。北边一溜七八个篮球场。东边有一溜吊环单双杠。西边还有好大一片平整的空地。

头一次觉得体育场大，是我考上中学以后，我二哥和我牵着我们家那头小母牛到墟上去卖。上小学每天放学时，我得去放牛。牵着它啃几道田埂，又到小溪里喝一肚子水。可怜的小母牛其实是终日在昏暗的厩里，啃着干草，所以好几年了总长不大。我考上中学，我解脱了，它也解脱了。我和二哥，都光着脚，南方人都光脚，牵着那头黄色的小母牛，从体育场的边上斜穿过去。体育场是红色的。赤红色，那年月讲究拔草，不讲究种草，所以中学是红色的体育场，而不是绿色的体育场。区别于那些缩小着的耸立的绿色的，是这一片扩展的红色。它也是我心中永不消逝的风景。

我们班的体育委员有一种奇异的病，经常突然昏厥，但倒下立马又可以爬起来。他姐姐也体育好，常常穿运动衫短裤在跑道上奔跑。她个子高高的，长得挺匀称，两条腿又直又长，皮肤被太阳晒成巧克力色。她曾经为我助跑。后来我才知道，他们的父亲在台湾。也许是因为这个原因，高中就没有录取他们。后来听说，姐姐上了华侨补校。再后来她出了国，当然是在政策松动以后，据说她的生意做得挺大挺红火，并以巨资回报补校。但她从来没回过我们的母校，也许是心中的伤痕太深，她没有以她的财富给我贫穷的母亲增加一片风景。

如果母校是摇篮，那么各种运动就是风浪，摇篮总在波浪中颠簸。当时我并不敏感，只知道我们的课堂一直被延伸着，延伸到大海边，到海滩上。要走过那条古老的三里街，到海边，再走上那座横跨海面的五里石桥，一直走到桥中，顺着一道人工修筑的大堤走向海滩。书和笔变成扁担和畚箕。我们去围海造田。围海是筑堤。造田是挑海沙来改良海滩地。用一种特殊的工具，叫锢。柄是直的，上边有一横杠，下边安在木柄上的是口儿被磨薄的长方形铁板。双手攥着横杠两头，用脚一踩下边的铁板，锢便插入海土里边。把海土切成一方一方的。第二个把那一方一方的海土抱起来。长堤下排一长队，就这样把海土往堤上传。最后一个狠狠地把海土摔在长堤上。我们筑一道长堤，以抵挡海潮的冲击，把大海从眼皮底下赶出去。海里造地，龙口夺粮。正同学年少，真真显出一种英雄气概。不但风雨无阻，决堤时还要去堵漏，沙包不够用，人都敢跳下去。原先五里石桥两边都是海，我们硬是把大海给挤出去了。我还记得那挑海沙的场面，休息时，一部分人在堤上，一部分人在沙滩上，那次我们留在海边，我们捉小虾玩儿，等哨子一响，我们还可以待一会儿，等堤上的人走下来。海滩上不平，走着走着他们就看不见了，又过一会儿，一个一个脑袋就从坡顶上露出来，几百个人，一字儿摆开，一个个脑袋往上一窜一窜的，渐渐长高了，肩上都是横搁着扁担。噢，那场面，真是壮观极了。那时，我从心里相信人定胜天。

多少年以后，我才明白，我们围死了一个古港。原来五里桥两边都是海，海潮退走时，可以看清那些海滩地，上边尽是密密麻麻的小洞，像蜂窝似的，数以万计的赤脚蟹横行在它们的王国里，这些奇妙的风景也都被我们擦掉了。已经铸成大错，上边才又下了新的指示，五里桥是国家重点文物保护对象，还拨了一百万，修桥，还要把桥下边的土挖掉，让桥重新回到海里。这时已经没有人义务劳动，得花钱雇民工。钱，只够挖那么一小溜，只够桥在里边趴着，就像让牛趴在一个小小的水坑里，显出几分滑稽。填海容易挖海难。

那一道白一道黑，那一圈红一圈蓝，构成了史校长的梦，也构成了我的梦，甜苦掺半，这才是生活。生活其实由不得自己，过后才能明白，或者永远不明白。不明白也是人生，明白也是人生。

我未曾描述过北京大学。它的带着黄铜蘑菇钉的红漆大门，构成了大半个世纪中国青年学生的梦，它的湖光塔影是我心中不可抵御的诱惑。

未名湖边上有一个什么园，名字我忘了，司徒雷登在那儿待过，陆平的党委在那儿待过，聂元梓的革委会在那儿待过，我从来没有进去过，它后边有一个小门，那小门好像永远是关闭的，门前边有几级石板台阶……一道小径逶迤而出，夹道的是两大片，其实两片连一起，那是碧森森的青竹。有几杈俯下身来，想把它清凉凉的叶片撩拨在它前边伸展开去的绿地。和千万枝翠竹遥遥相对的是几棵高大而孤独的白皮松，老树默默，青草萋萋，竹林絮语，曲径幽幽。这么好的去处居然被人忽视。北大的学生都是书呆子，早上拿个馒头，夹点儿咸菜，就都上图书馆。于是，这神仙般的好地方就留给了我。我回回上那儿去，没见过别人，竹林只属于我。草地，竹林，曲径，白皮松，我。

未名湖边的小山上，有一棵古松，据说遭过雷劈，于是从中间裂开，但它没有倒下，不知谁又用铁箍把它定住，它倚斜着，像一个残疾人那样痛苦地活着，一束束松针都还葱绿，似乎在显示它的倔强，再往上走几步有一个亭子，亭子中间挂着一口大铁钟，“文化大革命”时，我们的血很热。就用拳头去撞那口铁钟，以为钟声能象征一个什么的开始，没想到却反过来象征它的结束。

记忆中还有一堵灰色的墙，那是大饭厅朝东的那面墙壁，由大门而劈成两半。靠南边的那段墙曾贴过“五二五”大字报，毛主席说它是全国第一张马列主义大字报，由此烧起了无产阶级“文化大革命”。5 月 25 日我不在北大，我没见过那张大字报。靠北边的那段墙，7 月 19 日我们六个人在那儿贴了一张《致中央和毛主席的公开信》，没想到被利用，引出了北京大学 7 月 25 日、7 月 26 日两个晚上的十万人大辩论。我们惹起了一场风波。写了认为工作组犯路线性错误的公开信，又写了“批评工作组，拥护工作组”的联合声明，弄得我们自己也面目不清，并在无从解释中走向困惑。六个人签名，头一个是王海治。“文革”前，我们年级有一名同学到颐和园游泳溺水而死，为死者穿衣服的是王海治。多少年后王海治分配到山西，并爱上一个农村姑娘，不久他在游泳时溺水而死。传闻：他是站在水中死去的。六个人少了一个剩五个。三个继续搞专业，当了历史系的研究生。王伟。朱瀛泉。叶文郁。我只见过朱瀛泉，在南京，到北京来查看北洋时期的外交史资料。他说美国政府的档案，三十年后就可以公开。但我们的有关方面没让查看，原因是没有先例。我是注定要改行的，我在进北大的第一天就给自己写下一句话，不要成为我所学的历史（资料）的工具，而是把所学的历史（资料）作为自己的工具。另一个改行从文的叫高华，是位女同学，她保留了一些专业特色，写历史小说。我们也只见过一面。那堵墙，我曾回去看过，发现它是健忘的，但它是我心中残酷的风景，有一天它一定会重新恢复它的记忆。

六院，是我们历史系的办公所在地。门不大，"文革"初，有人在上边贴了一副对联：庙小神灵大，池浅王八多。听说，毛主席知道后，改了一个字，把"浅"字改成"深"字。这一个字，就已经划定了中国知识分子在那场浩劫中的灾难深重。有一位老教授就是从那个门口被逼着跪爬穿过院子。

历史系几十名学生，曾经去包围过"反共老手"翦伯赞，他是历史系的系主任，我们包围了他的西式小楼。翦伯赞吓得赶紧关门闭户。学生声势极大，有人还借来梯子，想从窗户爬进去。后来是他的保姆从里边把门打开的。我发现翦伯赞的家里尽是书。翦伯赞只好出来，在台阶上蹶着。学生就让他承认自己是黑帮。翦伯赞说，他不是黑帮，理由是他没有成帮，他是单干的。下边是一片哄笑。"文革"末期，听说主席说翦伯赞还有用，可以当活字典。翦伯赞两口子感谢主席的宽大，而后一块儿服安眠药自杀了。这是多年后我才听说的。听说时，脑海中正在模糊的那幢西式小楼骤然又清晰起来，成为我心中洗不掉的风景。

记忆中的母校的风景，并不都是那么温馨，有些地方甚至常带血痕。一个历史时期的影响不易结束，批判的意义在于能走向自省。母校的风景形似社会而有别于社会，它对我才这般的刻骨铭心。社会的人际关系，使我想起电影《莫扎特之死》（话剧《上帝的宠儿》）。

嫉妒、扼杀，贯通人类历史。而母校则永远地扶助和企盼它的学生们的成长成功。仅此一点，它就是一块圣土。仅此一点，它使记忆中所有的母校风景都变得亲切了。这是我在离开母校后若干年才慢慢悟出的。记忆同时留下了母校的风景，并让它在我的心中发出神圣的光彩。

小鸟听到什么

二哥家新盖的三层小楼，前面是一块空地，在闽南叫埕。隔一条路，再隔一条沟，洼下去的地方是一幢邻居的石头平房，矮矮的什么也挡不住，而且只挡了一半，另一半就没有什么房子。顺着另一半往前就是一丛翠竹，比翠竹再远一点，是一棵繁枝的榕树。日暮鸟投林，这种情景多少年来已经很陌生了，没想到黄昏时榕树上真真落下百十只小鸟，在树梢上嬉戏一番，舍不得那些一时还没有褪尽的晚霞，三几只的还要在附近来回兜两圈，终于尽了兴就和那些树叶一块儿藏在黑黑的树冠里睡着了。

那是母亲病重的日子，我们一家人夜里不敢睡实，轮流守护在母亲的身旁。也许这些小鸟也通人性，夜里睡觉也不踏实，几乎每隔一个钟头，它们就叽叽喳喳地叫一阵，仿佛在互报平安。

这些年来，尤其是在农村，已经很难在天空上找到小鸟，农村的天空总给我一种单调的感觉，没有划过小鸟的翅膀，没有响过小鸟的鸣啭。以前，老屋的墙上都有几个窟窿，总有麻雀从那里钻出来，现在变成一个一个的空巢。我很喜欢榕树上的这一树黑色的带有白点的小鸟，它们是我意外结交的朋友，照顾母亲的夜晚，我一个钟头一个钟头都要侧耳倾听小鸟的叫声。感谢那棵并不龙钟而又枝杈繁杂的榕树，在这里建筑了一个小鸟天堂。二哥的房子周边晒着好些皮子，邻居的墙角堆着烂和不烂的碎皮，叫人这般难堪，竟然有这么一棵榕树，还有这百十只小鸟。我提醒他们一定不要惊动那些小鸟。

我的第三个侄子的孩子莫名其妙地哭了起来，后来才知道他想抓一只小鸟，小鸟在天上飞，小鸟在树上叫，他够不着。我大侄子说，你别哭，你拿钱买，我就能给你抓到。后来不知怎么，也许是小孩子唤起大人们的注意，他们也都注意树梢上的小鸟。有人说，可以张一张网，能抓到好些，有人甚至说，可以用鸟枪打，可以打下好大一片。这些话都让我好别扭，不过，我想这只是一些玩笑话，现在的人不亏嘴，他们不会真的去算计那些小鸟的。

一个月后，因为有个台风，我很担心那些小鸟。

二哥却高兴地告诉我，他的小孙子真的逮到一只小鸟，不是树上的那种小鸟，比那鸟大，是自己撞在窗玻璃上撞晕的，他的小孙子三扑两扑就逮到了。我问他，小鸟在哪儿？二哥告诉我，已经在他小孙子的肚子里，那小鸟很肥，差不多有二两肉，听说鸟肉很补。

我问树上的小鸟，二哥说全都飞走了，没有再飞回来。我说，是不是有谁向它们开枪了？二哥说，没有谁向它们开枪。

我想，它们是不能等到有人向它们开枪，它们早就应该飞走。

现在，什么地方才是它们的天堂呢？

晋江三色

以前，我说晋江，它只是我的故乡。现在我说晋江，它是中国的晋江。我凝视晋江：

红

红色，是晋江人的故乡记忆；红色，是外地人的晋江印象。故乡是一片红砖厝，祖屋是一栋红砖厝，那红色，就深深地烙在每一个人童年的记忆里。砖地上总是出现一串串5个脚趾豆红红的湿脚印，那砖墙的红色也是小时候涂鸦的底色。富裕人家墙上有红色的砖雕，刻出花，刻出字。穷人的土墙也一定要有红砖的窗。海边人家有用蚝壳筑墙的，灰白色的蚝壳墙上必有着意的红砖窗，和一溜爬山虎的翠绿的叶子相呼应。还有那些用一沓沓碎瓦残砖和不规则的石块垒起来的老墙，叫“出砖入石”，也叫“百子千孙”，也叫“金包银”，那是老辈人坚忍不拔的象征，也是他们家旺业旺的心志。那红，一次次让雨水洗得更鲜亮，一次次让霞光照得更艳丽。

我们的红砖厝就建在红色的土地上，村边总有一片一片的赤土埔，一条条赤土路切开碧绿的庄稼地延伸出去连接着一个一个村子，这是我们几十年前的乡村图景。

荒芜的赤土埔长久地困惑着我们，赤就是穷，赤人，穷人。但我们仍然固守着赤土埔，我们张开赤脚，用 10 个脚趾抓紧它，不离不弃。

这几十年，赤土埔突然变了，或者说，人们望着赤土埔的眼睛突然亮了，发现它是一个宝，赤土埔一下子身价百倍。赤土埔等了千年万年，终于等到这一天，原先看到它就看到贫困，现在是谁看到它就看到财富。赤土埔不再是原始的散落，乡镇企业也不再呈野蛮生长状态，我们的红是成片地展开，生活小区、工业园区、高科技园区、文化创意园区，以百米宽的世纪大道为中轴，井然有序地排列。我们重新认识我们脚下的土地：赤是开发，赤土连天。赤是红火，财源滚滚。赤是凝重，不是土豪十足。赤土埔用它的肩膀扛起了一个名列前茅的全国百强县市。

红是我们的根底，我们祖祖辈辈在这土地上生生不息。我们在建设新的家园时保留了五店市的传统街区，那点红是永远的记忆。一次次拆迁，一次次开发，是一片片红，我们的红没有终极。

蓝

蓝色是三面围着晋江的大海。

我们这片大海是中国最美的一片海，纯蓝，直逼蓝天，却又留下一些小岛让人浮想联翩，用它雪白的浪花亲吻一弯弯金色的沙滩，用它热情的喧哗招呼一排排连绵的岸上绿树。

蓝是我们的眼界，不囿于脚下的土地，我们把名字写在大海上。有海水的地方就有我们的同胞。海，让我们知道，我们是西岸，还有一个东岸跟我们梦魂牵挂；我们是海内，还有海外一些人，跟我们同血同根。

晋江和台湾金门隔海相望，面积 649 平方公里，很小，却有 121 公里的海岸线，海域 6345 平方公里。由于明、清海禁，由于极“左”

年代“割资本主义尾巴”，这是一条被忽视的海岸线。翻开尘封的海洋史，才发现这是闪闪发光的一段海岸线。“海上丝绸之路”的起点、“东方第一大港”，开发台湾，驱逐荷夷。海丝八大商人就在这里会聚，中国海上蛟龙在这里操戈练兵。

蓝色，它不是无端地扑向我们，而是要把我们带向远方。

唐朝大商人林銮，从围头到东石澳造7座石塔导航，把广州、潮汕和东南亚的商船引入晋江安海港。宋朝谢履诗：“泉州人稠山谷瘠，虽欲就耕无地辟。州南有海浩无穷，每岁造舟通异域。”先有安海港后有刺桐港，那么，晋江的安海港促成了泉州的“东方第一大港”。“世间有佛宗斯佛，天下无桥长此桥”，安海港建造了古代海上第一长桥（安平桥，俗称“五里桥”）。郑芝龙也是从安海港移民，开发了中国第一大岛（台湾），有了初步海权意识，成为台湾海峡的“海上霸王”。之后，郑成功从这里奋起，又成为世界上唯一把殖民者逐出的民族英雄。使台湾划入中国版图的施琅也在这里登上历史舞台。郑芝龙、郑成功、施琅成为开发台湾起始的3个链环。清代，这里诞生了中国第一富商伍秉鉴。中国古代还有哪个地方可以找出这样一串海上第一？

20世纪，这里发生了持续21年的海峡炮战。二战后，一条三八线，一堵柏林墙，一个台湾海峡，让世界关注。围头建成了“海峡第一村”，一个村子和台湾、金门通婚130多对，一个国家民族的情感在这里缝合。

我们的渔船是蓝灰色的，是一线靓丽的风景。台湾金门的渔船是白色的，现在两色船共泊一港。

靠海吃海，晋江现在的年水产量（25万吨）是粮食（5万吨）的产量的5倍。由于地处温带，这里的鱼虾品种最丰富，味道最鲜美。

现在，新建的围头码头已经成为国际码头，沉睡多年的“海上丝绸之路”在这里复活了。我们从属的泉州港，重振雄风，已经进入吞吐量超亿吨的大港的行列。

绿

绿色，是城市的肺部；绿色，是城市的生机。

晋江一座新城在海峡西岸拔地而起。我们的城市是无中生有，一张白纸可以画最新最美的图画，我们环保意识几乎和城市建设与生俱来。

乡镇企业的自发性发展，这里也出现过严重的雾霾，西部天上长留一团黑，地上寂寞鸟鸣落花枯树。我们也有过一条条黑河，让鱼虾都死绝的黑河。但20世纪90年代就开始治理，一次性就拔掉1万多根烟囱，我们成为新时期第一批洗天人。

晋江从20世纪80年代起就一直在修路，20世纪90年代建市，40米宽的公路通到所有的乡镇。晋江有一线山脉从东北到西南，带有前瞻性在世纪交界开了和大山并行的百米宽的世纪大道，中间有宽阔的隔离带，两侧有宽阔的公路林带。有一种说法，绿化有多高，说明一个地方绿化意识就有多高。世纪大道成为新的城市中心而超越了县级市，有了大中城市的风采。商业区居住小区写字楼井然有序高低错落，工厂企业集中到工业园区，乡村彻底从两侧消失，有意识地建造湿地公园，大面积挖掘人工湖，把一座座小山保留下来，于是，小区抱绿，绿拥新城。一串大公园追随着城市中心世纪大道。我们追求建筑群惜墨如金、绿地泼墨如水的城市规划境界。

头上蓝天白云，地上绿树红花。这里四季如春，晋江得天独厚。

玉兰菩提市花市树，是我们城市的旗帜。

我们的防风林带，我们的公路林带，我们的小区花园，我们的公园，我们的山林。灵源山、紫帽山、罗裳山……城市的中心区，寸土寸金，450 亩绿洲公园、1000 多亩人工湖、1000 多亩八仙山公园，规划中的 3000 亩崎山公园。

我们自觉地生活到万绿丛中。

追　日

“夸父与日逐走。入日，渴，欲得饮。饮于河渭，河渭不足，北饮大泽。未至，道渴而死。弃其杖，化为邓林。”

夸父死了吗？没有。世世代代都有追日的人，夸父永生。

夸父有一副什么样的“尊容”？黑，日头烫的。下巴下面留着一把胡子，他没有吉利剃须刀。我从这些特征，加上追日的古怪行为，找到他。不过，他不再拿他的什么杖，那玩意儿现存某博物馆，一帮老学究对它争论不休。他也不用两条腿奔跑，开着一辆白色的跑车，扛着一部相机，一次次地把夕阳定格在绚丽的云霞里。

每天，落日把晚霞的红光泼向酒楼时，它泼到了停车场上密密拥挤着的小卧车。酒店里灯火辉煌，人们举杯互祝，因为第二天，日头照样会升起来。

夸父只顾追着落日。古大厝涂上最后一抹霞光是那样的美。那些老墙，一沓沓瓦片和石块相间的墙壁，叫出砖入石，叫百子千孙。那一个个红砖的窗，那一块块粗糙的石头雕刻，是一部部耐读的经典。当很多人都把它当成一堆废物，想统统推平还天地以开阔或地尽其用，只有有识之士见必钟情并企图擦亮这些瑰宝。夸父担起一种责任，他的血沸腾了，仿佛是一种呼唤，这时，他又听到从古大厝那边响出的清脆童声的古歌谣：打铁哥，打铜锣……夸父加大油门，追了上去，向着那轮已经变软的又大又红的落日。

雨　　趣

出了翔安海底隧道，到收费处，车和人家的车碰了一下，耽误了半个多小时。是对方启动时挂错挡，溜坡撞了我们的车，本是小事，但那个人磨磨叽叽，时间就拖长了。事了了之后，可以各走各的了，他的车坏了发动不起来，我们掰开车轮，头里走了，还有点儿幸灾乐祸。

走到翔安和石井交界，遇到骤然而至的瓢泼大雨，过去说是铜钱大的雨点，打在挡风玻璃上，何止是铜钱大，得有银圆大。刚才在隧道里，知道头顶上是海水，出了隧道，收费处灯火灿然，天是黑的，没注意，它也储满了雨水，一倾斜，飞流直下。都怪那家伙，否则我们也许已经到家了。小车水陆两用，跑吧，雨刷器忙得不亦乐乎。车像落汤鸡似的，跑到石井和安海交界，雨戛然而止，前面的路竟然是干的。正觉得好笑，雨又追过来了，像是开枪射击，噼里啪啦，雨刷器跳起来，继续投入战斗。头一回跑了十几分钟，这回只跑了一分多钟，就把雨甩掉了。知道它在追我们，不敢怠慢，继续跑。不知道它是紧追不舍，还是我们拐弯抹角，把它搞得晕头转向，追内坑方向去了？正想着，在安海镇街，它又追上我们，雨没头没脸地往下砸，这下，它不撒手了，风雨交加，左右开弓，坐在车里，竟也觉得是全身湿漉漉的。车少，也许别的车无心恋战，躲起来了，我们跑得快，突出重围。安海那边暴雨，青阳这边却是静悄悄的。我们放松了，到市标这边，把车停了，到集集小镇买夜宵，出来时，雨又发现了我们，这回是泼水节，直接往身上浇了，赶忙钻进车里，还好，两分钟到家了。看它往哪儿追？

换了衣服，从窗口往外看，雨下得好凶，它找不到我们，发脾气呢。其实也不是，它是喜欢开玩笑，这一路就在跟我们逗。夏天的雨，带着一丝儿凉意，身上好爽。

风的形象

我在晋江吵醒在美国睡觉的黄荣钦。我不知道他在美国，才造成这白日黑夜的误会。对不起，对不起，你接着睡。黄荣钦是晋江人，可是人高马大，他又是整天奔跑的人，也许睡得正香睡得鼾声如雷。也许他做着梦。他梦见大山，美国西部的大山，红色的石头山。这回，他带着摄影机，去了那片山。他去的时候，风和日丽。山是红的，排斥绿树；天是蓝的，排斥白云。但是，摄影家听到风，呼啸着，尖叫着，有点儿歇斯底里，吱啦吱啦，像锥子划过铁板，噼里啪啦，是硬碰硬，是沙石打击的脆响。摄影家的眼睛看到风，美国西部强劲的大风。那风带着有棱有角的大沙粒，带着奇形怪状的碎石子，疯狂地拍打那红色的石头山，把风化朽烂的统统打掉，哪怕是夹在缝隙里，也干干净净地剔去，它弱肉强食，往深处挖掘，甚至钻穿，甚至打透，让红石山全都筋骨裸露。风停了，没了尖叫，没了沙石。它不是大自然的即兴创作，鬼斧神工，还要不屈不挠，千年万年。这是强者的对决，否则，便是一片沙漠。阳光灿烂，摄影家看到的不是伤痕累累的大山，不是疲惫不堪的大山，大山好像已经不存在，存在的只有风，风把自己的形象雕刻在山上，凝固在石头上。被吵醒的是在晋江的我，是那凝固的风把我吵醒，我睁大了眼睛，再也睡不着。

我 的 天

我生活在两地：北京，晋江。

近日从北京飞晋江，晋江的 PM2.5 是 19；而北京是 284，已经发出橙黄色警告。

现在都在谈论一个新名词，雾霾。大城市的雾霾。它让我仰望故乡晋江的蓝天。

云的大迁徙，浩浩荡荡。它们从海上来，踏着万顷碧波来。云很白，雪白，一团一团的，层次很清晰，背阴面浅灰淡灰，像国画大师用墨，墨分五色，很见笔。成团的，凌空而行。也有跳出来的，白得像生丝，纤云弄巧。漏出一眼眼蓝天，纯纯的，透透的，蓝极。我不由地在心里喊出，我的天。

多年来，感受工业的污染，心里也总是污污的。2002 年在马尼拉参加世界华文微型小说研讨会，回来时飞香港，途中却看到一个令人艳羡的纯净世界，心不由己地冒出浮士德的那句话：这太美好了，请你停一停。

天蓝极了。如果只是纯蓝，也就不蓝了。有几丝白云，清清楚楚，不混不晕，静静的，不动。

海也是蓝极了。有鳞状的感觉，清朗得可见波纹。有几线船，仿佛也是静静的，不动。

世界上没什么比这纯净透明的蓝更美好的颜色。

晋江有这片天，得益于和晴天一样颜色的大海，得益于来自海上的风。

乡镇企业初期，晋江磁灶有个副镇长，每天早起跑步，总是爬到山坡上数烟囱，因为，当时，每增加一根烟囱就是增加一个万元户。可能有十年时间，那里，包括磁灶、内坑、池店、紫帽，是一片烟囱的树林，一根根烟囱是一棵棵树干，滚滚浓烟是树帽。那里的上空有十几里的一团黑，不是云，是浓烟。于是，日月无光。现在想，那比雾霾还雾霾，让人无法再承受下去的雾霾。开车从那里过，心里都是快走快走，关好车窗，赶快从它底下钻过去。这是我们比别人都早经历过的雾霾。落花枯树，寂寞鸟鸣。一侧的紫帽山，晋江最高的山，龙眼、杨梅都不再开花。物极知返，我们经过反省，一气拔掉几千根烟囱，找回蓝天。

记得郭沫若在他的《女神》里把工业文明的烟囱里冒着的浓烟比喻成黑牡丹，近百年后，乡镇企业让它遍地开放，我们才认识到它其实是一朵朵恶之花。毛泽东也曾站在天安门上说，以后，从这里看过去，全是烟囱。一个落后的农业国要成为强大的工业国，那种渴望是如此的强烈。认识需要一个过程。

正月十五在北京，自然要看月亮。八月十五云遮月，正月十五雪打灯。那么，正月十五霾月亮，八月十五呢？

天有病，人知否？

天漏了，女娲炼五彩石补天。

天霾了，怎么办？今天谁是洗天人？

十几年前，晋江在它的西部拔掉几千根烟囱，那是我们第一次洗天。

天有病，人之过。解铃还得系铃人。

是谁污了我们的天？是谁黑了我们的河？是谁枯了我们的树？是谁谢了我们的花？

到了我们不能不反省的时候了。

想想，就出一身冷汗，想想，就晓得蓝天的珍贵。

人们喜欢属于自己的一块小小的蓝宝石，爱它的纯净，爱它的透明，那么，让我们珍爱我们共有的头顶上这一块无价之宝的大蓝吧。

菩提心　玉兰香

几乎所有的市树市花都显示树的伟岸花的娇美。

晋江市树市花都高高大大站在这里的沧洋赤岸。

我1月份在晋江参加评选市树市花。

我应该说说这花这树。

3月8日参加植树活动，在紫帽山种玉兰花、菩提树。

我应该写写这花这树。

3月18日飞北京。

心里还想着这花这树。

但是，我已经从到处开花的晋江飞到还没有摆脱寒冷束缚的北京，远离了那花那树，北京机场高速路上，夹道的只是没有一个叶片的杨树的枝枝杈杈。奇怪的是没觉得北京冷。晚上听一条新闻说，今年北京的春天比往年都早，好像是说，比往年早半个月？一个月？第二天第三天，北京空气优、良，没霾。出去转转，真的是北京的春天提前来了，柳条已经带着绿意。其实，杨树也知春，但它不报春。杨树也是先开花后长叶，但花没花样，像垂挂着一些毛毛虫，人们都当作没看见，只等它把绿叶展示出来。报春的还得说是花，金灿灿的迎春花，粉嘟嘟的桃花。这里闪出一丛那里支出一树，是一次次惊喜，但也有零零星星的感觉。让我有些惊讶的是，今年满城尽开玉兰花，白玉兰、红玉兰。难道它是听了故乡玉兰花的呼唤？虽然此玉兰不是那玉兰，品种不同，毕竟都是玉兰。我想，人们喜欢玉兰的心总是相通的。那么，晋江以玉兰为市花就又加了一层深意。

我原先北京的住家的窗外也有两株玉兰，白玉兰。我发现了一个秘密，玉兰花在秋天就含苞，经历了冬天的风刀霜剑，才在春天白玉无瑕地开放。北京春色一景是用天安门的红墙衬着一树树盛开的白玉兰。

现在回首人生路，玉兰一直在路上开放。

晋江的玉兰也是树，比较高大，一年多次开花，花朵不大，夹在绿叶间，人们喜欢它总在含苞时把它摘下来，送给亲朋好友。

小时候，我的几位姐姐争着把玉兰花插在母亲的发髻上，插成月牙形的一排。那时候，我就熟悉了玉兰花香，先是从母亲发髻闻到的。我把玉兰花当作母亲花。中学时，常常听到玉兰花的叫卖声，在窄窄的长长的弯弯的砖石小巷深处，有时还下着小雨，是小女孩的声音，甜甜的，只听到声音，却见不到人，那时鼻子很灵，隐隐约约闻到一点玉兰花香。女同学的胸部已经微微隆起，她们喜欢把两朵玉兰花别在胸前，也给校园带来一点清香，我就又把玉兰花当作是女孩子的花。

晋江的玉兰花是民间最喜欢的花，你很容易在人身上闻到。北京的玉兰花，没人敢去摘它，它总是在树上高贵地开放。两样玉兰我都喜欢，两样玉兰合在一起，引导着我的人生，又亲近又高远，它是雅俗的完美结合。

桃花、迎春花，花瓣都是薄薄的，玉兰花的花瓣是厚厚的，含苞的玉兰花像凝脂像玉石。北方有牙牙学语，南方也有牙牙这个词，形容像牙齿的那种质感，一朵朵含苞的玉兰花都是牙牙的。

如果说晋江评出的市花玉兰花人们是那么熟悉，那么它的市树却让多数人感到陌生，它是一个外来的品种。

菩提树是树中的美男子，无可挑剔。

菩提树在我心目中是一种崇高的树，想起它就不由地想起那些宗教圣地，耶稣出生的山洞、犹太教的哭墙、穆罕默德升天时脚踩的那块石头，因为释迦牟尼就是坐在菩提树下顿悟而成佛的。

以前只在寺庙里看过菩提树。龙山寺里就有两棵菩提树，每次去龙山寺烧香，总要仰望一下这两棵树。在我心里，圣地、净地和古树是合为一体的。开元寺和榕树，龙山寺和菩提树，灵源寺和古樟、攀枝花，草庵和桧树。一次去龙山寺，看到那两棵菩提树被拦腰斩断，只剩半截，问其缘由，说是太高大怕台风刮倒压坏寺庙，我没话可说，但心里很难过。

说到菩提树，我自然想到神秀、慧能的两个偈子。

神秀：身是菩提树，心如明镜台，时时勤拂拭，勿使惹尘埃。

慧能：菩提本无树，明镜亦非台，本来无一物，何处惹尘埃。

这很深奥，我们暂且止步。

晋江选择菩提树为市树，主要是取这么一点，爱心。这就浅显了。菩提树的树叶呈心形，这让我们很容易接受它。我们对菩提树的理解就从这里开始，这是一个很好的起点。好就好在这只是起点，我们可以不断地丰富它，菩提树也称智慧树，很多智者在树下思考。在物欲横流的特定历史时期，我们急需精神的引导。

一树一花，怎么来评介它们，我姑且用这么两个字：心香。

晋江评市树市花是它富起来后的一种精神追求，它会是这土地上的两面旗帜，让晋江人走向更高的境界。

作家和老屋

我哥家盖了新房他们就搬走了，红砖老屋的门上了锁，那锁就像锁在它的嘴巴上，老屋不再说话，它成了哑巴。

我泊居的北京离这故乡老屋很远，是两个半小时飞机的距离，但每次回来，我总要去把锁打开看看它，老屋它跟我说话，只跟我一个人说话。木石砖瓦不是无情物。

老屋说，很高兴大老远的，你回来看我。我这里已经是一个空窠。你离家多年，还在回想村边那条小溪，水清清草青青，光脚走过小溪，小鱼都来撞人的脚。那条小溪黑了好多年了。这些年你常回来，你什么都知道。你在书里写到麻雀集体自杀蛤蟆集体自杀，这都是真的，成千只麻雀飞到一个山坡上，分成两拨对打，死了一山坡。蛤蟆高高跳起来，让剑麻刺穿自己的肚子，成片的剑麻上都挑着蛤蟆。我墙上所有的窟窿都不再住麻雀，夜里也已经听不到蛤蟆的叫声。花鸟鱼虫对污染最敏感。这些年，乡里人办企业做生意，有钱了，盖了新房，富起来是好事情，不过，付出的代价也让人心忧。到处是浓浓的皮革味，你是念旧，要不你不会接受这味道。人都搬走了，电灯和狗一块儿消失了，几百幢空房，夜里一片沉寂。

老屋说，你说，我怕拆吗？我都已经老得朽朽的，我怕什么？

老屋的房间全是用木板墙隔开的，墙分上下，上边由六小堵雕花的木板组成。其中有三堵，每一个角都刻有蝙蝠的图案，象征十二个福字。本来想这么一堵一堵地雕刻下去，但是钱不够，所以精雕细刻的只有三堵。每次回来，我都要站在它前边看半天。老屋说，你是想把它拿走吗？我想了想说，不，现在不。我不想破坏它。等什么时候这老屋非拆不可的时候，我会把这三堵带走，我要把它挂在我北京的家里。

老屋说，这回我其实很怕见你，夜里不住人，贼就来了，他们把雕花的木板都拆走了。我拦不住。

其实，这是我的错，我知道贼会惦记它，我又不忍心伤害它，在我犹豫的时候，贼们捷足先登了。

老屋说，我为什么只对你一个人说话？你是作家，你在思考，你说真话。十几年前你对做皮的家乡说的那段话，我记着。你说，1958年消灭麻雀，麻雀没有死光；后来，有了农药化肥，村子里的麻雀就真的灭了。农村搞计生，村子里用手段，多生了好多；但，污染不解决，麻雀的命运是一个很好的警告。

老屋说，有一个人，他也是在外地工作，他母亲没了，可他还是听到他母亲的声音，每天都听到，到点了，该上班了。他回来，打开门，物是人非，屋子里都是蜘蛛网，他没有进屋就走了。我知道，你为什么还要来，老屋是你母亲生活过的地方，也是你小时候生活过的地方，在你的心里永远抹不去。我看到你出门时总带着两套行装，另一套是精神行装，你是一个总是把故乡背在身上的漂泊者。你一直在讲述故乡，从赤日炎炎，赤人赤脚走在赤土埔上开始……现在，很多人向钱看，只要能拿到钱，他不惜糟蹋生他养他的这片土地。我的脚下已经是一片中毒的土地。爱这土地才不会污染这土地。我爱听你读那首诗：为什么我的眼里常含泪水，因为我对这土地爱得深沉……也许，下回你再来的时候，我已经不复存在。很高兴，我还会留在你的心里。

我又一次离开老屋，真想带走一点什么，但仍然不忍心动它，哪怕是一块瓦片……

千古之谜谁解

桑梓是故乡的代名词。

在我生身的村子，桑和梓被老榕树代替了，这好歹树还是树，让人难堪的是脚下的地也被代替了。本来应该是养育我们生生不息的五谷地，却换成赤土埔。

什么是赤土埔？

红土，硬沙粒，寸草不长。简而言之，是大地秃斑。大大小小，大的方圆几里地，这些百无一用的废地一块块横亘在绿色的五谷地中间。

我们村北边是龙身埔，东北边东边是后壁埔、二甲埔，过溪还有舍坛埔、戏仔墓埔，黑麒麟山脚下的过沟埔，靠灵水的石潭埔，西南边的狮子墓埔、菌柄埔、丙厝埔，也叫梧山埔……和五谷地生机勃勃的绿一比，赤土埔是那么冥顽不化。村子中间的篮球场不叫球场叫球埔。有块赤土埔就叫血埔，太刺激，后改名福埔。为它易名的乡村先生并非只图一个好字，有出处，古代战争讲福物祭旗，就是杀敌方的俘虏把血泼在战旗上，以壮行色。血埔、福埔，是血红色的赤土埔。

赤日炎炎，赤人赤脚，牵着猪哥，走在赤土埔上。赤人，穷人。赤脚，光脚。猪哥，种猪。一幅旧时乡村的画面，一直留在我的脑海里。

20 世纪和 21 世纪交界，我回到故乡挂职体验生活，有机会数过晋江的这些赤土埔，竟然有1000多块，上接蛮荒。当然，有一部分是隐形的，村子、墓地。300多个村子，300多片墓地，无一例外都建在赤土埔上。还有300多块仿佛无主零落，它更加刺眼，它在提醒，五谷地地下也是赤土，赤土是晋江整片土地的“地骨”。

西晋，我们的先辈，衣冠南渡，被大海截断去路，他们别无选择，从马背上滚落下来，双膝跪地，接受上苍的赐予。但他们百思不得其解，天无绝人之路，把这不长五谷杂粮的土地赐给我们这些饥肠辘辘的人干什么？构成一个千古之谜。

他们向天地长啸，以吐胸中块垒。这里出的第一个大诗人，就以吟啸留名。他上京赴考，上了唐朝的龙虎榜，而留在故乡的是他常在那里吟诗的一座石桥，现在，连目不识丁的老人也知道它叫吟啸桥。

南方山青水秀，晋江倒是另一种特色，带着北方的苍凉。

一千多年，风吹雨打。刮风，红尘滚滚；下雨，赤水横流。

千古之谜，谁解？

老祖宗解了一次谜，后生晚辈又解了一次谜。

老祖宗是一个转身，后生晚辈是一个回身……

转身就是面对大海，面对他们还有些陌生的那片动荡的大蓝，这里成海上丝绸之路的起点，宋元泉州港成为东方第一大港。泉州分北港南港，北港在晋江北边，南港在晋江南端。现在还保留着很多遗迹，北港有洛阳桥（834米），南港有安平桥（2255米），都横跨大海，都是国家重点文物；北港有祈风石刻，南港有摩尼教石刻，都是独无仅有，也是国家重点文物。世界上最长的海上古石桥，世界上唯一的摩尼教主完整石雕。但晋江也属皇天厚土，管控放松的时候，这里有东方第一大港，上边收紧，明清海禁，别无选择，这里的人就下南洋，让这里成为全国著名侨乡。几百万人在东南亚和港澳台，还有海南岛。有海水的地方，就有晋江人。

回身是改革开放后，晋江人突然明白，上苍给我们这片土地，并没有说，非得在上边种地。其实，这是上苍提前为正在走向工业化的晋江圈好的地。晋江人看赤土埔，原来看到贫穷，这一回身，看到财富。原来是废地，一下子变成宝地。工业化，建厂房，需要大量的土地，不宜耕种的赤土埔成为最佳选择。千万人的突然回身，这是历史的回身，所有的人眼里都放出光来。

这里的工地，都呈赤土埔状态。工地动工，都是赤红，鲜艳。和泥，是一朵朵硕大无朋的红花，开在南国的土地上。于是，那些飘零无主的赤土埔，千百年被人忽视，现在也都以它和工地一样的色彩呼唤创业者，而且成为各种项目的首选。土地赤红，开发更是红红火火。

拆屋挖墓，闽南话叫厝拆墓掘，是千年形成的乡里人的大禁忌。历史的大潮竟然轻易地越过这道传统精神堤坝，而且极其波澜壮阔。一旦画圈开发，成千上万的坟墓，一家家的迁走，他们点上香，烧些纸，甚至从哪里抓来一把草，点着了，对先辈说，着火了，咱们得搬走。晋江人和亡灵说话挺幽默。后来，用推土机，竟然是好几层，有明朝的，清朝的，民国的，共和国的……这才让我弄明白，这就是沧海桑田，仿佛天然，就这么一层一层的。底下一层是明朝的，最上边一层是共和国的。当时都想办厂，这也是先辈的愿望，坟很快就迁完了。死人给活人让地。

由于城市化步伐日新月异，一大批乡村也已经从地图上擦掉。它们被拆除，短暂回归赤土埔，出现一片一片回迁楼，已经不是独立的存在，脱胎换骨成为新的城市的一部分。

人们对赤土埔重新认识，转“废”成“宝”，不管原先已经成为村子，成为坟地，还是被弃置于村边、山边，正在逐步重新归一，体现它的价值。

原来赤土埔寸草不长的两个因素，风口，无水。有了建筑物，挡风；办厂，引水。一排排绿树终于成活，成林荫道绿化带和园林。赤土埔并不是无情物。

现在回想赤土埔的造型，有点儿像沙漠，赤红色，一个土丘连着一个土丘。不一样的是，沙丘是移动的，土丘是凝固的。沙漠上的沙丘有迎风的缓坡和背风的陡坡，形成一道沙脊线。赤土埔因土的粘性，从地面形成的凸起比较浑圆，像乳峰，只是没有奶，养育不了生活在这土地上的人们。赤土埔很难走出一条路来，寸草不长，路是靠脚踩踏出来的，靠脚印排列出来的。只要一场风雨，赤土埔上的路就消失了。过去，夜里过方圆几里地的赤土埔，常常遇到“鬼打墙”。尤其是没有月光的夜晚，一个人摸黑往前走，走着走着，一次次走回原点。所以，开发的赤土埔和自然的赤土埔不一样，它必须是推土机平展展地铺开。人们用石灰在上边画出一条条白线……首先用石子水泥铺路，再压上一层沥青，让汽车从原来的赤土埔现在的通衢上飞驰而过。因是新土，赤土埔更红了，而且成片地展开，很是壮观，这是一片铺满大地的红地毯。远远看去，像是在筹办一个盛大的节日。一块土地，可以百年千年不变，一变，仿佛一下子越过百年千年。现在，你到晋江，已经看不到蛮荒的赤土埔，展现在你眼前的是一座新建的由一个个楼群组成的一个个公园呼应的城市中心区和分布在它周边的 100 多平方公里的工业园区。

赤土埔，不再抛头露面，用它的肩膀扛起一个名列前茅的全国百强县市。

第二辑

感悟生命

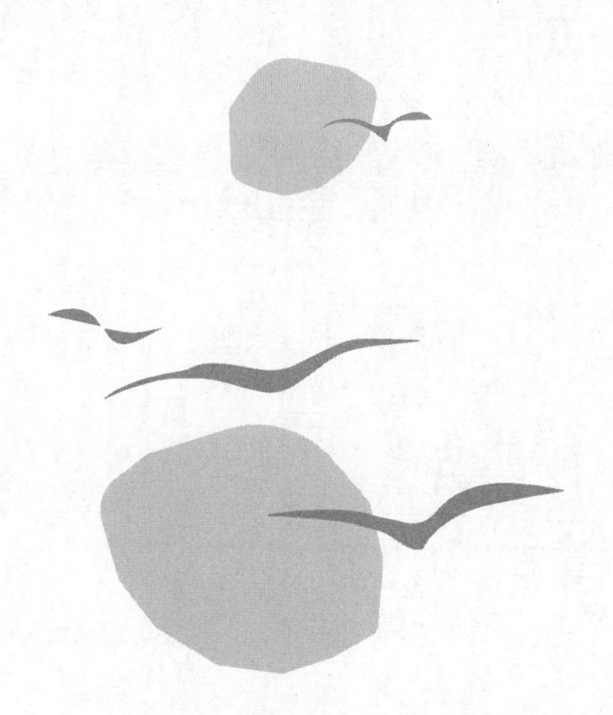

五千里隔不开的母亲

父亲怕软，软软的小孩子他便不敢抱。他这个弱点让我刻骨铭心，因为我还没有长到硬挺起来，他便去了。到我懂事时，就只能看到他坟头上的萋萋芳草，并从他仅存的一张照片上看到一种永恒的陌生。母亲告诉我，我的姐姐哥哥都是长到一岁之后，父亲才敢抱他们。父亲死时，我才四个月。但父亲抱过我两次。都是风雨骤至，雨点都有铜钱那么大，母亲要去收晾晒在屋外的衫裤。父亲当时猝不及防，接住了母亲硬塞给他的软软的我，并在母亲回屋后立马把我推还给母亲。幼年丧父造成我的心灵残缺。不过，命运自己在寻找公正，母亲的长寿成了这缺陷的一种温馨的弥补。母亲生于1904年，她体弱多病，却坚韧地从20世纪的头一个十年起始一直跨进最后一个十年。

从我记事起，母亲永远是黑衫黑裤，母亲是一位着黑布衫裤瘦小枯干的母亲。

母亲不是孟母岳母，她只是一个普通的母亲，也称不上教子有方，只是从戏文里记下几个字：玉不琢不成器。并着实地琢过我几回。有一回是逃学，我这一生中只逃过一回学，藏在番仔花丛底下玩儿。母亲要打我，但够不着，后来是用一枝细竹竿往里抽，那种疼痛比用木头椅子腿打的印象还深。母亲不认几个字，只是供我一只带着玻璃罩的煤油灯，因罩如鸭胃，又叫鸭胃火。到她八十多岁时，夸我儿子字写得好，也只是说，字写得不歪。

我小时候有个坏习惯，不喝茶水、滚水、米汤，只喝清凉凉的水缸水。后来就落下一个毛病，吐水。母亲为了治好我的病，她找了一个偏方，用糙纸泡湿沾糊在鸡蛋上边，然后塞到灶膛里边烤，烤熟让我吃。只有这，是母亲给我的偏食。也许是吐水，造成嘴淡，我最怕吃麦糊。麦糊就是把麦子碾成粉，不去皮，熬成稀糊糊，稀得照得见人影。这是我儿时常吃的一种吃食，就咸豆豉喝到饱。我吃不下这麦糊，一天天饿肚子。散学回家，一看，还是这麦糊，泪汪汪的，又背着书包上学了。但母亲从不给我单做。哥姐都没上学，得下地干活，吃的也是这麦糊。热天，天一黑下来，我们常坐在屋外的石床上乘凉。母亲心疼我，就总是抱抱我。乡里人的忌怕是挨饿，所以见面只有这句话，吃饭了莫？我最怕这句话。我就总是脸冲着母亲的胸口让她抱着。母亲的回答也叫我委屈，她总是回答，吃过了。母亲接受我的委屈，让我静静地哭湿她的胸口衣衫。长大了，我才明白，这是她唯一能给予我的。

人常问我，你的两个孩子都极聪明，你们是怎么教孩子的？我说，入学前不要教他们认字，不教他们数数，也不背唐诗宋词。这些，他们入了学，自然就会了。那让他们干什么呢？让他们玩儿。什么没玩过，都让他们玩玩。让他们在玩儿中学会聪明。千真万确，这就是我们教育孩子的方法。既是这样，我是舍得给孩子买玩具的。没有玩具的童年是不堪设想的。但我的童年，母亲真的没钱给我买玩具。我童年的玩具主要是石头子儿。还有瓦片碗片，自己砸，自己磨。扔石子。跳方格。摆棋子。还有比较珍贵的玩具，那就是铜板。那时找几个铜板并不难，看谁的铜板弹得最远。我们会把铜板的边儿慢慢往里砸，让它卷边儿，边儿就越来越厚，叫厚笃仔。这样的铜板弹的最远。我现在永远也找不到童年的厚笃仔了。循环往复，我的儿子现在极喜欢古币，我回老家，他们就一再地央我，向奶奶要几个古币。这次回家，我记住了孩子的要求。我嫂子给找了四枚铜板，闽南人睡眠床，四个床角不平不稳，就拿这铜板垫，这自然有个说头，我说不好。不过没关系，就为这，这些铜板就留下来，成宝贝了。嫂子说，两枚给老大，两枚给老二。我拿回来一细看，一枚是光绪年间的，三枚是中华人民共和国开国纪念币。孩子喜欢得不得了，搁在硬币收藏集里还不行，要拿出来，在手心里捏一捏。我常常发现，不是少了这一枚，就是少了那一个，一找，都在他们的口袋里。后来，妻说，有其父必有其子。其实许谋清自已喜欢这些东西，这叫童心未泯。未泯的是甜甜酸酸的儿时的记忆。

母亲真正花钱给我买的玩具是一对铜镲子。小小的，可以握在手心里。厚厚的，笨笨的。拍它，声音跟咳嗽似的，可怜的小镲子。可是用一个沿儿撞另一个的沿儿，却金钟般的悦耳。

母亲充实我的童年的是，在夏日的石床上，在闪烁的星空下，她娓娓讲述的那些古。母亲讲的古都是一些不见经传的故事。天开门呀，天上的钓鱼翁呀，七姐妹星呀，轰着山走的人呀，沉东京浮福建呀，还有就是外婆家和奶奶家两个家族，一百年来生死繁衍的故事，这是两个庞大的家族的故事。母亲喜欢给我讲这些往事，从童年直至今日，母亲还在给我讲。外婆二十年前，在新加坡去世。为她送葬的亲人，女婿外甥不算，光儿子这条线上的（当然包括母亲的奶奶传下的这个家族）是八百五十人。也用棺材，只是不用人抬，用汽车。可也照样拔龙须，棺材后边，让后代拉着的用了整整八匹白布。母亲的故事从她奶奶装铜板的红色的小尿盆到我表哥把一个表侄子绑在菲律宾大森林里喂老虎。从奶奶整治死好几个儿媳妇到母亲发高烧时，奶奶为她和的一盆赤土水（当退烧药）……母亲总是静静地给我讲，讲得极平和。所以我说，我能感觉到奶奶砸爷爷的那个秤砣是什么样的。母亲让我生活在她身边，也生活在一百年风云变幻的家族中，会了所有不曾谋面的长辈。母亲让我不仅生活在一个建造在赤土埔的乡村里，心里还寻找着感触着一知半解地猜想着一个个异国他乡，因为那里还生活着一批我们的骨肉亲人。《收获》的编辑谷白有一回来北京，我们会了一面，谈话中发现他懂一些闽南话，于是谈到我的家族，也就是母亲为我充实的家族的百年史。谷白说，其实你可以什么都不写，就写这部书，此生就不会虚度。假如我能写这部书，那它便不仅是我的书，它首先是母亲的书。应该补充说一句，为我讲家族故事的，除了母亲，还有就是我大姐。母亲八十多岁时，六十多岁的大姐和她一块儿来北京，在我家里住了一年半。奇怪的是，两个人说的极不一样，一个是审美，一个是审丑。母亲说闽南话，朴朴实实，但里边常常夹杂着一些文辞，“狼声虎喝”“征番夺国”“归仙”“风骚”等等，仿佛她也有点文墨似的。这些年，我更爱听她讲古，是很有味道的。

母亲不是那种以美德教育孩子成为伟大的人的母亲，因而可以著之竹帛。三岁看大，七岁看老。但我的是非抉择人生观念，并非母亲为我确立，她也没有为我指点迷津。我的仕途经济毫无建树，母亲从无怨言，她不理解却也不拦阻我的事业。用她的话说，也就图个名声。母亲确是一位好母亲，她以两个家族的百年史丰富了我，并不羡高官厚禄甘于清贫而宽容了我这位薄薪的儿子。我没能富有了母亲，母亲却富有了我。我在深心里感谢母亲。

母亲不认字，可喜爱书。我是农民的儿子，家里自然没有藏书，莫名其妙地有一部没头没尾的《石头记》。母亲把所有的书都整理好，收在一个大木头箱子里，我每次回家，她都指给我看，这是你的书。我翻出来一看，主要是一些中小学课本。我说，这都读过了，没什么用了，扔了吧。可每次回去，发现那箱子照旧留着。她说，也许什么时候想起又有用了。

在厦门机场进行行李检查时，检查器响了。检查人员问我，包里是什么？我有些愕然。检查人员就打开我的包，在里边翻查，结果是那对厚厚的笨笨的小镲子。我这才想起，儿子让我向奶奶要那镲子，我去看母亲时说了，母亲当即就给找了出来。两个分开，但搁在一起，原来系的绳子已经坏掉了。我走时，母亲特意在两个铜镲子眼儿里穿了根红绳，把它们连接在一起。母亲九十高龄，眼不花，耳不聋，腰不酸，腿不疼。噢，母亲的铜镲子，我儿时的铜镲子，母亲为我珍藏了几十年的铜镲子，九十老母亲亲自用红绳连接在一起的铜镲子。检查人员眼睛像孩童一般亮了起来，把那小镲子高高举起，高兴地拍着它，招来前前后后的人们的目光。铜镲子，它像咳嗽似的咔咔声同时夹带着金钟般悦耳的声音，我的眼睛有些潮湿了……

母亲的世界

母亲的第八个孩子也老了，结婚前就当了舅公，一晃又成了舅太公，但莫名地没想到老，也没觉得母亲老。过了这个春节，母亲虚岁九十八岁，乡里不讲实岁，农历还有闰月，还要一月月摘下来加起来算，二十五年加一岁，如此说来，母亲已经是百岁老人了。每年元旦过后春节之前政府给发金色的“寿”字牌。19 世纪经了两个皇帝，加上民国，这差不多是半个世纪，然后是共和国半个世纪还多一点点。这又跨过来过新世纪了。

母亲一开始生活的那个年代，十几岁结婚，她们三十几岁时孩子就该结婚了，三十几岁就算老人，老人就穿黑衣服，母亲已经穿了六十多年的黑衣服，当了六十多年的老人。母亲住二楼，她下一楼吃饭再上二楼休息，从不让人扶，上下楼不是一脚上去或下去，另一脚再跟上，而是一脚一级台阶，显出逞能的样子。只是慢，得扶着扶手。我突然想起古希腊人说的人生的三种状态，小时候四条腿，长大后两条腿，老了三条腿。母亲用两条腿走穿了一个苦难多多的世纪，她未曾用拐棍显示她的第三种状态。

母亲的世界小小的，出嫁前没走出她生身的村子，出嫁也只是延伸了九里地。来往在这九里路之间，其实走动的次数也不多。嫁出的女泼出的水。出嫁后不久，外婆家举家外迁，去了新加坡，从此母亲没再见过自己的母亲。母亲从此只是生活在父亲的村子里。那时是不随便串门的，母亲理家，去挑水，那就是从家到古井。去洗衣服，那就是村边的那条小溪，过三几幢房子，一小片赤土埔，那里有一棵老榕树，后来让台风刮倒了。有一截低凹的路两边低的剑麻高的相思树。后来当然也还去过女儿的家，大姐的家在乡下，也是九里地。二姐三姐在镇街上，七里地。母亲的世界，以我们家为圆心画一个圆圈，半径也只有九里长。

小小的世界，只有小小的世界的故事。谁家的媳妇胆小，端着一个笸箩在屋子外边缝衣服，一个后生想吓唬她，把一只癞蛤蟆扔她笸箩里，那女人当场就吓死。一个乡村女人的一生就这样结束了。夫妻俩在地里拔花生，女人回家提饭，男人留在地头干活，可女人回到地头，男人让日头晒死了，而且蚂蚁都已经在他的鼻孔里爬。又一个乡下人的生命结束了。生离死别，这已经是村子里的大事了。母亲在她的小小的世界里，经历了同样的悲欢离合，在她的第八个孩子刚刚出世不久，孩子的父亲就在一个酷热的夏日溺水身亡。一个八岁的男孩提着给父亲送去的一壶凉茶，仰头望着天上的毒日头，一顶斗笠漂浮在水面上。母亲抱着一群孩子哭泣，母亲用稀稀的麦糊把一群孩子拉扯成人。母亲在她小小的苦难的世界里面煎过。但母亲没有在她的小小的世界里窄小她的人生。

母亲其实是生活在好几个世界里，她和她母亲生活的世界分开了撕裂了，母亲不是生活在剩下的半个世界里，而是生活在两个世界里，母亲同时生活在她母亲的世界里。外婆家是一个好大好大的家，他们在新加坡在马来西亚。外婆活到九十六岁，从外婆的婆婆传下的这个家，给外婆送葬的，直系的，女婿外甥不算，八百五十人。母亲从小给我们讲外婆的新加坡。讲橡胶园。讲大海龟。甚至电影这个概念也是她传达给我的。她说，电影里的人的头有箩筐那么大。

母亲身边六个孩子，20 世纪 40 年代她让大儿子去新加坡，20 世纪 50 年代让二儿子去当临时工，20 世纪 60 年代让三儿子到北京上大学。她把大女儿嫁给一个小贩，她把二女儿三女儿都嫁到镇街上。母亲疼爱她的儿女，她的心不是缩在一个小小的村子里，而是把心搁在一个个孩子的身上。儿走千里母担忧。母亲的心是跟着儿女的。

按乡村的规矩，一个人不管去番（出国）还是上大学，结婚一定要在家乡，否则让人笑话，成了番仔啦，给人当儿子去啦。很多大学生工作后都调回家乡，重要的原因就是妻子在老家。母亲主张夫妻相随，反对牛郎织女。哥姐都是老派的观念，独母亲一个人支持她的小儿子。于是，母亲就有一颗心搁在北京，搁在她的小儿子家里。

按乡村的规矩，一个人不管是去番（出国）还是上大学，都要回家乡盖房子，村子里的人甚至围着她的小儿子做工作。但母亲只是笑笑，她只希望她浪迹天涯的儿子在外边能有一个温暖的窝。

母亲不想当老母鸡，让她的儿女都窝在她的翅膀底下，母亲说人是鸟儿，都得往外飞。

从北京回来的小儿子，望着自己生身的村子，四千多口人的村子，这几年富起来的村子，因富起来盖得美观而又杂乱相互堵塞的村子，小儿子说，应该把村子劈开，建一条大街，和紧挨着的正在形成的镇街相连。劈开就得拆房，祖屋是动不得的。乡村的人难以接受。母亲也笑着说，他读书读太多读成书癫了。母亲年岁大了，出门更少了，但百年阅历，她感知着外面的世界。甚至给她从北京回来的儿子讲麻雀和蛤蟆集体自杀，外面的世界已经天差地别。儿子感觉母亲的心灵世界和外边变化着的世界实际上是相通的。

三千年后知谁在

说唐诗，很少有人提到罗隐。

不说唐诗，很多人都知道他的一句诗：今朝有酒今朝醉。

罗隐（833—909），字昭谏，新城（今浙江富阳区新登镇）人，唐代诗人。生于公元 833 年（太和七年），大中十三年（859）底至京师，应进士试，历七年不第。咸通八年（867）乃自编其文为《谗书》，益为统治阶级所憎恶，所以罗衮赠诗说："谗书虽胜一名休。"后来又断断续续考了几年，总共考了十多次，自称"十二三年就试期"，最终还是铩羽而归，史称"十上不第"。黄巢起义后，避乱隐居九华山，光启三年（887），55 岁时归乡依吴越王钱镠，历任钱塘令、司勋郎中、给事中等职。909 年（五代后梁开平三年）去世，享年 77 岁。

查罗隐的生平，他好像和我的故乡晋江没有什么关系，可晋江有一块罗隐的画马石，还有文字记载。何乔远《闽书》："唐末罗隐乞食于罗裳山下，山下人侮之，隐乃画马于石，每夜出食禾，人追之，则马复入石，山下人乃礼马。隐乃画桩系马，马不复出。今其迹了然。"

晋江有一片小山，其中有一座叫"八仙山"，近年以它为名，建了一个八仙山公园，山名查无出处，硬是构想建八仙阁，把李铁拐、吕洞宾生拉过来。我另辟蹊径写了一篇《我为八仙山请八仙》，企图展示地方人文。我请了明朝“南张北董”的张瑞图、宋朝“苏黄米蔡”的蔡襄、宋朝“山外青山楼外楼”的林外、明朝“开窗放入大江来”的曾公亮、唐朝“龙虎榜”的欧阳詹、明朝“嘉靖八才子”的王慎中、宋朝题“此地古称佛国，满街都是圣人”的朱熹、明朝称秦始皇为“千古一帝”的李贽。八仙就满额了，我当时没有想到最有仙气的罗隐。

何乔远《闽书》还记载：“石壁山在深沪村，亦名‘狮山’，石刻‘深沪’两字为罗隐书。”但是，石壁山上找不到“深沪”二字。却有“壁山”二字，没有署名，当地人认定是罗隐的字。据说，深沪原名“壁山里”，因罗隐题字，改名“深沪”。罗隐为什么会出现在晋江？因“十上不第”，因“谗书虽胜一名休”。晋江人喜欢罗隐，老辈人称他“半仙”，他应该是一个流浪诗人。至于何乔远说的“乞食”，我看，还不至于。罗隐在晋江没有留下实实在在的行踪，“哥只是一个传说”。

罗隐把目光投向民间，投向底层，关注民间疾苦。

不论平地与山尖，无限风光尽被占。

采得百花成蜜后，为谁辛苦为谁甜。

清沈祥龙《论词随笔》说：“咏物之作，在借物以寓性情，凡身世之感，君国之忧，隐然蕴于其内，斯寄托遥深，非沾沾焉咏一物矣。”

《蜂》展示诗人的风格。罗隐的诗，字白，容易接受，这包含他的底层情怀。但又白而不白，诗外有诗。“为谁辛苦为谁忙”，让人过目不忘，又回味无穷。

钟陵醉别十余春，重见云英掌上身。

我未成名君未嫁，可能俱是不如人。

罗隐《赠妓云英》把自己和妓女相提并论，也是戏谑，也是自嘲。

不如人，怎么办？

得即高歌失即休，多愁多恨亦悠悠。

今朝有酒今朝醉，明日愁来明日愁。

“今朝有酒今朝醉”，说明酒不可常得，是一副为天天有酒的权贵所恶的潇洒文人形象。

后人把罗隐的“今朝有酒今朝醉”理解为得过且过是一误，说是与世无争也是一误。考官一考再考不罢休，加上为人桀骜不驯，怎么会是无争？题为《自遣》，那就是排遣心中的不平郁闷，一方面可以说是乐观洞达，另一方面仍然是不愤。只不过是用乐观化解不愤罢了。已而就有敢于直面不平的诗作。

家国兴亡自有时，吴人何苦怨西施。

西施若解倾吴国，越国亡来又是谁。

“君子坦荡荡，小人长戚戚。”罗隐没有因人生坎坷仕途不顺成为长戚戚的小人，而是心胸开阔胸怀大志而成为坦荡荡的君子。

莫把阿胶向此倾，此中天意固难明。

解通银汉应须曲，才出昆仑便不清。

高祖誓功衣带小，仙人占斗客槎轻。

三千年后知谁在，何必劳君报太平。

知道“解通银汉应须曲”而不曲，对于封建王朝的腐败，他也就直言不讳：“才出昆仑就不清。”鲁迅自称“速朽”，罗隐绝无不朽念想，“三千年后知谁在”，这也表现了罗隐的胆识。历史有理智也有感情，1000多年过去了，我们还保存着这样一块罗隐的画马石。只是那马的线条有些模糊了，深刻下去它就不是文物了，不刻下去早晚有一天它就看不见了。还好，罗隐的诗显示出它的生命力，3000年后，罗隐在。

两岸双安平

两片土地分开着，分开它们的不是大海。

台湾海峡，当地人也叫“台湾沟”，说是拿两根竹竿一撑就过去了。后来，分开了，撕裂了，撕裂开的是父母，是儿女，是兄弟，是丈夫，是妻子。仿佛对岸突然飘走了，人们站在东岸，望不见西岸；站在西岸，望不见东岸。望眼欲穿，愁肠百结，凝成一种痛、一种愁思，凝成一首诗、一首好诗，好到让人读一遍就刻骨铭心，因为那是千万人的心声。噢，余光中那首《乡愁》：

“小时候/乡愁是一枚小小的邮票/我在这头/母亲在那头//长大后/乡愁是一张窄窄的船票/我在这头/新娘在那头//后来啊/乡愁是一方矮矮的坟墓/我在外头/母亲在里头//而现在/乡愁是一湾浅浅的海峡/我在这头/大陆在那头。”

三四百年前，有一个人，原籍是南安石井，出生在日本，7岁接回安平（安海），他父亲把府第建在安平镇。他在这里读书，长大后娶妻生子。后来去南京一年，又回来，劝父亲不要降清。又在这里葬母，因清兵袭击受辱而自尽的母亲。后起兵抗清，在安平报恩寺和清兵谈判。到32岁烧府第以明心志，大军北伐。兵败后，退回厦门，这位末路英雄又率兵东征，从荷兰人手里收复台湾。这人就是鼎鼎大名的郑成功，但过去，很多人不太知道他和安平有这么密切的关系。

郑成功站在东岸，也一样，望不见西岸，也是乡愁。这乡愁就凝成一个名字。有人从台湾龙山寺带回的材料，上边说，郑成功为了纪念自己的故乡，赶走荷兰人后，把热兰遮堡改名“安平镇”。

荷兰人占领台湾那一年，郑成功出生，把荷兰人赶走后几个月，郑成功去世。荷兰人侵占台湾 39 年，郑成功活 39 岁。所以，有人就说郑成功是专为赶走荷兰人收复台湾而来到这个世界的。

生在西岸的安平镇，死在东岸的安平镇，生死两安平。

2006 年，台湾淡江大学教授陈冠甫给安海安平诗社寄来一封信，信中说：“……兹经多方征询，贵社欲与台湾结盟，仍以台南市为宜，南市有安平区、安平港，虽无安平诗社，但却有延平诗社，盖以延平为纪念郑成功……”

大陆和台湾，几度分离，而两岸两安平却天长地久。

台湾龙山寺也是从这边安海龙山寺带去的香火，两边都有张瑞图“通身手眼”的题匾，后来，这边龙山寺的这方题匾在“文革”中丢失，开放后，又从台湾龙山寺复制过来。

两片土地是分开着，仿佛不相往来，但所有的人心照不宣，就是在两岸炮击的日子里，也一直保持着通婚关系。开放后，两岸通婚频繁，有一回，已经择好婚期，手续却还没办好，怎么办？民间是很有创造性的，金井这边做一条婚船，金门那边做一条婚船，两条船就开到大海上举行婚礼，一时成为美谈。

安海（安平）是我的故乡，我心里有一个更加强烈的双安平情结。这些年，我常常到金井去走一走，为的是在晴天可以清晰地看看金门岛。在原来战火纷飞的围头湾，近距离停泊着两岸的船只，蓝灰色的是大陆这边的船，白色的是台湾那边的船。现在海峡是静静的，海水是蓝蓝的。当然，心期待着，伤痕的缝合。

来安平的郑芝龙（节选）

开　篇

海商、海盗，在大航海时代彼此兼而有之。可以说都是亦商亦盗。不一样的是，欧洲认他们的海盗为商人，中国却认自己的商人为海盗。这是殖民和海禁两种观念的对立。

——作者

站在西岸，海浪在脚下喋喋，我东望一片汪洋，波光潋滟，神秘莫测，永无止息地翻腾着喧闹着地球面积的三分之一。一旦狂怒起来，海天变色，日月无光，是欧洲一位年轻人麦哲伦首先驾驭了这庞然大物，在汪洋中前无古人地向西航行去寻找东方，在最艰难的时候，吃牛皮和锯末粉充饥，这是信念的力量。是天助是海助，100多天，海不扬波，于是给它取名：太平洋。我想，中国人，直临这片汪洋，有谁可以把名字写在大海上？

我站脚的地方是近400年前郑芝龙驻足的地方，我们就从郑芝龙开始。郑芝龙驻足的地方也就是郑成功站立的地方，也是施琅站立的地方。我们直面这无边无际的大海，为什么得从海盗出身又晚节不忠的郑芝龙开始？也许有些人更喜欢民族英雄郑成功，或者更喜欢平台留台的施琅，郑成功、施琅的雕像也正好立在这里，名正言顺。按常规思维，清朝会把郑成功入另册，但康熙三十九年（1700），清圣祖下诏：郑成功系明室遗臣，非朕之乱臣贼子。施琅，辛亥革命把他定为大汉奸，后来承认他完成统一大业的功勋。

历史为什么选择郑芝龙？

被马可·波罗称为“东方第一大港”的泉州古港分北港、南港，北港后渚港，南港安平港。明朝实行海禁，泉州港衰落，衰落的是北港，南港依旧繁荣。为什么？海禁也有例外，这里豁开一个口。明末，镇守在南港的是“海上霸王”郑芝龙。国弱将强，这里还有一出威武雄壮的活剧。

郑芝龙一生可以分为3个部分，头尾是来安平（安海）前和离开安平（安海）后，中间是在安平（安海）的十几年。来安平前是从海盗到招安，离开安平后是降清到被处死。我们以前说郑芝龙往往说两头，一是海盗，二是降清。来时不清白，死时不光彩。但是，必须看看郑芝龙在安平这18年（1428—1486）。一、这期间他成为和荷兰殖民者的两次大海战即料罗湾大海战、湄洲湾大海战的主将，加上招安前的铜山大海战，三战三胜，他可以说是个八面威风的民族英雄。他和郑成功（郑成功有最后把荷兰人赶出去的台湾大海战）共同创造了中国海上英雄时代。“足以扬中国之威，而落狡夷之魄。”二、他几乎控制了台湾海峡，有了初步的海权意识，和荷兰、西班牙、日本、法国、葡萄牙及东南亚各国做生意，并开辟了从安海到日本长崎的航线，荷兰人最后不得不承认他“海上霸王”的地位。他成了中国海洋文化先锋人物的杰出代表。亦官亦商，富可敌国。三、福建三年大旱，他“一人给银三两，三人给牛一头。”把几万灾民送到台湾开荒，应该说，在开发台湾的链条上第一环非此公莫属。现在，两岸史学界公认他是开发台湾的第一人。

在中国的海洋史上，他是屈指可数的海上蛟龙。在安平（安海)，是他人生的顶峰。期间，在隆武王朝，位极人臣，而且权倾一族，满门朱紫，他本人上朝站班首。接着还引儿子见隆武帝被赐了国姓，让儿子成为名正言顺的“国姓爷”。我们非常看重郑芝龙在海洋上的历史贡献，这一点可以浓墨重彩，但我们也看到他的历史局限，在隆武王朝他是一个“土豪”的典型，这已经预示了他个人的人生悲剧。但不管有多少污点，还是瑕不掩瑜。

郑芝龙身份比较复杂，海盗、商人、官宦。接触面也非常人能及，上至帝王，明朝的，清朝的；下至海贼，兄弟的、敌手的。内到亲兄弟堂兄弟芝虎、芝豹、鸿逵、芝皖、芝燕、芝鹗、郑彩、郑联……外到日本人、荷兰人、西班牙人、葡萄牙人、法国人、菲律宾人，还有黑人。又娶日本人为妻，生了混血儿子。活得上如天堂，下如地狱，生为人上人，死作刀下鬼。但对于郑芝龙，不是一死就可以了结，他还有海上事业，他还后继有人，有郑成功，还有施琅，故事依然波澜壮阔。

郑芝龙是西太平洋的“海上霸王”，我们至今没有立郑芝龙的纪念雕像。但，在菲律宾马克坦岛北岸，相距不到百米，一边是拉普拉普的塑像，一边是麦哲伦的塑像。

中间有一座纪念亭，亭中立一块特殊的纪念碑，把敌对双方写在同一个纪念碑上。

铜牌的正面写着：“拉普拉普。1521 年 4 月 27 日，拉普拉普和他的战士们，在这里打退了西班牙入侵者，杀死了他们的首领——费尔南多·麦哲伦。由此，拉普拉普成为击退欧洲侵略者的第一位菲律宾人。”铜牌的反面写着：“费尔南多·麦哲伦，1521 年 4 月 27 日，死于此地。他是在与马克坦酋长拉普拉普的战士们交战中受伤死亡的。麦哲伦船队的一艘船只——维多利亚号，在埃尔卡诺的指挥下，于 1521 年 5 月 1 日升帆驶离宿务港，并于 1522 年 9 月 6 日返抵西班牙港口停泊，第一次环球航行就这样完成了。”

人无完人，金无足赤。

对一个人，不同角度，就有不同的认识。

郑芝龙，由于他自身的污点，一度被盖黑，最终还是拨云见日，他在中国海洋史上留下辉煌篇章。谁有资格把名字写在大海上？屈指可数，郑芝龙，是长期被埋没的佼佼者。郑和七次下西洋，戛然而止，承上启下的就是郑芝龙。

我们是否应该立一座郑芝龙的塑像，一面也写他的海盗出身，也写他不听郑成功的劝告降清到被处死。他的罪孽未必就比麦哲伦深重。但另一面，一定要把他在海洋事业上的贡献写足。我现在写的这篇文章就当作是这座郑芝龙塑像的草图。

结　尾

郑芝龙在北京被杀，他完了吗？没完。

承接他的有两个重要的人物：郑成功、施琅。没有郑芝龙就没有他们两个人。郑芝龙的意识在他们两个人的血液里流动。

当然，可以说是有心栽花花不开，无意插柳柳成荫。

郑成功生在日本。我们现在看到的有关郑成功的资料，郑成功都是被神化的。无论是翁氏梦大鱼生郑森还是在千里滨生郑森而后边上的石头就叫“儿诞石”等都带有传奇色彩带有神秘性。郑森出生不久，郑芝龙离开日本，成海盗招安后建郑府于安平，千方百计把郑森（郑成功）从日本接回安平。而后，安排到和郑府有一定距离的星塔读书……21岁，送南京最高学府国子监，并拜国家级官员钱谦益为师。郑芝龙在培养郑成功方面就像现在的“土豪金”，花了血本。

所有的人见了郑成功，说的都是褒扬的话。

郑鸿逵说：“此吾家千里驹也。”

前辈王观光说：“是儿英物，非若所及也。”

一位相士说：“此奇男子也，骨相非凡，命世雄才，非甲科中物。”

郑芝龙接他的话说：“余武夫也，此儿倘能博一科目，为门第增光，则幸矣。”

都说郑成功喜读春秋、孙子、吴起。

11岁，老师出题“洒扫应对”。郑成功解题令人惊异：“汤武之征诛，一洒扫也；尧舜之揖让，一应对也。”

钱谦益为郑森起字：大木。对郑成功的诗文大加称赞：“声调清越，不染俗气，少年得此，诚天才也。”

崇祯初年任户科给事的瞿式耜也夸郑成功的诗：“桃源上首，曲折写来，如入画图，一结尤清绝。次首瞻瞩极高，他日必为伟器，可为吾师得人庆。”

隆武帝见了郑森，说：“惜无一女配卿，卿当忠吾家，勿相忘也。”赐朱姓，改名成功，后朝内称“郑国姓”，下级及百姓称“国姓爷”。郑成功上疏隆武帝：“据险抗扼，拣将进取，航船合攻，通洋裕国。”隆武帝称他为“骍角”。

但是，并没有人听进郑成功的话。

钱谦益听不进郑成功的话。

隆武帝听不进郑成功的话。

郑芝龙听不进郑成功的话。

郑成功向钱谦益谈自己的政治见解：“知人善任，招携怀远，练武备，足粮贮，决壅蔽，扫门户。”钱谦益说：“少更事，知之易，行之难。”郑成功不罢休，接着说：“行之在公等，度不能行，则去；能，不我用，亦去。此岂贪禄位，徒事粉饰地邪?”又说；“能将将，伊、吕一人；能将兵，虎贲三千足矣，不能，多益扰，衽席间皆流寇也。”钱谦益也就听听而已。

郑成功要求朝廷发鸟铳对付满人骑兵，隆武帝说：“国姓图功，虽是急务，御营兵器关朕命身，鸟铳岂可全发。”

郑成功劝说郑芝龙不要降清，郑芝龙说他是“稚子妄谈”。

父子分道扬镳。

郑成功起兵，誓师时只有90人。郑芝豹在安平，郑鸿逵在金门，没有人回应他。同辈的，亲兄弟堂兄弟也没有一个站出来。

郑成功以厦门为根据地，他南下勤王，清兵骚扰厦门，居然是郑芝豹把清兵渡进去，清兵要跑居然又是郑鸿逵帮他们渡离开。

亲人不亲，郑成功极度孤独。

可以说，最后郑芝龙因郑成功抗清而死。

但是，我们不能说是郑成功背叛了郑芝龙，只能说是郑芝龙背叛了郑芝龙，郑成功才真正完成了郑芝龙的事业。没有郑成功，台湾就可能永久地被荷兰人占有，没有郑成功，郑芝龙的海洋事业在他降清的那一刻就中断了，郑芝龙的海洋事业没有中断，由郑成功而达到一个辉煌的成果。

但是，是谁造就了郑成功？谁是郑成功真正的导师？

偏偏就是郑芝龙。郑成功的海洋意识源于郑芝龙的言传身教。

施琅呢？

郑芝龙未曾重用施琅。《襄壮公传》：“明季，有主兵者募壮士，置巨铁鼎中庭，重不下千斤。集健卒数千，莫有举者。公熟视曰：无难耳。奋力一挈，行数十武，徐置，容色无纤毫改。主兵者骇曰：神力也。署为千夫长。任事未久，度其不足与大有为，因辞归。而以其弟显公代。”施琅在家待了几年，重入郑军。26岁，郑芝龙到福州降清，挑500壮士为随从，施琅随行。郑芝龙被挟北去，施琅和郑芝龙的关系也就断了，但没全断，郑成功南粤招兵，施琅重回郑军，这仍然有郑芝龙的因素。郑芝龙的影响仍然留在施琅身上。施琅没有忘掉郑芝龙，平台祭郑成功祠第一句话就是：兹同安侯（郑芝龙）入台，台地始有居民。郑芝龙开发台湾时期，施琅在安海，深受郑芝龙的影响。

应该承认是郑芝龙把施琅引入大海，是郑芝龙把施琅的视线牵向台湾。

从表面上看，3个人恩怨甚深，实际上，却是一脉相承。让人迷惑的是一次次恩断义绝的破裂，令人痛惜的破裂，每一次都付出沉重的代价，都失去至亲至爱的人，而且无可挽回，互相衔接的链环却几乎是不共戴天。都是血肉之躯，让我们看尽英雄泪，如雨滂沱。

这是弄潮儿的传奇，女人都远离故事的中心，抛开儿女情长，翁氏和一官情切切意绵绵一闪而过，董氏的绣花针为郑成功绣的是杀父报国……兄弟情，父子情，铁血铿锵。

在那个时代，对海洋的认识和实践没有谁能超越郑芝龙、郑成功。在那个时代，对台湾的认识没有谁能超越郑芝龙、郑成功、施琅。

郑芝龙的朝三暮四，郑成功的苛酷，施琅的仇杀，这些缺点都是在乱世中形成的，和他们各自的优点一块铸造了他们的历史命运。这样，我们发现这3个历史人物的一个共同特点：孤独。谁是郑芝龙一生中最重要的朋友，谁是郑芝龙一生中最重要的敌人？就集中在一个人身上，这就是郑成功。谁是施琅一生中刻骨铭心的敌人，谁是施琅一生中刻骨铭心的朋友？也是郑成功。郑成功也一样，他一生中叫他最痛心疾首的是郑芝龙、施琅，他们不能休戚与共，命运却叫他们殊途同归，成为开发台湾的最初3个不可或缺的链环：郑芝龙是开发台湾第一人，郑成功是世界上唯一把殖民者逐出的民族英雄，施琅平台留台使台湾划入中国版图。郑成功要“杀父报国”，施琅“枕戈待复仇”，都达切齿痛恨的地步，可郑芝龙被杀，郑成功觉得自己是“忠孝两亏”，施琅平台最后面对郑成功祠却想起他们之间的“鱼水之欢”。他们结成一种仇友关系。我们找不到他们更亲的朋友更恨的敌人，其他的人都成了配角，只是丰富了他们的仇友关系。

大海给我以魂魄

这回，还得从母亲在我们家门口的石板床上给我讲天上的星星开始，母亲用蒲扇指了指银河里两颗亮晶晶的星星说，那是天上的鱼的眼睛，于是，我在银河里找到那条天上的大鱼。母亲说，五谷是人种出来的。鱼是从哪里来的？是从天上下来的。地上只要有一个坑，有一汪水，里边就有鱼。银河边上，三颗星星成一个三角形，那是一个竹笠，我顺着母亲的指引，找到在银河边上弯腰站着的钓鱼翁，他在钓鱼。我们找到他的鱼篓、钓竿、钓绳。母亲说，天上的钓鱼翁要是把那条鱼钓走，地上就再也没有鱼了……杞人忧天，我忧鱼。蓝天，星星多得打了团，星星的故事，母亲总也讲不完。突然，西边天际石井江那边，也就是安海港的海口，出现乌云，是五条乌云，从海里升起，我们叫它五指云。我家离海口只有十几里。一天璀璨的星星慌乱，四处奔逃。五指云升得很快，是一只大手，如来佛的大手，手心里全是闪电。风骤起，雨大至。龙王从海里吸了水而后直接从天上喷下来。这也许是海神，我和他轰轰烈烈见了一次面。它泼洗了天地，突然消失，不知所至，天蓝极，星星一颗一颗，又大又亮。

也许是我们住在海边，内地人没见过台风，那是天和海，一起来。风领着云，调兵遣将，海带着浪，如狼似虎，一起扑过来。现成的说法叫摇山拔树，把山摇稀松了，泥石流，可以吞掉一片房子，把参天大树拔了，直接摔在地上，断成几截。它甚至把百十吨重的码头摇断地基，用力给推了出去。台风是魔鬼。它曾想掀翻我们家的屋顶，它真是为所欲为，摄人魂魄。但是，我爱台风。也许哪一天，我要写台风颂。它欺弱助强，好坏各半，是可以驾驶的。它驱逐暑热，带来充足的雨水。它在晋江从来没有酿成大灾，据说台湾有个杏村在那里一挡，台风要不是减弱就是拐弯。晋江人在夏天总盼望能有几场台风，每次台风，总有五七天凉爽，总带来一两天雨水。穷怕房倒屋塌，富起来了，房屋坚固，台风你就来吧，没有台风的夏天是乏味的夏天。

我们感受了海边的风雨雷电，可以直面东边这片大海，可以和历史作一番对话了。

三岁看大，七岁看老。

郑成功三岁在日本在长崎，七岁被接回中国接回安海（安平）。长崎是港，安海是港。三岁，不认识父亲，从长崎港向西南张望。七岁，想念母亲，从安海港向东北凝视。眼底下全是滚滚大海波涛。

郑成功早就被人们定格在民族英雄上边，但只要想想上边两句话，你就会重新想一想，到底郑成功是一位什么样的民族英雄？我们习惯性地按英雄的模式讲述郑成功，当然，我们的故事得从这样的郑成功讲起。半个世纪前，郭沫若已经说郑成功是一个大商人，但一直没有引起足够重视。

郑成功向隆武帝上疏提出“据险抗扼，拣将进取，航船合攻，通洋裕国”的战略。

郑成功劝说郑芝龙：“吾父总握重权，以儿度闽粤之地，不比北方得任意驰驱，若凭意持险，设伏以御，虽有百万，恐一旦亦难飞过。然后收拾人心以固其本，大开海道，兴贩各港，以足其饷，选将练兵，号召天下，进取不难矣。”

在中国古代，谁最有资格说海？

郑成功咬住大海不放，“通洋裕国”的抗清策略，超越郑芝龙，可以说是前无古人。

那时郑成功二十二岁。

毛泽东说："人的正确思想是从哪里来的？是天上掉下来的吗？不是。是自己头脑里固有的吗？不是。"

郑成功的想法是从哪里来的？是在星塔读书，老师教的吗？还是在南京国子监为他起字"大木"的钱谦益教的吗？不会是无师自通吧？是谁？

我读了那么多有关郑成功的书，没人告诉我。

最应该知道的是郑芝龙。郑芝龙知道吗？不知道。不明白。当人夸奖郑成功时，他说："余武夫也，此儿倘能博一科目，为门第争光，则幸矣。"当郑芝龙带郑成功去宗庙祭拜，郑成功读堂上对联"有一点欺，何堪对祖；无十分敬，漫许登堂。"郑芝龙感觉他这个父亲在郑成功心里是有分量的。不惜花大钱，让他拜名师。当他发现郑鸿逵领儿子去见隆武帝，他也紧跟着领郑成功去见隆武帝，这还成了国姓爷的来历。让他不太放心的倒是这孩子有点死心眼儿有点一根筋。在仙霞岭撤兵，郑芝龙派人去劝说郑成功，郑成功根本听不进去，郑芝龙只好采取断饷的办法，"痴儿不知天命，固执乃尔，吾不给粮饷，彼岂能枵腹战哉。"回到安海，父子其实是大吵一场，不欢而散。生死关头，他才知道自己是一个多么失败的父亲。郑芝龙后来对郑成功采取的都是强制手段。郑成功说"通洋裕国"的治国策略，隆武听不懂，听懂也没用，郑芝龙这个海上霸王是听不见，是不听。他只听到满人驰奔的铁蹄，听不到大海的咆哮。

关于郑成功儿时读书事，万部一腔：喜读《春秋》《孙子》《吴起》。

老师出命题作文，题目是洒扫应对。

郑成功出惊人句："汤武之征诛，一洒扫也；尧舜之揖让，一应对也。"

郑成功后来成为大英雄，顺向思考，这都很合理。

但这里边没有和海有关的东西。

在南京国子监呢？

国子监的课程是四书五经，加上朱元璋御制的《大诰》《大明律令》，它是培养大明王朝的统治工具。

郑成功闲时也约朋友游剑门，写几首诗，请教请教钱谦益。当时的国子监应该是贵族子弟学堂，多是官二代、富二代。郑芝龙肯定没少给钱谦益送礼，钱谦益一个大学士对郑成功很是客气，夸他的诗“声调清越，不染俗气，少年得此，诚天才也。”

这一切都和海无关。

有意思的是郑成功和钱谦益谈国家兴亡。

郑成功说：“知人善任，招携怀远，练武备，足粮饷，决壅蔽，扫门户。”

钱谦益并不往心里去，也就应付应付：“少更事，知之易，行之难。”

郑成功听后觉得不顺耳，还说：“行之在公等，度不能行，则去；能，不我用，亦去。此岂贪裕位，徒事粉饰地邪？”还说：“能将将，伊、吕一人；能将兵，虎贲三千足矣。不能，多益扰，衽度间皆流寇也。”

钱谦益就说几句夸奖的话，器宇宏大，必堪大用之类。

这也都和海无关。

但是在安海，郑氏家族在海上轰轰烈烈，郑芝龙送几万灾民去开发台湾，“一人给银三两，三人给牛一头。”想想安海港，几万人，同时过海的还有上万头牛，还有鸡鸭猪羊狗，庞大的船队，那场面何等壮观。和荷兰人的两次大海战，料罗湾大海战和湄州湾大海战，都大获全胜，回来总得犒劳犒劳将士吧。郑芝龙成了海上霸王，和荷兰人和西班牙人和日本人和法国人和菲律宾人做生意，控制整个台湾海峡，安海港总是货物堆积成山。郑芝龙开辟从安海到长崎的航线，母亲从这条航线来到安海……所有这一切，都在成长中的郑成功的眼皮底下发生。

这里，《台湾外志》有一点记载；忠孝伯赐姓成功，叩陛辞回安平。隆武曰：卿当此有事之际，何忍舍朕而去？成功顿首曰：非成功敢轻离陛下，奈臣七岁别母，去秋接到，并未一回，忽尔病危，为子者心何安？以其报陛下之日长，故敢暂为请假。稍愈，臣则兼程而至。隆武允成功驰驿省母，准假一月。成功谢恩出，归安平。

《广阳杂记》有一段郑成功和隆武的对话。郑成功：陛下郁郁不乐，得无以臣父有异志耶？臣受国厚恩，义无反顾。臣以死捍陛下矣。隆武：芝龙、鸿逵，朕将谁依？郑成功：臣父、叔父皆怀不测，陛下宜自计。隆武：汝能从我行乎？郑成功：臣从陛下行，亦何能为？臣愿捐躯别图，以报陛下。此头此血，总之，已许陛下矣。

母病危，是即将舍弃隆武准备降清的郑芝龙设计让郑成功离开隆武。

隆武心知肚明。准假一是人之常情，二是借机让郑成功劝说郑芝龙。

郑成功劝说父亲的关键词是“夫虎不可离山，鱼不可离渊；离山则失其威，脱渊则登时困杀。”对于郑家来说，不能离开大海。大海是命根子。

郑成功人生路上的闪光点都是海、海、海。

但郑芝龙大海战、大移民及成了海上霸王，所有记载都没提到郑成功。郑成功当时还小，耳濡目染呢？也无只字。

历史是一部千疮百孔的大书。

不过，细心的读者，仍然可以感觉到当时的很多场景。

赤日炎炎，赤人赤脚牵着猪哥走在赤土埔上。

第一个赤，是白，白灼的日头。第二个赤，是穷，穷人。第三个赤，是光着，赤脚。第四个赤，是红，红土地，寸草不长的赤土埔，闽南碧绿大地上的秃斑。

闽南话，种猪，叫猪哥，情哥情妹的哥。配种的人就叫牵猪哥的，一般人不怎么看得起这种职业。一个人活在世上，得给人牵线做媒，要不，下辈子就得出世当牵猪哥的。

闽南，男人叫“打捕”，女人叫“在户”。男人出门做官、做生意，或下地干活，女人在家忙家务。给母猪配种是女人的事。牵猪哥的把猪哥拴在红砖厝边上的苦楝树上，女人把母猪赶过来，谈好了生意，配种时，女人是要回避的。那时，窗子又小又高，也不能偷看，算算，时间差不多了，女人出来，问，配好了没有？牵猪哥的瞟女人一眼，一半正经，一半挑逗，说，足足，足足。又加一句，都在里边了。女人脸一红，把费用给了牵猪哥的，这事就算了了。总这么说，足足，足足。这牵猪哥的就被称作“猪哥足”。

此时他是赶着猪哥来到海边来到安海港，猪哥上船也是头一回。

熟人打哈哈，猪哥足，你怎么成天色眯眯的？听说你那一根挺着挂个秤砣能走一里地？

猪哥足不生气，也打哈哈，不是我，是我兄弟。他拍他的猪哥，谁叫你们发情的猪妹都聚在这里招它呢？

胡茬说，你听猪哥的，还是猪哥听你的？

猪哥足说，看怎么说？那天，路比较远，人家怕它累着，拉车来接，它许是以为要拉去宰，死活不上去。我们几个人费了半天劲。到那里，我磕两鸡蛋给它吃，又让它爽了。过几天，那车又来，不用人赶，它自己就上了。

小眯缝眼说，听说你老是挑逗人家小媳妇？

猪哥足苦苦一笑，我有那色心也没那色胆呀。

郑芝龙见这边热闹就走了过来，又见猪哥足肩上也挂着行李，问：足兄，也下台湾？

在女人面前都不脸红的猪哥足这回倒脸红了，他结结巴巴说，见笑，这是人家随便叫的。其实，小的也姓郑。

郑芝龙一下明白过来，忙改口说，郑兄，大亲堂，你不是在帮我张罗人下台湾，难道你也？

猪哥足说，您看，带去这么多的牛呀，猪呀，没有人去配种那怎么行？哪样也不能缺呀。这不，我的几个徒弟几个亲戚要过去。这算是那边有自己人了，我也跟着过去看看，帮着安置一下，日后好走动。台湾沟嘛，用两根竹竿一撑就过去啦。

郑芝龙一拍脑门，哎呀，你想得真周到。就为这，我也得奖励你。他摸摸身上，转头问郑森，儿子，身上带银子没有？

郑森说，有，就把钱袋掏出来递给他。

郑芝龙打开看看，皱皱眉头说，就一些碎银子。

猪哥足说，老爷尝银，加减都是好。

郑森说，还有，从怀里拿出一尊小金佛。

郑芝龙一看，是那尊千手观音，说，那是阿母要保佑你的。

郑森说，他们要过海，保佑他们吧。

郑芝龙笑了，好儿子。

郑芝龙把钱袋扔给猪哥足，又把纯金的千手观音放在他手上。

猪哥足马上跪下磕头：谢老爷，谢少爷。谢主人，谢小主人。

郑成功也总想起很多儿时的事情。

郑成功和施琅骑马路过星塔。

施郎说，听说你小时候很会念书，是个才子。

郑成功笑笑，我父亲有钱，我是个少爷，人都喜欢顺杆爬，拣好听的说。要有人说我经常逃学你信不信？

施郎说，人说你喜读《春秋》，读《孙子》，读《吴起》。有一回老师出题“洒扫应对”，你语出惊人：“汤武之征诛，一洒扫也；尧舜之揖让，一应对也。”

郑成功说，人也可以说施郎喜读《春秋》，读《孙子》，读《吴起》。还有什么新鲜的吗？

施郎说，坑岬这边是一个睡牛穴，乡里人怕它沉睡不醒，经常敲锣打鼓，把睡牛吵醒。有这回事吗？

郑成功说，乡里人是爱敲锣打鼓放鞭炮。

施郎说，这自然吵了你，你就想了一个主意，让他们建一座塔，每天日头都把塔的影子像鞭子投到睡牛穴上，乡里人就不必每时每刻敲锣打鼓了。你也能安心读书了。

郑成功说，编得很不错。不过，我还没在那里读书，那塔早就有了，什么时候建的，当时我也不知道，后来，偷偷爬到上边去，看到上边有块砖刻，写得清清楚楚。还有，一个小孩说的话，乡里人怎么会信以为真呢？

施郎说，不过，假的比真的有趣。

郑成功说，有趣的是逃学。

施郎说，听说，你父亲很重视你的学业，没把先生请到郑府，郑府太热闹，而是把你寄在坑岬叔叔家，让你面对那个星塔，想必对老师要一再叮嘱，怎逃得了学？

郑成功说，有两种逃学。一是合理逃学，一是非合理逃学。比如，父亲把很多灾民送到台湾，父亲在安海港为他们远航祈风。是老师带我逃学，父亲看到了，他并不加以谴责，他是默许的，他还跟老师打招呼。还有，我刚从日本来，太小，想我母亲，常常哭，鸿逵叔喜欢我，他带我去海边，我非要上船，把船开出去，看到大海看到海平线，鸿逵叔都依我。这是人之常情，老师并不把这事告诉父亲，或者说父亲也是默许的。父亲出海和荷兰人打仗，家里人都到海边去等消息，我当然可以逃学，后来还都说，这孩子有心这孩子懂事。这些都可以说是合理逃学。长大后，有些海上的事，父亲也带我去，这就名正言顺了。

施郎问，什么是不合理的？

郑成功说，去钓鱼，当然，一开始是跟鸿逵叔去的，我们去钓公婆赛，这种鱼很好吃，你知道吧？这公婆赛也好玩，它跟螃蟹斗。它拿尾巴去逗螃蟹，螃蟹一下就夹住它的尾巴，它等螃蟹夹好了，然后使劲抖动尾巴，螃蟹受不了，就卸一个夹子给它。公婆赛慢慢把夹在尾巴上的夹子弄掉，它又去逗那只螃蟹，螃蟹一开始不理它，终于禁不住诱惑，又用另一个夹子夹住它，公婆赛如法炮制，螃蟹的另一个夹子也没有了。这时，公婆赛跑到它的后边，从后边咬住它，嘬它的膏……

施郎说，这蛮有趣，我第一次听说。

郑成功说，这样我就有了一个逃学的空间。我一个人偷偷跑出去，到海滩上去找那些野孩子。海滩上有很多坟头，有很多牛。这边的墓葬你知道吗？死人埋在地里，过些年要拾骨，把骨头放在一个罐子里，里边有一个盖，盖着那些骨头，外边还有一个盖，是防风雨的。野孩子就用它当锅煮鱼，底下烧干牛粪。

施郎说，这是越轨啦。你父亲是那么精明的人，没暴露过吗？

郑成功说，暴露了。父亲让龙炬教我泅水。我脱了衣服，扑通就跳海里，这可把他给吓坏了。他大喊大叫，顾不得脱衣服，就跳到海里救我。我光着，他穿着衣服，怎么也追不上我。我绕了一圈爬上岸，他还在海里。上来后，他想了半天说，我明白了，你不用学泅水，你上辈子是鱼精……后来，关于我母亲生我时梦见一条四目如炬的大鱼跃入她的怀里更说得有鼻子有眼了。

历史有时很奇怪，当海上霸王郑芝龙决定离开大海的时候，他的海洋意识仿佛一下子全都跑到郑成功的脑子里，甚至他从海里积攒的财富也不自觉地都留在郑成功手里，缺少的只是军队。郑成功起兵时只有九十个人。在他起兵的时候，他的叔叔辈都掌握着兵权，由于郑芝龙降清，面对抗清的郑成功，这些叔叔们都处于一种彷徨状态，这种状态让他们后来都以各自的姿态被动地退出历史舞台。也就是说这些军队最后也尽归郑成功。命运让郑成功和大海紧紧地联系在一起，他在海里，在金门岛起兵，而且，很快地，他和他的部将就认识到，他们必须到海里寻找一块根据地。最好的是厦门岛。用大海来拦截满人驰奔的战马。加上安海，可进可退。

首先回到郑成功麾下的是施琅。郑芝龙带五百随从到福州降清，里边有施琅。郑芝龙被挟北去，施琅等被编为清兵去打广州。郑成功南粤招兵，招回了施琅，施琅手下有八百人。

给郑成功出主意的倒是郑芝鹏。郑芝鹏和郑芝莞是一个人还是两个人，有点说不清楚。在《台湾外志》里边是两个人。郑芝鹏的想法得到郑芝莞的支持。厦门是郑彩郑联的地盘。郑家这两兄弟比较不靠谱，他们和熊汝霖一起扶助鲁王，郑熊两家结为亲家，可郑彩为了揽权，夜袭熊家的船只，搞灭门惨案，造成很多支持者离他们而去。当时，郑彩外出，交代郑联“饿虎不可为邻”，小心郑成功，郑联不以为然。夺厦门作抗清基地，施琅献计有功，施琅说：“郑联乃酒色之狂徒，无谋之辈，藩主可领四只巨舰，杨帆回师。寄泊鼓浪屿。彼见船少，必无猜疑。其余船只，陆续假装做商船，或寄泊岛美、浯屿，或寄大担、白石头，或从鼓浪屿转入崎尾，或直入寄碇厦门港水仙宫前。藩主登岸拜谒，悉从谦恭，然后相机而动。此如蒙赚荆州之计也。”

郑成功依计拿下厦门。

郑成功又派人找郑彩，郑彩知道大势已去，说：“吾年老气衰，细观诸子弟能够继承大志的，只有大木而已，吾愿全师解付。”

郑彩、郑联就这样退出历史舞台，郑成功有了基地，还扩大了队伍。

郑成功决定南下勤王，施琅说做了一个不好的梦，劝郑成功别去。郑成功拿下他的左先锋印，回到厦门，刚好清兵马得功带兵入厦门岛骚扰，施琅带人把清兵赶出厦门岛，施琅又立了一功。但是，施郑分歧，酿成冲突，两人分道扬镳。这是郑军内部最大的冲突，是非功过，千秋评说。人无完人，金无足赤，都是血肉之躯，又都是年轻人，郑成功二十四岁，施琅二十七岁，血性方刚，却更显示大海的波澜壮阔。

郑成功在海里遇风浪，退回厦门。发现用船把清兵送入厦门岛的是郑芝豹，用船帮清兵离开厦门岛的是郑鸿逵，弃城逃到海上的是立军令状保厦门的郑芝莞，全是他们郑家自己的人，是他的叔叔们。郑成功急了，依军法杀了郑芝莞。郑鸿逵解释说："马虏之归，盖以吾兄身在于清，重以母命故耳。不然，我亦何心也？侄有疑吾之言，不亦错乎？"但郑成功很决绝："不杀尽清兵无相见之期。"郑鸿逵脸上无光，离开厦门，移住金门。

这场风波之后，郑成功控制整个家族的兵权。没多久，郑彩、郑鸿逵先后去世，而郑芝豹带着郑芝龙的妻儿去北京自投罗网。郑成功的父辈全部画了句号。至亲的也都去了北京，其实是兄弟也画了句号，郑成功内心是孤独的。郑成功走向成熟，才二十几岁，天降大任于斯人。

有一种现象很奇怪，海盗李魁奇杀了陈衷纪等十三人，在日本起事的二十八人，只剩下郑芝龙一个人，还剩下二十八人之外的何斌，去当了荷兰人的通事，仿佛潜伏，最后给郑成功献了台湾地图。现在，郑家人都画了句号，只剩郑成功一个人。天用人，难道一定要逼到山穷水尽？

大海在感情上总是倾向郑成功。1656 年，清济渡向郑军发动进攻，自己带陆军攻打白沙，让水军韩尚亮攻打厦门。看得出清主将是畏海的。清军出泉州港，郑军从晋江的围头港迎敌。郑军先发一炮，清水师一船被击沉，其他的船只不敢前进。郑军乘势追击，突然海上风起，漫天迷雾，全都模糊不清，郑军顺水撤回围头，而清军不打自乱，在狂风中晕头转向，不但泉州回不去，连深沪港也无法靠岸，有的清军船只也进了围头港，成了郑军的囊中物，有的被海浪推到金门岛，只好登岸乞降，有的直接漂到外海。韩尚亮被淹死，清军五十艘船只回去十艘，另外十艘被郑军缴获，三十艘被毁坏。济渡兵败，只能望海兴叹。

大陆被清朝攻占，郑成功孤悬海岛，二十万兵，吃饭的问题最大，吃什么？

兵马未动，粮草先行，行在商。

《伪郑逸事》："成功以海外弹丸之地，养兵十余万，甲胄戈矢，罔不坚利，战舰以数千计，又交通内地，遍买人心，而财用不匮者，以有通洋之利也。"

《海上纪略》："本朝严禁通洋，片板不得入海；而商贾垄断，厚赂守口官兵，潜通郑氏，以达厦门，然后通贩各国。凡中国各货，海外皆仰资郑氏。于是通洋之利，惟郑氏独操之，财用益饶。"

《安海志》记载，郑成功沿袭郑芝龙当年海贸旧规，编组东西洋船队，航行于日本、台湾、吕宋及南洋。设"五商十行"于各地，设"五常商行"（仁义礼智信）于厦门及附近诸港澳，设"五行商行"（金木水火土）于京都、苏、杭、津、鲁等地，供"五常商行"货运出洋。

《大明王朝的七张面孔》："那个时候，郑成功在东南亚国际贸易中占据绝对垄断地位，他的船队远达日本菲律宾越南柬埔寨泰国马来西亚印度尼西亚，贸易额占整个中华对外贸易额的百分之六十以上。据今日学者估计，郑成功对日本贸易的利润，平均每年达一百四十万两银。对东南亚贸易的全部利润额，平均每年在九十三万两到一百二十八万两。两项相加，平均每年二百三十四万至二百六十九万两银。如果按一两白银的购买力相当于现在人民币二百元计算，则利润为每年五亿元人民币左右，其数目十分惊人。"

日本学者：1650 年入日本长崎港的七十艘中国船中，来自郑氏势力范围内的福州、漳州、安海的占五十九艘，约占百分之八十，而且几乎年年如此。前往东南亚的平均约二十艘。至1655年，郑成功的船队已具强大实力，拥舰“千百号”。

日本学者：“（郑氏）屡屡遣商船到我长崎贸易，购我国的铅和铜等，到吕宋、安南、暹罗等南方诸国出卖，以补军费不足。”

1651年厦门被清兵马得功偷袭，损失“黄金九十余万，珠宝数百镒，米谷数十万斛。”反过来说，这些都是郑成功海上经商所得财富。

郑成功：“夫沿海地方，我所固有者也；东西洋饷，我所自生自殖也。进战退守，绰绰余裕，其肯以坐享者，反而受制于人乎！”

1655年郑成功给巴达维亚总督的信中说：“诸如巴达维亚、台湾和马六甲等地是一个不可分割的市场，而我是这个地区的主人，不准你们侵占我的地位。”禁绝两年，至1657年6月，荷兰人“年愿纳贡，和港通商”。“年输银五千两，箭十万支，硫黄一千担”。

1656年“造战舰三千余艘……连樯八十里，见者增栗。”“上居舟山，以分北来之势，下守南澳，以遏南边之侵”让清兵“视大船如望高山”。

《先王实录》：大龙贡船上的龙贡（火炮）“重万斤，红铜所铸，教放容弹子二十四斤，击至四五里远，祭发无不出中。揭中顽寨并门辟虏炮城俱被击碎，远近闻风。”这炮是郑鸿逵发现海底发光，让士兵下海捞，而后送给郑成功的，上边有外文字母。也许是哪次海战，和洋人的军舰一块沉没的。晋江有一句话是从那时候流传下来的，“唆使黑鬼放大贡”，郑芝龙、郑成功不但会用洋炮，点炮还用了黑人。很明显，有些船和热兵器是从洋人那里买来的。

郑成功：“本藩疾志恢复，现有舳舻数万，还恐孤岛难居？”

郑成功的主要贸易伙伴有荷兰、西班牙、日本和东南亚各国，范围是整个西太平洋。

郑氏集团是“军事—商业复合体。”

郑成功的根据地除了金厦两岛，还有一个安海，应该说是安海港及其周边。一般说法，郑成功在安海二十五年，就是从1630年，从日本来安海到1655年拆郑府烧郑府离开安海，前后二十五年。1646年郑芝龙被挟北上，清兵杀入安平，轻而易举。1647年郑成功起兵，到1655年，郑府完好无损。为什么清朝长期让郑成功保留一个大陆上的安海（安平）？

清朝留下安平有什么意义？郑成功留下安平有什么意义？

清朝1646年，挟郑芝龙北去，韩固山袭击安平，结果是郑成功起兵抗清，也许有人会认定这是鲁莽造成的后果。之后，没有再对安平用兵，清朝给郑芝龙一点心理抚慰，以便让他劝说郑成功降清，结果是1653年，郑芝豹带郑芝龙妻儿上北京，郑芝豹降清。还有1654年，清朝和郑成功在安海报恩寺谈判。清朝在郑成功起兵后一直没打安海是不是就是为了留着一个适合谈判的地方？

郑成功1647年起兵，1650年得厦门，1651年得金门，中间几年，三藩之乱，清朝对东南郑成功无暇顾及。加上善于骑射的满人对于出入风波里的郑成功也有点无可奈何。

1653年前，郑芝豹镇守安海，他1653年，送郑芝龙的妻儿去北京降清，有去无回。1654年郑成功和清朝谈判，安海也仍然属于郑成功。

郑家人，郑彩、郑联在厦门，郑鸿逵在金门，是占山为王。郑芝鹏、郑芝莞主战却又惧战。在安海，郑成功是主战，郑芝豹是主降，但在安海，叔侄应该是和平共处。除马得功袭击厦门事件，郑芝豹用船把清兵运入厦门外，他没再做什么对郑成功不利的事情。当然，郑成功也放郑芝豹一马，没有追究他的行为。在安海他们是各行其是，河水不犯井水。

这里有诸多因素，值得开掘研究。

郑成功呢？明朝，泉州港（北港）衰落后，厦门港兴起，安海港成为厦门港的中转港，依旧繁荣。安海在郑成功的商业活动中有重大的意义。

郑成功在安平，头尾二十五年，1630年，七岁来安平，读书，娶妻生子，中间去南京国子监，又回仙霞岭辅助隆武帝，被赐国姓，1646年回安平，父子争论，劝郑芝龙不要降清，郑芝龙降清后，清兵骚扰安平，母刺腹自杀，郑成功安平葬母，之后，焚青衣，1647年金门起兵，以安海为根据地。控制厦门金门后，保留安平，1654年在安海报恩寺和清朝谈判，1655年，烧郑府离开安平。安平在郑成功一生中占有很重的分量，这才有后来为了纪念故乡，赶走荷兰后把台湾的热兰遮改名安平镇。

我做过一篇郑成功离开安海的短文：

郑成功三十二岁把安平郑府拆了，杉木运到厦门造船，而后火烧郑府，意为破釜沉舟。

浓烟大火在背后，郑成功坐小船离开郑府，不再回头，过安平五里桥孔，本应在这里换上大船，他却让小船靠岸，上桥，面向大海，站立良久，背后是跃动的红色的火光，面前是起伏的蓝色的大海。接着在五里石桥上步行，直到中亭。入庙拜了观音，出庙门，看庙门楹联：世间有佛宗斯佛，天下无桥长此桥。这时，想起晋伏琛的《三齐略记》："始皇作石桥，欲过海观日出处。于时有神人，能驱石下海，城阳一山石，尽起立。嶷嶷东倾，状似相随而去。云石去不速，神人辄鞭之，尽流血，石莫不悉赤，至今犹尔。"（《艺文类聚》卷七九）秦始皇有没有在海上造桥？那些山石"嶷嶷东倾，状似相随而去"，看来是没造成，要不怎么还站在那里？海上造成大石桥的，是宋朝，是泉州人是晋江人是安海人。是洛阳桥，是安平桥。安平桥石上不带血，不是神人鞭打来的，是南蛮子把它们请来的，这些石头来自金门，还有一说来自金门和安平之间的大佰岛，那里还保留着很多采石后留下的大石窟。那些千斤重的大石缠着草绳，从山上滚到山下，再用船运到安平港，利用潮汐的浮力架上桥墩。郑成功七岁时从日本坐船十天十夜顺风顺水才到达安海，他知道不可能把桥造到“日出处”，天无边，海无涯。做不到并不是不能做，听人说“南蛮子”，他并不生气，凭什么在海上造桥，就是靠这么一股蛮劲。他刚到安海时，阿嬷就牵着他的手过这大石桥，后来，阿嬷又一次次给他讲他们是怎么得到那条金水牛腿的，那海水底下出现的金光他也有印象，他真真切切地看到那条金水牛腿从海水里边浮上来。那时，他才七岁，可是金水牛腿后来一直摆在阿嬷的房间里，阿嬷老让他用小手去摸，他也就保留着那段记忆。他问过父亲，海里怎么会浮出一条金水腿？父亲说，阿嬷信吗？郑成功说，阿嬷全信，我半信。我半信，阿嬷也就不敢全信。她说，人说，三十六岁牵孙过桥，才能得到那金水牛腿，她已经不止三十六岁，这不是她该得的。有人三十六岁牵孙过桥，金水牛腿也浮上来了，结果是神仙在天上喊，那孩子是抱养的，金水牛腿就又沉下去了。阿嬷说，神仙不知为什么没喊，她不是三十六岁？父亲笑着反问他金水牛腿是真的吗？是真的，是真的就好啦。郑成功看到家里铸了那么多金兽，一条金水牛腿算什么？父亲说，守着这海，还会有整座金山从里边浮上来……这横跨大海的大石桥早就深深地烙在郑成功童年的记忆里。长大后，他才明白是父亲以假乱真。

郑府是父亲一手建起来的，到他手里，把它拆了烧了。

郑成功最恨的是父亲，可最钦佩的也是父亲。

他看过中亭立的一方方修桥的石碑，父亲的名字也刻在一方石碑上。

什么是桥，桥是没有路的地方的路。桥有有形的，也有无形的。秦始皇的“日出处”是大海的尽东头，神人何曾驱石？父亲才真正走向日出处。自己因为苦于征战，至今没有超越父亲。“虎不可离山，鱼不可离渊”，父亲竟然不明白这道理，一代英豪自投罗网，令人叹惋。

郑成功在中亭上了大船，船徐徐开出，他站在船上，久久地望着日出处。

郑成功在厦门期间，做了两件有争议的事情，一是施郑冲突，杀了施大宣、施显；一是杀了苏茂。这都带来海上的损失。施琅、黄梧降清，成为清兵攻打郑军的主将。首先，施琅杀了陈斌及其部下兵将，就是郑军的一个挫折。

郑成功过于苛酷，施琅逃走，杀施琅父亲和弟弟，已经是感情用事，事隔多年，杀苏茂理由不充足，因苏茂先前放走施琅，有点秋后算账的色彩。

杀苏茂的直接后果是黄梧降清，郑成功说：“海澄城为关中河内，故诸凡尽积之。岂料黄梧、王士元如此背负……”损失粮粟二十五万担，铳炮近万台，火药弹珠数十万斤，还有各种军器衣甲，这是多年积累的心血。黄梧降清后还上疏献出“平海五策”。

一、金、厦两岛，弹丸之区，得延至今日者，实由沿海人民走险，粮饷、油、铁，桅船之物，靡不接济。若从山东、江、浙、闽、粤沿海居民尽徙入内地，设立边界，布置防守，则不攻自灭也。

二、将所有沿海船只悉行烧毁，寸板不得下海……贼众许多，粮草不继，自然瓦解……

三、其父郑芝龙拘系在京，成功赂商贾，南北兴贩，时通消息。宜速究此辈，严加惩治，货物入官，则交通可绝矣。

四、成功坟墓现在各处……悉一概迁毁……

五、……可将投诚兵官移住各省，分垦荒地上……

黄梧对郑军是了如指掌，我们从中也可以看到郑成功经商积累的财富及郑成功和内地经商的线索，他这里是想切断郑成功的商业命脉。

郑成功北伐是贴着海上去的，一路胜仗，兵败南京，又是沿海而回，保住主力，回到厦门。

厦门海战是关键一仗。清兵从两面夹攻厦门，海澄方向，是李率泰、黄梧；同安方向，是达素、施琅。实际上，能打海仗的就是施琅、黄梧。清兵有备而来，志在必得。郑成功背水一仗，生死存亡。

黄梧面对郑成功，还是略输一筹，黄梧发动进攻，郑成功按兵不动，他一直在等待潮流的变动。大海适时帮助了郑成功。施琅设计，想造成里外夹攻之势，但郑成功威望太高，未能成功。于是，达素撤兵，把大海和时间留给了郑成功。

郑成功深谋远虑，他说："念举十有余年，越在草莽，未尝复尺寸土，金、厦仅二孤岛，安能久居孤岛哉!"

天助郑成功，有何斌献图，说："台湾沃野千里，实霸王之区。若得此地，可以雄其国，使人耕种，可以足其食。……移诸镇兵士眷口其间，十年生聚，十年教养，而国可富，兵可强。"

郑成功认识台湾的价值："田园万顷，沃野千里，饷税数十万，造船制器，吾民麟集，所优为者，近为红夷占据，城中夷伙，不上千人，攻之可唾手得者。"

郑成功是大商人，明天要和荷兰决一死战，今天还在跟它做生意。

郑成功进攻台湾的船队要进鹿耳门港，水底有一沙道，船只很难通过。偏偏那一天是四月初一，正值大潮，水深增加数尺，让所有大船都顺利通过。大海又一次帮了郑成功。

郑军到了台湾，"各近社土番头目，俱来迎附"，南北土社"闻风归附"，"男妇壶浆，迎者塞道"。

《被忽视的福摩萨》写道："还有全体中国'侨民'约二万五千名壮丁做郑成功的后援，所以不到三四小时就实现了他们的目的，以致好些惊恐而绝望的台湾土人也都归附了敌人，与全部'华侨'都成了危害我方的人了。”

郑经时，稻米和蔗糖，每年输出量达三千万担，“岁得数十万金”，“凡中国各货，海外皆仰资郑氏，于是通洋之利惟郑氏独操之，财用益饶。”

施琅平台时，台湾“沃野土膏，物产利溥，耕桑并耦，渔盐滋生，满山皆属茂树，遍地俱植修竹、硫黄、山藤、蔗糖、鹿皮以及一切日用之需，无所不有”。

我们上一世纪一直在歌颂农民起义，当然也歌颂民族英雄郑成功，却忽视对郑成功身份的了解，忽视对这次海丝商人兴兵的意义的研讨。嗟夫！

离开安平的伍秉鉴（节选）

我长期注视那条伸向大海的三里古街，清代诗人有诗句：“古塔东西排两岸，大江南北渡千航。”当代诗人颜长江有诗句：“长长的五里桥，瘦瘦的三里街。”这都在勾画安海（安平）古镇的风貌。我从古代到现代，立体地观察曾经出现在这条街上每一个青史和野史上留名的人。中国千万条古街，它很容易被淹没。可它又有擦不掉的辉煌。人们听到朱熹行走的木屐声，也听到郑成功战马的嘶鸣。那个古港快填没了，那座跨海的五里长桥却是国家级重点保护文物而留存下来。但是，有一个家族悄悄从这里离开，我疏忽了，我疏漏了伍秉鉴。

2000年，伍秉鉴被美国《华尔街日报》评为1001—2000年世界50位巨富之一，尽管那时西方由于工业革命已经强盛起来，东方的伍秉鉴仍然是世界首富。

伍秉鉴（1769—1843），马克思（1818—1883）曾提到他的商名“伍浩官”。

后来，在欧美多国，找到保存下来的伍秉鉴的画像，可见伍秉鉴在海外有其深远的影响。

查一下伍秉鉴，是广东十三行之首，十三行被称为“天子南库”，那他远在天边。偏偏他又近在眼前，这个商业巨鳄简介的结尾处却缀上几个字：籍贯福建安海。就是我注目的那条三里古街。

安海没人知道伍秉鉴。

这么重要的人物被遗忘了……于是，我开始我的寻找。

伍秉鉴跟安海的关系就只有几个字：伍家在康熙年间移居广州，祖上伍灿廷，是安海的一个茶农。

安海一带，原先有很多茶山，产出的茶叫“本山茶”。

一个茶农为什么要移居？兵匪？灾荒？瘟疫？没有这方面的依据。

伍灿廷靠茶为生。

关于茶，伍灿廷在安海的年代，究竟发生了什么事，让他下决心离乡背井？

明末清初，郑芝龙、郑成功在安海，明朝实行海禁政策，但那时王朝受到东北满人和西北农民起义的冲击，已经风雨飘摇，无暇顾及东南沿海，只好把这一线海岸和这一片海交给郑芝龙，所以，安海这个口岸其实是开放的。安海成为海禁中的唯一出入口。郑氏家族和外国人做生意，和荷兰和西班牙和法国和日本和东南亚。做的是什么生意？出口生丝、陶瓷、糖和茶。郑芝龙、郑成功离开后，清朝沿用明朝的海禁政策，安海这个出入口被封起来了。这就是伍灿廷离开安海的背景。

伍秉鉴的家族是一个敏感的有商业意识的家族，他的祖辈在康熙年间就移居广州。也就是说，郑芝龙、郑成功掌握的那个出入口刚刚被关上，他们马上就离开了。

在安海，什么让伍灿廷刻骨铭心？茶。外国人。用现在的话说，国际贸易。没了外商，茶的销售锐减，茶农如濒临干枯的水坑里的鱼。当然，伍灿廷身上带有迁徙的基因，这里的人有多次大迁徙的记忆，西晋，他们的祖先从中原南迁来到这里，一直面对东边的大海。后来，这里是“海上丝绸之路”的起点，“东方第一大港”。又后来，左邻右舍，有的过台湾，有的下南洋。伍家的移居，不像内地人，有那么多的心理障碍。内地农民，土里刨食，难免热土难离。这里的人，除了土里刨食，钱财还有别的来路。有时他们抓住生意的心比抓住土地的心还强。

伍灿廷离开安海，他是带着一种意识离开的，他去寻找，找到广州。那里还有外国人，还可以做茶的生意。所以，这不是农民迁移，不是盲目迁移，这是脱胎换骨，因伍灿廷是茶农出身，不能简单地说是没钱买地，生存方式已经发生了变化，伍家由农民变成商人。他很快取得成效，1681 年搬进大宅院。伍家第一个有商业头脑的应该就是伍灿廷。

1731 年，一个承上启下的人物出世，叫伍国莹，这就是伍秉鉴的父亲。伍国莹去潘振承的散货档当伙计。伍家就这样一步一步接近他们的目标。

潘振承何许人也？基本可以说是福建老乡。潘振承是福建同安人，船工出身，后在广州创办同文行，成为广州十三行的总商，是伍秉鉴之前的世界首富。潘振承会多国外语，包括葡萄牙语、西班牙语、英语，几次勇闯大海，堪称“胆商”。潘振承做什么生意？丝绸、陶瓷等，其中之一也是茶。

伍国莹已经站在巨人边上。但成功还需要机遇。

巨人有可能把他搁到肩膀上吗？

天上是不会自己掉馅饼的。

机遇属于早就把条件准备好了的人。

一天，潘振承让人把伍国莹叫到前厅。

伍国莹见潘振承端着盖杯，专注地吹着茶叶沫子，恭敬地问：“老爷，您有事？”

坐在梨花木雕花椅子上的潘振承，一边慢慢品茶，一边审视着这个朴朴实实的后生家。

“识字吗？”

"识几字。"

潘振承和他说闽南话。

潘振承和他认老乡，伍国莹心里踏实了。

潘振承指了指墙上挂的条幅问："顶头的字识不识？"

伍国莹已经看过多遍，说："识。"

潘振承说："念给我听。"

伍国莹一字一字念："商人四德：智、仁、勇、信。"又念："人弃我取，人取我予。"

潘振承说，我们做生意的人，得拜拜说这话的人，跟读书人拜孔子一样。

伍国莹从潘振承那里知道了商祖白圭。

潘振承让他去跟账房先生管账。现在的账房先生已经老了，不能后继无人。

这是伍国莹的人生转折。

再说天时，1757 年，也就是伍国莹 26 岁的时候，乾隆皇帝下圣旨，关掉其他海关，只留广州一个海关，这就是"一口通商"。这对于控制广州海关的十三行自然是绝好的商机。但对于才 26 岁的伍国莹，条件尚未成熟，而且，他还是一个知恩必报的人，他没借机自立门户。但他在这期间，却熟悉了大量外国客商，并得到他们的好评。伍国莹到年近花甲，才自己创业，创办怡和行，为伍家的事业奠了基。

伍国莹 1800 年撒手人寰，把怡和行交给了他认为最有商业头脑的儿子伍秉钧，偏偏伍秉钧短命，不到一年就意外病逝，由上帝选择的伍秉鉴才成为怡和行的新的掌门人。时人并没有看好伍秉鉴，有人甚至断言怡和行会败在伍秉鉴的手上。只有在潘振承死后也当上了总商的潘有度对他另有评价。《晚清首富伍秉鉴》中说："与大众的眼光相反，潘有度更看好伍秉鉴。潘有度比伍秉鉴年长十几岁，几乎是看着伍秉鉴长大，他心知在伍国莹的众多子女中，唯有伍秉鉴最像伍国莹，低调沉稳，看似没有锋芒，却胸中自有丘壑。”

伍秉鉴怎么让人对他刮目相看？

茶走向世界，有人把它比喻成钻石，有时，它比金子还要贵。而伍家长期独领风骚。

伍秉鉴把怡和行的茶做到极致，他和福建等产茶区有密切的关系，有相对固定的茶农，从采茶开始把好质量关，茶农都知道伍秉鉴一发现毛茶中有烂茶、死茶、折蒂茶绝不收购，他们之间形成一种信誉。所以，只要盖上“伍家戳记”就是上好的茶。

伍秉鉴并没有得意忘形，物极必反，他是一个有危机感的商人，懂得未雨绸缪。如果说，伍家从一开始就注意和洋人做生意，到伍秉鉴就想到国外去挣钱，他有超前的商业意识，到国外去做广告，到国外去投资，从怡和行，发展到跨国集团。《晚清首富伍秉鉴》说：“商场如战场，数十年来，伍秉鉴凭自己的经营哲学，在这片充满机遇、风险及挑战的广袤领域东征西讨。在国内拥有地产、房产、茶园、店铺。伍氏又在国外进行铁路投资、证券交易，并涉足保险业务。”

诗人海涅说：每一个心灵都是一个宇宙，每一块墓碑底下都埋着一部世界史。伍秉鉴一生都在广州，没读万卷书，没行万里路，因做大生意，大量接触欧美商人，弥补了他的缺陷，仍然是见多识广，又谙熟生意经。乃祖识商祖白圭的字句，伍秉鉴应该是精通白圭商论：“吾治生产，犹伊尹、吕尚之谋，孙吴用兵，商鞅行法是也。是故其智不足与权变，勇不足以决断，仁不能以取予，强不能有所守，虽欲学吾术，终不告之矣。”伍秉鉴比美国大几岁，由于他有独到的眼光，他看重美国商人看到美国的前景，跨国集团，一步跨到西半球。

无疑，伍秉鉴是他那个时代的商业巨才。反过来说，“一口通商”、广州十三行是清朝实行海禁出现的一个怪胎。欧美已经进入工业时代，世界首富却出在落后的中国，这本身也就是一个怪胎。清政府把对外贸易和海关税收都交给民间的广州十三行，以示天朝上国凌驾在一切之上，洋人没有资格和它的官员直接对话。钱还是要的，清朝实行保商制度，外商都必须有一家行商作保。称“以官制商，以商制夷”。

这个怪胎光彩夺目。《大清商埠》给我们展开当时的画面：“耸立在江边的夷楼高大宽敞，窗户棂条拼成几何图案，嵌着晶莹剔透的彩色玻璃。夷楼后面有少量的茶铺、食肆、瓷器店、兑银店、估衣店、杂货店……西洋人把条街叫‘中国街’，街北正面是令人仰慕的十三行会所。”

伍秉鉴有多富？当时，清政府的财政是4000万两，伍秉鉴的财富是2600万两。欧美富豪都不能望其项背。

伍秉鉴家族延伸了郑芝龙、郑成功家族的理想。

我看到一个祖籍安平（安海）的茶叶家族在17世纪中叶到19世纪中叶这200年里边的活动轨迹，从一个唯一的开放口岸（安平）的茶农到200年后另一个唯一的开放口岸（广州）的世界首富的大茶商。

茶让我们大开眼界。

《茶叶大盗》说，中国茶改变了世界史。

萨拉罗斯说：“17世纪60年代，葡萄牙布拉甘孔王朝的凯瑟琳公主与英王查理二世成婚，茶叶作为其嫁妆的一部分（中国茶和中国茶器），从此流入英国……作为外来的奢侈品，茶叶迅速在气候寒冷干燥的英国成为上流社会阶层用于展示自身气质、品位的理想载体。打这以后，它迅速渗透到下层社会阶层的日常生活中。因而到了18世纪，茶叶一跃成为最受欢迎的饮品，风靡全英，其销量甚至超过了啤酒。”

萨拉罗斯把气候寒冷干燥作为茶叶流入英国的重要原因，我想，更重要的原因应该是当时英国的工业雾霾。

工厂工人下午休息 15 分钟喝茶，不但不影响工作，工作效率反倒提高了。下午茶没有成为英国贵族的专利，反而在全英固定下来。

茶是中国茶，却成为英国人的“国饮”，茶叶贸易一下子占了英国经济总量的 10%……

东印度公司有一批积压的茶叶，想把它倾销到北美殖民地，得到英国政府的支持，颁布了《救济东印度公司条例》，给他们专利权，而且进口关税全免。茶价是殖民地私茶价格的一半，这严重损害殖民地茶商的利益。在北美殖民地人民群情激奋的情况下，约翰·托马斯策动了 1773 年 12 月 16 日的“波士顿倾茶事件”，60 位美国人乔装成印第安人，潜入停泊在波士顿港的东印度公司的货船，把 340 多箱茶叶推入大海，波士顿港那天夜里成为他们的口号所说的世界上最大的茶壶。

美国总统约翰·昆西·亚当斯说，鸦片战争的起因是磕头，正如美国独立战争的起因是茶叶。这带有戏谑的成分，但它们都是这两个世界大事件的导火索。

中国茶由欧洲又流入北美。

先前说“丝绸之路”，也有说“丝瓷之路”，我们销售给西方的是丝绸和陶瓷。后来知道欧洲温度太低，不适宜种甘蔗，糖是欧洲贵族的所爱，但它也是中国糖。现在，又知道中国茶在世界上有这么大的影响。

当然，居于高位的皇权还觉得自己是中心，不把蛮夷小国看在眼里。白银滚滚而来，仍然做着盛世的美梦。

英国开始制定它的战略计划，挣脱中国的束缚。

萨拉罗斯说：“若要茶叶产业成功落户印度，英国需要从（中国）最好的茶树上采集最健康的样本，成千上万的茶种以及中国顶尖茶匠传承了千百年的工艺。完成这个任务的人必须是一个植物猎人、一个园艺学家、一个窃贼、一个间谍。”

在茶成为世界性饮品的历史进程里，有两个人是值得研究的：一个是做茶生意成为世界首富的中国人伍秉鉴，一个是“茶叶大盗”英国人福钧（福尼特）。不管你在感情上能不能接受，一个东方，一个西方，这两个人物构成两部传奇。

历史的一页翻过去了。福钧并不是超人，他只靠一支生锈的手枪和一条假辫子，却在闭关锁国的中华帝国做成他的大事业。我们还是豁达一点好，只能夸奖他有本事。

有一点是明确的，原来这个世界上，只有中国有茶。

茶是怎么来的？只有中国人能说清楚。

现在让外国人来讲也蛮有意思。

萨拉罗斯说：“许多中国人相信茶叶是神话人物——中国医药和农业的创造者神农氏发现的。神农氏斜躺在一片山茶树的树荫之下，一片闪亮的有光泽的叶子掉进了他那个盛着开水的杯子里。那片薄而柔软的叶子立刻激起了一阵阵浅绿色的涟漪。神农氏熟悉具有治愈功能的植物，他远足一天就能辨认出多达 70 种有毒植物。他确信这种药茶汤对人体是无害的，于是呷了一小口，发现它的味道爽口宜人：芳香、微苦，具有提神和滋补的作用。”萨拉罗斯说这是儒家的说法，还有另一种是佛教徒的说法：茶是释迦牟尼的眉毛变的。“事实上，极品茶叶叶片背面那纤细的银色绒毛确实酷似纤细的人类睫毛。大慈大悲的佛祖释迦牟尼留给信徒们这一伟大遗产，让他们在虔诚的修行中能保持灵台清明、精力充沛，从而专心致志地研习佛法。”

伍秉鉴生活在中国茶的全盛时期，他没有受到印度红茶的冲击，冲击他的是另一种植物，冲击他的是一场因国家落后而挨打的战争，是一条耻辱的不平等条约，可以说让他死不瞑目。

鸦片战争前的 200 年，中国控制着世界茶叶市场，却忽视一股暗流，英国东印度公司一方面用从中国偷来的而后制作的红茶悄悄代替中国茶为处于雾霾时代的英国人排毒，一方面把鸦片输送到中国让中国人中毒。

现在中国也出现雾霾，中国人应该喝茶，喝茶时要记住这段历史。

国 歌 魂

悲愤的人群，扭曲的脸庞，发出再也不能忍受的怒吼，可张大了嘴，即变了调，像一群怒不可遏的哑巴，打倒的后边是口齿不清的两个字：××！

六十年时光流逝，当我看到那个××，我还出了一脑门子冷汗，我全身的肌肉为之战栗，我的筋骨发出爆响。

我穿越风雨，踏破铁鞋，我在选取视角，回看历史，一册歌曲集成了真正的凭借。我用手指轻轻触碰，它已经珍藏了半个多世纪，主人特意为它加了一个封套。揭开封套，封面已经碎裂，印制简陋，纸质粗劣，但内文字迹清晰，它记录着民族的耻辱。一切新的选本，是不会有这××的，它们洗刷了耻辱，却在无意中丢掉这耻辱的记忆。

我寻访的都是古稀老人，密集的皱纹和点缀的老人斑让人翻到最真切的一页。

我感觉我们的民族当日的形象，我熟知那个被侮辱被损害的字眼："东亚病夫"，我受辱于那块已经跟它的罪恶的主人一块儿消失的牌子：华人与狗不得入内。半个多世纪过去了，今天，我头一次看到这个××。四万万五千万人民，九百六十万平方公里土地被侵占，人民遭杀戮，满腔怒火，想喊一声打倒，后边跟着的却只是××！在上海在租界，不许喊打倒日本帝国主义，那里麇集着××的帮凶。××在杀人，帮凶们也分一块肉。

金瓯残缺，语言也残缺。

那时，那支伟大的歌，民族的歌已经诞生整整一年，那时，那支歌的作者，一个身陷囹圄，一个已经长眠于日本藤泽市鹄沼海滨，可那支生命的歌却在这苦难的土地上不胫而走。

为了这支生命的歌的英年早逝的作者，为了那不幸的周年，为了一个悼念，竟然找不到一个场所，好不容易找到一个礼堂，门口还要停着两辆红色的警车，法国巡警还要坐在后排。悲痛的人们唱一支挽歌——

风在呼，海在啸，浪在相招，当夜在深宵，月在长空照，少年的朋友，他，投入了海洋的怀抱；被吞没在水的狂涛，浪的高潮。如何想得到？从今，永别了！从今，夺去了我们有志的英豪；从今，缺了你在我们的前哨。从今，漂流何处？故国遥遥！从今，怀人万里，只有梦迢迢！壮志空抛，心力不徒劳；听万千人唱着你谱写的雄歌，你应在九原含笑。对着惊心的噩耗，望着无际的波涛，你可知故国的友人，今朝带着破碎的心，在向你凭吊？！

这是一支悲怆的挽歌，一支民族的哭歌，我们的民族没有绝望，我们的民族没有被击败，胸膛里已经充溢着那支死者的生命的战斗的歌。

起来，不愿做奴隶的人们，

把我们的血肉筑成我们新的长城。

这不仅仅是一支歌，这是我们民族的真正灵魂。为了它，六十年后，我回首历史，开始一次义无反顾的寻找，即使，如周老周巍峙所说，他们那些人，每次聚会都发现画黑框的人越来越多；即使周老珍存的那册《中国呼声集》已经残破污损发黄，断然不可借走；即使吕骥那怪老头的门久叩重叩不开；即使那矮小的老头现在迈步每步不足三寸；即使孙慎为我哼唱那时日的歌，嘴唇已在微微发抖；即使即使，但我绝不后悔，我感觉到那支灵魂的歌的巨大感召的力量。

我感觉到我们民族当日的形象，被侮辱被损害，可也有甘于和得意于这种境遇的，以至于当我们看民族的不肖子孙时，会苦笑着说，我们的民族在什么时候都会出汉奸。中国人打中国人，中国人杀中国人。我翻阅抗战资料，我看到一个触目惊心的数字。报载：在浴血奋战的八年中，中国军队……歼灭日军一百三十三万人，歼灭伪军一百一十八万人……有一支和鬼子数量几乎等同的伪军，在协同鬼子杀害自己的骨肉同胞。这是二战中数量最大的民族败类组合的军队！日本人要在三个月内灭亡中国。但我们的民族在血火的洗礼中涅槃，在血火中更生。

起来，不愿做奴隶的人们，

把我们的血肉，筑成我们新的长城。

那么，长城就是我们民族的真正形象？啊，不，不，两千年前，我们就有孟姜女哭倒万里长城。龚自珍为孟姜女庙题写的楹联是两千年历史的反省：万里长城筑怨……万里长城，砖砖带血，缝缝含泪。它守护住了我们了吗？一千多年来，依旧是外患不断。秦时明月汉时关，万里长征人未还。但使龙城飞将在，不叫胡马度阴山。噫——长城长城奈若何，胡马依旧度阴山！20 世纪再度进行民族反思，发现长城不但没有护卫了我们，反是封闭了我们。我们曾经强悍的国民在这种封闭中衰落了，民族的脚步在这种封闭中停滞了。民族的思维故步自封了。但长城默默地在崇山峻岭上起伏，进行万里蜿蜒。前无古人，后无来者，可称旷世巨创。这是从宇宙飞船上唯一可见的人类痕迹。创建长城的时代是英雄的时代，让我想起汉唐时代的雕塑。卧虎。跃马。马踏匈奴。昭陵六骏。那是我们的民族最浑朴最有力度的作品。一个民族站在他们的前边，怎么会是衰落的呢？我又想起明清时代的雕塑，在通往十三陵的路上，所有的雕塑都低眉顺眼，即使是坚硬的石头，也只有面捏的线条。一个民族站在他们的前边，怎么会是强悍的呢？长城是我们的，是我们的痛苦，可也是我们的骄傲。长城到了 20 世纪，它留下一个拔地而起的雄伟的象征，民族不可征服的象征。

我们筑的是新的长城，用的是我们的血肉，我们也不是任人宰割的羔羊，任人鞭打的奴隶。我们不愿意做奴隶，我们已经起来了，那么，我们这座新的长城是由有灵魂有斗志的血肉之躯筑成的。一场世界性的战争苦难，使我们屈辱的民族得以再造自己的形象。

听，那歌声，正在我们古老的被烧焦的土地，流着血的土地战栗地感知到疼痛的土地上响起，起来——

我进行世纪寻找，我寻找这伟大的歌的作者。我听到徐悲鸿之说田汉：垂死之病夫，偏有强烈之呼吸；消沉之民族里，方有田汉之呼声，其音猛烈雄壮，闻其声调，当知此人之必不死，此民族之必不亡！……我继续寻找，田汉自谦，称自己那个时期的作品为“粗沙大石”，为“喊叫的艺术”。我寻找这伟大的灵魂的源点，据有关回忆，它就写在一张烟盒纸上，而且仅仅完成一段，还让茶水濡湿了。至于写于何时何地，甚至是否写在这烟盒纸上，连作者后来也想不起来了。词如此，曲亦如此。完成于中国？日本？创作于 2 月？3 月？4 月？也是众说不一。一开始它只是一支电影的主题歌。我们甚至可以这样比喻它，它只是一朵蓝色的火花，但它适得其时，点燃了冲天大火，牵引了连天滚雷。

聂耳不仅是一个人，聂耳是一个时代。

只有巨擘才能写出时代的战歌，可是，抗日歌曲的创作速度令人惊奇。你可知道《黄河大合唱》创作花了多少时间？假如现在一个人抄写它的全部曲谱，也许需要一个星期，可冼星海创作《黄河大合唱》也仅仅花一个星期时间。而《救国军歌》只是一次演出前的急就章，据说只用六七分钟。《我们都是神枪手》，是一支部队要上前线，临行前夜，贺绿汀一个夜晚创作完成，第二天，部队就唱着这支歌出发了。那不是作曲家在作曲，那是一个时代一个民族在呐喊。一切仿佛天然而成，作者一如得到神示，作品全都一挥而就，旋即牵动千千万万人的心。不是作曲者的歌，而是大众的歌。大众才是歌的真正主人。麦新的《大刀进行曲》，作曲者是“大刀向——”，大众却唱“大刀——向”，显得更有气势，更有激情。于是作曲者只好以大众的唱法而作修改，仿佛一切都身不由己。而至今，我们仍然可以感觉到那个悲壮时代的旋律。

而那支神奇的歌，它的旋律是怎样从大地上煽起来的？我们眼前又闪出那些喊着“打倒××”的愤怒的人群。“××”，一个民族仿佛哑巴，××，框不住于是爆发了那歌声。

中华民族到了最危险的时候，

每个人被迫着发出最后的吼声。

聂耳是谁？一个二十三岁的热血青年，生命只有二十三岁，是太短太短。从事音乐创作只有三四年时间，这也太少太少。但创作了一系列优秀的作品，每首歌都引起反响。《开路先锋》《大路歌》《码头工人》《毕业歌》《铁蹄下的歌女》《卖报歌》，还有这紧扣民族心弦的《义勇军进行曲》。彗星般迅忽，彗星般闪亮。一个民族的歌声因他而面目一新，因他而有战斗的歌，因他歌唱也成了战斗。

周巍峙和孙慎，七十九岁，扣去六十年，那支民族的壮歌诞生的时候，他们才十九岁，他们都未能见到聂耳。而见过聂耳并成为聂耳的朋友的只有吕骥，他同时是《聂耳挽歌》的作者。所以我无论如何要叩开他的门，他已经八十六岁高龄，老弱多病，他的夫人拦截所有的采访。

报载：歌词写于1935年2月19日之前。2月19日田汉被捕。

报载：聂耳于1935年1月底，从夏衍手里拿到歌词，念了两遍，并对夏衍说：作曲交给我干，田先生一定会同意的。

报载：聂耳大约3月下旬开始写作此曲。

报载：经过两个多月酝酿，两夜写成，两个星期修改。

报载：聂耳把初稿唱给许幸之、吕骥、司徒慧敏和自己的母亲听。

报载：1935年4月底聂耳离开上海，4月底《义勇军进行曲》的定稿才从日本寄回来（收件有孙师毅、司徒慧敏）。

报载：1935年5月11日《中华日报》刊登了《义勇军进行曲》词谱。

报载：1935年5月24日《风云儿女》在上海首映。

……

……

吕骥老病却记忆清晰，那一年春节后他搬家，搬家前住在上海杨溆普附近的一个亭子里，而在那时，聂耳到他家，他就听聂耳唱这支歌，聂耳征求他的意见，他说很流畅很有气势……那时间在春节前后，甚至更早，此后吕骥就拿这支歌去教夜校学生，那唱法和后来的定稿没有什么变化。老头固执地回忆着，有一回，在路上见到聂耳和《风云儿女》的导演许幸之，聂耳亲口对他说，今天已经灌了录音。这位瘦小的八十六岁的老人在回忆，在轻轻地哼唱。

起来，起来，起来，我们万众一心，

冒着敌人的炮火，前进前进前进前进进！

今天，我读着一张张布满皱纹和老人斑的脸，我听《国歌》诞生年代的老人们用颤动的嘴唇重唱这支历时六十年的老歌，我却感觉到它的青春节奏，它是一支具有强大的生命力的歌。我们的民族唱着它从耻辱中带着浑身的血迹站了起来，成了战士并走向胜利。我们的民族中断歌唱它的时候，经历了一场民族浩劫。我们的民族重唱它的时候，我们新的前进的脚步声震惊了世界……

彩色的风

假如这个世界上没有风，不但巍峨的高山、矗立的大树连同那些柔嫩的绿叶也都岿然不动，那么这个世界将是凝固的、僵硬的、呆板的。假如这个世界上只有一种风，不管是粗犷的北风还是细腻的南风，那么这个世界将是倾斜的，并在绝对中呈现它的不安。假如这个世界上的风不带一丁点儿色彩，那么这个世界一定单调乏味疲倦。人们需要春风把大地吹得姹紫嫣红，也需要冬天的寒风把大地吹得黑白分明，需要夏的蓬勃，也需要秋的丰硕。市场经济，有了竞争自然地就有了南风北风。正是南北更替着的彩色的风，吹醒我的灵感，于是我便按到八千里国土的脉搏，感觉到正在形成一种南北挑战的阵势，而使这片古老沧桑的土地重新振作萌生一股强劲的生机。

阿纳托尔·法朗士说：假如我死后百年，还能在书林中挑选，你猜我将选什么……我既不选小说，也不选类似小说的史籍。朋友，我将毫不迟疑地只取一本时装杂志，看看我身后一个世纪的妇女服饰，它显示给我未来的人类文明，比一切哲学家、小说家、预言家和学者们告诉我的都多。

我原先学历史后改行画画又改行搞文学，这些跟服装都搭边儿，可我一转商店就脑瓜子疼。有时妻进商场，我就在大门口等着。现在阴差阳错，却不得不直面色彩缤纷、今非昔比而历经风风雨雨的服装世界。记得“文革”时流行军装，女孩子追求那种洗得淡淡的发白的旧军装，这个淡本身已经是对于潮流的一种反叛。“文革”后期，时兴棉袄外边套个褂子，那自然还是黑蓝灰，女孩子成心叫里边的棉袄比外边的褂子长那么一点点，露出那么一道红边儿。那是北京最初的含蓄的渴望。刚刚“放开”时，有一个女孩，穿一身白色连衣裙，丝绸的，两个袖子就是两片搭在肩头上的绸布（袖子不是筒状，这在当时是一个大胆的变革），她骑着车，白色飘逸流动。后边的车流，或加速或减缓，全跟在她后边，看那一头黑色的披肩发和那一身白色衣裙在前边飞。爱美之心，人皆有之。现在我仍然带着历史系毕业生的癖好，在各种着装的人群中寻找十几年前中山装干部装之类的老式服装，就像十几年前，我竭力想从黑蓝灰穿着的人群中寻找偶尔闪出的一件两件色彩鲜活的时装一样。西服、夹克、牛仔、运动衫、T袖衫、文化衫、小姐摆裙、八片裙、百褶裙、连衣裙、筒裤、裙裤、喇叭裤、健美裤、大衣、风衣。这几年除了绿地林带还有什么美化了北京？建筑，那是凝固不动的，显示京都的美丽。再有就是服装，那是彩色的风，描绘着京都的俏美。我突然想起中国人最爱说的一句话，历史的一页翻过去了。我们民族背着黑蓝灰服装的那个历史时期，那一页历史确确实实是太沉重了，但还是翻过去了。

整整一个历史时期，大街上一色的黑、蓝、灰，透过那些历史的喧嚣，我们到底看到了什么？我看到一种凝固，色彩的凝固，款式的凝固，一个民族的步伐在这种凝固中停滞了。假如说，轰轰烈烈的“文化大革命”其实是“革了文化的命”，那么，悄悄地浸润到960万平方公里的每一寸土地的服装变革大潮，它改变了中国人的形象，它更配称为一场革命。

今年随服装潮流应运而生的《中国服饰报》，上边有这样一段话：我们今天所感受的服装文化，无一不是先人孜孜以求，基至冒着受罚、受监禁的风险，从各种禁锢走出来，走向人类的本来面貌——自然。

穿衣戴帽，各有所好。其实穿着往往身不由己。1907 年，澳大利亚游泳女将安·凯勒曼在波士顿海滩因其泳装无袖而裙不及膝，所谓“暴露太多”而被捕。20 世纪 80 年代，三点式风靡全球。美国在夏威夷一个小岛比基尼研制世界上最早的核武器，竟以“比基尼”命名三点式泳装，可以想象这种服装对于无论西方、东方，它的冲击力有多大。而在中国，“文革”初期，山雨欲来风满楼，剪长发撕裙子砸三截头皮鞋竟然席卷京都。我们不但因超前而受罚，还有一段群体后退的历史，退到男女不分、老少不分、颜色不分、款式不分。服装的历史何等严峻。

我应该说是一个久居北京的南方人，于是我便有自己的视角，以一个北京人去看家乡，以一个南方人去看北京。我是福建晋江人。晋江原来是一个县，后一县变两市，先成立石狮市又成立晋江市。这些年，使家乡和北京构成一种关系是以服饰为纽带的。从北京看，家乡成了服装鞋帽之乡富起来了。从家乡看北京，一个东方服装之都正在这里崛起。

色彩凝固款式凝固成了我这次思考的出发点，我们曾被称为“衣冠王国”“丝绸之路的起点”，怎么会走向黑、蓝、灰，我们的路是怎么走出来的？中国人 20 世纪穿的是什么服装？

从古诗文里，我们还记住“霓裳羽衣”记住“千金裘”，而白居易写的“天上取样人间织”的缭绫写得真切：“缭绫何所似，不似罗绡与纨绮，应似天台山上月明前，四十五尺瀑布泉。中有文章又奇绝，地铺白烟花簇雪……织为云外秋雁行，染作江南春水色。广裁衫袖长制裙，金斗熨波刀剪纹。异彩奇文相隐映，转侧看花花不定。昭阳舞人恩正深，春花一对值千金……”到《红楼梦》中的凤姐的穿着：“那凤姐儿家常戴着紫貂昭君套，围着攒珠勒子，穿着粉红色花袄，青石刻丝灰鼠披风，大红洋绉银鼠皮裙，粉光脂艳……”从字里行间，可以看出，中国古代服饰已经有相当高的成就。

为了探寻现代中国服装的历程，我走访了从专家到普通售货员——少说有数十人，通过他们，我的目光才穿透百年的尘灰，看清一道滞涩的流变轨迹。

20世纪初，孙中山领导辛亥革命，需要一种革命装。中山装就是从日本的学生装改造过来的。而日本的学生装又是引进欧洲的服装。中华人民共和国成立后，我们把地主阶级打倒了，连同那个阶级穿过的服装也一块给消灭了。长衫、马褂，包括旗袍（满人称“旗人”。旗袍，旗人之袍）。引进苏联的列宁装、布拉基。但时间不长，中苏关系破裂。我们消灭了地主阶级的服装，却无意地保留了农民的服装。中式褂子、缅裆裤。中国人一开始是想搞“拿来主义”，各种原因拿得很不彻底。西服和衬衣是配套的，我们接受衬衣抵制西服。西方的没有完全吸收，中式的没有完全废除，于是产生一种消化不良的半生不熟的干部服。以前中国的服装是平面的，没有省道，西方的服装是立体的，我们向人家学习了。但主要的观念是传统的，服装，意在挡寒蔽体。到20世纪中期，西方的服装注意露美，中国人却还在遮丑。这美和丑是同一个东西。中国人长期以来一直不敢承认人体美，往往把人体美和淫秽混为一谈。中国的封建统治者是荒淫无度的，于是产生了一种性变态。西门庆利用弯腰捡筷子的机会去捏潘金莲的小脚，他们把那“粽子”小脚称作“三寸金莲”。农民起义领袖张献忠也一样，他觉得一个妾的小脚太美了，不让人分享美色，竟用剑把它砍了下来。西方的服装革命，追求的就是人体自然的曲线美。曲线者，胸臀也。中国人革命越过千山万水却在此景仰仰止，望而却步。所以，有句话说得相当准确：乳罩支撑着整个世纪的服装革命。妇女从家庭走向社会，乳罩从生理上帮助她们，使她们的行动更方便。而且乳罩从露美又走向强化女性的曲线美，所以，从它一出现就和20世纪的妇女形影不离。北京服装学院服装系副主任龙晋说，在讨论中，也有人提出，中国人为什么不发明合体的服装，是不是亚洲人体形不美？西方人眼凹鼻突有胸有臀曲线分明，东方人却平缓得多。这也算一家之言，录以备考。我们这个民族，应该说是很喜欢色彩的，但中华人民共和国成立后左冲右突，20 世纪 50 年代终没能把群众引向富裕，又遇上 20 世纪 60 年代的困难时期，所以便一直强调艰苦朴素。补丁成了我们服装上的革命“饰品”。革命而朴素，朴素而素成单调的黑蓝灰。服装伴随着政治经济，同时被固住了。这就是我们回头看得清清楚楚的“文革”及“文革”前的服装史。

我个人的经验也大同小异。我 1977 年交朋友，关系定下来后，我们得准备结婚物品。我把自己积攒的钱都拿出来，头一次给她 800 元，直到第二年省吃俭用的合共才给她 2000 元。有一回她和女朋友到前门去，她一下花了 100 多元为我买衣服，我很有些惶惑，觉得她手太大。现在回想起来，我们的服装走到那种地步，关键还是穷。观念束缚当然也重要，那时知识分子称为“臭老九”，自然更是灰不溜秋的。当光棍时，买了一块白的确良布头，做了一件衬衣，自己还怕有奢侈之嫌。再往前推，上大学时我姐从福建给我寄来一包花生，那包是一块粗土布缝的，姐在信中又说，她量过了，包拆了让我做一条短裤，尺寸够。多少年过去了，再想，心里还是酸的。哪曾想过服装颜色款式，挡寒蔽体而已。

那时我就觉得穿什么都一样。我还见过一种人，就穿别人穿旧了的衣服。谁都不讲究穿，日头照样东边出西边落，月亮圆了缺，缺了圆。有一回在汽车上遇到一个女孩子，很漂亮的女孩，十七八岁。怎么漂亮我不好形容，她姐是让人毁了容的，你就可以琢磨她有多漂亮。因为认识，我和她说话时就可以看她的脸。那时衣服几乎男女不分，漂亮主要看脸蛋子。那天她穿一件衬衣，白底蓝花，大花，布料很软，可能是丝绸的。我们坐的车是公共汽车，夏天，车玻璃放得低低的。车开起来，风便把衣服吹得猎猎作响。风用轻弱的衣服漫裹她柔软的腰肢，塑出她的两座高高的乳峰。那白底蓝花的绸布衣服就像海水一样，在那峰谷底下来回冲撞，整个陶醉于其中。那时我还没有女朋友，把我看愣了。上帝送给女孩子这么一条曲线，真是太美了。从那以后，我就想，应该有好的服装，为了这天底下的女孩子。亚当和夏娃为什么会偷吃禁果？任何禁锢都是暂时的，自然美的冲击力是永恒的。也许早点儿，也许晚点儿。所谓时装主要是指女装。看来所有的服装设计师在他们青春萌动期，上帝都把女孩子的曲线用这种若隐若现的方式抖动给他们看过。20 世纪的服装革命，就是对这条曲线的承认和赞美。而若隐若现正构成全部现代女装的魅力。

我们的黑蓝灰的凝固点是怎样被冲开的？一开始，北京并没有领导服装革命的新潮流，而是受到南方的 3 次冲击，先是来自广东的冲击，继而是福建晋江石狮的冲击，然后是浙江温州的冲击。

20 世纪 80 年代，还被黑蓝灰服装包裹着的北京人，敏感地发现来自南方的冲击，一个是面料好，一个是款式新颖。北京人纷纷到南方买衣服，并分别在广州、石狮建立长期的办事处。通过火车，一般都是随身带。那一段时间，北京站接站的特别多，都是接从南方带来的大包小包的服装。接着是通过邮局，量越来越大。接着南方人就在北京包柜台。百货大楼。西单商场。隆福大厦。满街都是南方服装。

百货大楼总经理郑万河说，最早是广东领导服装潮流（中低档产品），接着是福建石狮（中低档）的冲击。石狮至今有一席之地。它的特点是花色多，以新鲜活泼取胜，但不讲究品牌。这是第一个浪潮。接着浙江、上海起来了。20 世纪 80 年代末到 20 世纪 90 年代初，第二个浪潮。以温州为主，他们直接在北京建立浙江村，以新鲜短平快，在北京形成很大的市场面。从 20 世纪 80 年代到 90 年代初，形成了沿海地区对北京的冲击，特点是快速反应，但质量还不是上乘。

1985 年、1986 年，我带着孩子回到久别的故乡，看到石狮不过万人的小镇，每天客流量却达 3 万人次。而晋江突然冒出几千家服装企业。我外甥女曾是干粗活粗笨了的手指头居然魔术师一般为我的两个孩子做出款式新鲜别致的合身的夹克衫，叫我有刮目相看的感觉。

我是深知我的家乡的。早些年回家，再沉，我也得从北京买了糖果烟酒带回来。他们会说，哇！北京糖。如果不是北京糖，必含不出甜来。当时，乡里人就崇拜北京。他们还会问，带回京墨没有？听说脸上身上长疥子，拿京墨画一圈就会不再长。沾个“京”字，便是好生了得。原来土气糠腔，转眼“洋”起来了，那地区的产品被称为“国产洋货”。

人们容易产生一个概念，农村又一次包围了城市。列宁说过，城市培养人的智慧，这无疑是一个真理。记得有一位南方作家说过，多少年来，我们已经把上海改造成一个大农村。中国城市的农村化是“文革”的一大悲剧后果。而开放后，广东、福建首先接受的是香港的信息（包括海外的面料及生产流水线）。香港吸收全世界的信息，而有一种服装款式出现在香港的大街上，一个星期以后，它就会出现在广东，出现在福建晋江石狮的街面上。广东、石狮的冲击波，它们借助的是世界城市的信息。站在巨人的肩上，我们无法回避这样的现实：城市战胜乡村。

报载：白沟风景不再。白沟为京津保定三市交界，前几年形成一个小商品市场，曾被称为“小石狮”，最近突然萧条，原因种种，众说纷纭。就我的看法，广东、福建之所以永葆青春，一为南方国门，一是侨乡。有资金优势，更重要的是信息优势。这是个信息的时代。

应该说，是在南方的冲击之下，北京的城市智慧开始它的回归、省悟。城市的腾飞才是一个民族真正的腾飞，城市才真正代表着工业时代和信息时代。

赛特的副总经理胡镇江说话很风趣，他说，乡镇企业，有的人日进万金，但他还是一个暴发户，北京只能说是家道中落，但它毕竟是豪门子弟。

北京一旦拉开它的架势，那么任何地区都不能对它等闲视之。北京财力雄厚，王府井的地皮，每平方米4万，叫不管什么地方的富商都要瞠目结舌。北京人才济济，藏龙卧虎。如果说，广福最接近信息来源，那么，北京它本身就是世界信息的目标。北京的服装业完全有实力接受全国的挑战。当然北京还没有占优势，北京的服装产品在北京市场还仅占10%。近年，欧洲服装市场出现低落，德国依格多和意大利E·M·I联手倡议，组织120家欧洲著名时装企业向亚洲和中国进军，即所谓“选择亚洲”，它们的第一个目标就是北京。北京又将如何面对呢？

北京正在崛起，它的目标是“东方服装之都”吗？以北京特有的优势造就北京服装事业的智士仁人。一批名厂名设计师名牌名镇名店列誉京都。皮尔·卡丹说20世纪90年代的时装在中国，在北京。费雷说，中国将在下一个百年独领风骚。高尔泰说，北京的服装影响着全国。

北京1000多万人口，也就是说，每100个中国人，就有1个是北京人。北京的流动人口以百万计，一批批轮换，估计年流动人口可达1个亿。王府井的日人流量为30万，那么年人口流动量1亿以上。每一个到北京的人还不仅仅为自己购物，那么我可以说，至少有1个亿以上的顾客他们是北京服饰市场的消费者。也就是说，每十个中国人，就有一个人穿从北京购买的服装，这给北京的服装事业提供了英雄用武之地。

《中国服饰报》主编聂昌硕撰写的《一部生动的历史：共和国服饰流变》中说：随着改革开放，中国时装开创了新纪元。西风渐渐吹拂中国，中国时装开始与世界服装界接轨。变幻莫测的流行潮流使国人应接不暇。

服装方面的频繁的赛事以新闻媒介热情的传播在这一潮流中推波助澜。其中影响最大的有两次：一是1985年的中国第二届服装文化（电视）大奖赛……敢想，敢设计，设计师们制作了一批奇装异服，模特在“T”字台上表演，中央电视台实况转播。刚刚脱下蓝布褂的老百姓为此所受的冲击可想而知。那时最关心时装动向的年轻人……这种惊喜立刻有些夸张地张扬，于是1986年街头立即流行红裙子，继而又流行黄裙子，很快又变得五颜六色、万紫千红，一片繁荣景象。

年轻人的恣肆汪洋大大刺激了青春已逝、爱美之心不老的中老年人。于是，1988年北京电视台举办了中老年人模特大赛。这次震动更大，人们对美的渴望……升腾起来。青年人第一次发现，父母是那么美丽那么年轻。这两次冲击荡涤了国人思想中的禁锢。

人们当然不会忘记北京举办了两个服装节，一个是1989年首届服装节，一个是1992年北京服装节。今年，北京引人注目的赛事又有首届蒙妮莎职业女装设计邀请赛和首届乐腾达男装大赛，在推出一批新星的同时，使自己的品牌产生广告冲击。听说，蒙妮莎职业女装设计邀请赛将延续10年，直至2003年，由蒙妮莎实业有限公司投资支持中国服装研究中心主办。

在北京服装大潮中，随着一场场比赛服装模特儿前无古人地闯入北京人的生活。不知为什么，一提起服装模特，我就想起卜提切利的《维纳斯诞生》。她们作为服装女神把春天的信息带给北京。20世纪80年代，最先把中国姑娘从北京饭店蹒跚学步而引向“T”字舞台的宋怀桂女士（法）说过，一个好的模特，在天桥上走一个来回，那种美的感召力胜过一车美丽的语言。第一届中国时装模特大赛夺取冠军的是北京的叶继红。第一个在世界模特儿大赛摘取桂冠的又是北京的彭俐。第二届中国时装模特大赛的金杯被深圳的陈娟红拿走了，但亚军仍然是北京的瞿颖。瞿颖原是湖南话剧团演员，身高一米七五，找不到和她配戏的男演员。20世纪90年代初她进入北京，找到施展才能的环境，终于脱颖而出。

随着服装大潮，北京很多大专院校都设有服装系。纺工学院、轻工学院、师范学院、联大、北京服装学院、中央工艺美术学院。他们几乎是天然地云集京都。加上北京有连续不断的全国性比赛，让她们展示风采，也有了网络人才的特别的机会。时间的关系，我没能一一地去接触那些服装设计师，但我从有关材料中发现这些院校为社会输送了大量的服装人才，这是别的地方不可企及的。1980 年全国连衣裙设计大赛一等奖获得者贺阳，1983 年获中日联合举办的首届中国时装文化奖的李艳萍，1985 年获中日联合举办的中日时装文化奖第一名的刘平，及银梦制衣有限公司设计中心主任、设计师王佩骏等，都是中央工艺美院的毕业生。写服装，妻自然地成了我的顾问，甚至陪我跑了好几个点。谈到服装设计师，突然问我，这几年各种服装大奖赛，获奖的设计师们都是一些什么样的人，你知道吗？我一时语塞。她说，是一帮小孩，一帮十五六岁、十七八岁的小小子、小姑娘。当他们的老师领他们上台领奖时，有的还吐吐舌头。北京服装学院服装系副主任龙晋说，这些获奖者有一个弱点，他们的作品很难被社会接受。《中国服饰报》总编聂昌硕显然持另一种观点。他说，艺术设计的作用不可低估，是推动时装发展的原动力，相信他们能保持原动力并在实践中结出果实。

在龙晋的办公室里，我无意中看到一份学生的设计材料，叫《金沙土系列》：

阳光穿透大森林，在肥沃的土地上留下斑斑驳驳的金光，这是启发我设计的灵感。

在设计中，我选择了大量毛、棉、麻等自然、纤维织物，经过漂染、压绉等后处理手段，形成一种自然做旧的效果。

剪裁剪接，通过镂空、长短等效果来丰富设计，选用墨绿、土红、深赭色，力求达到古朴自然。

在过去了的黑蓝灰的那个时代，纵看是中山装，横看也是中山装。千人一面，万部一腔。跟那年头的居民六层住宅楼似的，一色儿摆过去，没再差样的。现在变了，把服装当成一个作品，服装设计师利用捕捉的灵感而进行创作。如果说，服装开创了新纪元，那么这才是一个名副其实的标志。它使服装从丧失个性化到被异国的服装个性化惊醒而千方百计地模仿到走向自觉的个性化的时代。一个服装时代的终结和另一个服装时代的起点，“衣冠王国”开始了它的新时代。所以1994年中国国际服装博览会就叫世界服装巨头刮目相看。皮尔·卡丹说，顶多再过10年，中国服装会不得了，未来服装界最杰出的设计师可能出在中国。

这个时代无疑给各个服装厂带来一种不安全感，由于南方服装的冲击，由于北京市民生活水平的提高，对于服装产生新的追求，由于北京各种合资厂的出现，造成北京很多中小国营集体服装厂的倒闭。北京有一个“瑞丰”，这是一个100多人的服装厂。1986年、1987年该厂生产的化纤女夹克曾经火了一阵，一个月的销售额达54万件。现在因产品过时而破产。优胜劣汰，任何厂子都不能停顿下来。老话说不能吃老本，这自然给很多职工带来各种威胁，但它也正显示着北京告别昨天的步伐。

北京的老厂正在脱胎换骨。北京服装一厂的枫叶牌西裤被一家鳄鱼专卖店拿去换了商标出售，枫叶牌西裤在燕莎每条售价270元，换鳄鱼商标后在百盛出售560元。这在北京酿成一场风波。我们躲开风波的是是非非看枫叶牌西裤，质量是好的。赛特也出售枫叶牌西裤，据我所知，赛特对于让谁在赛特设立专柜是相当计较的，说明枫叶是经得起挑剔的。但反过来看，鳄鱼名声赫赫，枫叶在此之前显然还鲜为人知，品牌意识差，这是老厂的一个通病。北京衬衫厂是现在北京较火的一家服装厂，是创汇大户之一，每年1300万到1500万美元。它为很多外国名牌加工产品，说明它的实力是相当雄厚的。它的男女衬衫曾获奖双金、双银。新产品坦博也被评为中华精品。现在正和日本谈判合作准备生产免烫衬衣，打响品牌，让他们的努力产生成效。

改革开放后，中国人纷纷用各种方式学习西方的服装，于是就有一个叫白薇的去纽约认认真真地进修服装专业，就有一个被白薇带回北京的爱得康，而后又有一个不是爱得康的白薇。他们以自己的业绩显示着中国服装业在这十数年中的一段一段历程。

我曾分别请教百货大楼总经理郑万和和《中国服饰报》总编聂昌硕，现在北京市场上有哪几样国产服装品牌受欢迎？他们说主要是合资产品。关于女装，郑万和提了 3 种：蒙妮莎（北京）、天马（北京）、万乐家（广州）。聂昌硕也提了 3 种，也是：蒙妮莎、天马、万乐家。所见略同。聂昌硕说蒙妮莎既适应消费者又提高消费者，最好地把中国的传统审美和西方结合起来。关于男装，郑万和提了：津达（天津）、杉杉（浙江）、士倚（内蒙古）。而北京的顺美雷蒙还排在它们后边。聂昌硕说时装主要是指女装，所以没提男装。

北京的雪莲牌羊绒衫现在是公认的名牌。北京雪莲羊绒衫有限公司副总设计师杜和被授予北京纺织工业总公司十佳设计师的美誉。他设计的雪莲牌羊绒衫赠给日本的前首相中曾根康弘、竹下登等。

北京的名厂名牌正在形成自己的阵容，也可以说方兴未艾。

令人注目的是北京的服装店。

北京的大商店大商场也是大服装店。老的像百货大楼、东安市场、西单商场、隆福大厦等。它们不仅是北京的店，而且是全国的店。还有前门的大栅栏、花市、友谊、国华，等等。后来又有长安商场、城乡贸易大厦、西单购物中心、蓝岛，再后来又有贵友、燕莎、赛特、百盛，国贸等等。

最近全国评出百家商店（以营业额计算），北京占了 11 家。百货大楼今年的营业额可达 16 个亿。

郑万和说，我们早就意识服装是一个大市场。最先推出服装节的就是我们百货大楼。服装和家用电器不一样，家用电器会走向饱和，更新换代比较慢。服装多少不受限制，原先服装分季节装，现在，每样都可以有若干套。应该说，服装是一种最活跃的商品。我们过去，服装占20%，现在占50%。郑万和说，现在国内服装店为最多，竞争相当厉害。王府井各种食品店变成服装店，快成服装一条街了。服装多样化需要逐步增加，包括数量质量花色等等，这是一个市场成熟的标志。

这位总经理胸怀大局，给我们分析了北京服装市场的变化趋势。

1.时装化趋势。现在每年时装大幅度上升。女式服装是最大的市场。女人爱美。男人也愿意把她们打扮得更美。有的服装就一二款。有专门为某个人设计的服装。

2.趋向高档化。开始质量要求。70 毛 30 涤的比较挺，纯毛纯丝的比较软比较舒服。物美价廉的时代已经过去了。现在服装畅销不畅销看以下 4 点：花色、款式（感官选择）、做工，价格。顾客已经不把价格放在头一位了。

3.追求品牌。市场就是由此而进入成熟。20 世纪 80 年代末，逐渐形成起来，厂家也越来越重视品牌。假冒就是追名牌的一种结果，因为名牌产生它的附加值。很多名牌的关键在领子袖口一点点的变化上。

4.多样化趋势。从厂家看，服装都生产系列产品。金利来是最早打进来的也是很成功的一个品牌（金利来原为东南亚一带打工仔的服装）。它的系列产品由领带到衬衣到皮带皮鞋。

过去，我们都是一种比较笼统的提法，为人民服务。到 20 世纪 90 年代，商业界便认识到谁也不能包打天下，服务对象需要重新定位。百货大楼，面对工薪阶层。中档为主，高档为辅。低档保必需。

笔者在《天下第一街》中把百货大楼称为“社会主义商业的长子”，它是北京第一家国营商店。经过变革之后，凭着它多年来的商誉，在北京仍然是当之无愧的龙头商店。

到 20 世纪 90 年代，人的思想活跃起来了，可不可以走另一条路？

饭店比商场早了10年，在一种观念禁锢下的中国人终于知道可以分成各种等级，很快就有了三星四星五星。凡是星级饭店便有了各自的造型。于是前卫建筑就诞生了。

20世纪90年代，商场开始萌生超越百货大楼、东安市场、西单商场、隆福大厦的念头。几乎是伴随着长安商场、城乡贸易中心、蓝岛大厦同时，另一种商场以人们陌生的姿态出现了。

第一个吃螃蟹的是贵友。它出现在东长安街上。一个为白领阶层服务的商场亮相了。柜台上的名牌商品达到50%。皮尔卡丹系列、金利来领带、台湾蜜雪儿时装、欧伯来系列化妆品、特丽雅女鞋、帝豪手表、松下电器等。“高档商品为引导，中档偏高为主体”，“卖世界名牌，售华夏精品”。

在人们接受贵友这个混血婴儿时，燕莎、赛特、百盛、国贸全都粉墨登场。

你怎么知道赛特的？鲍简、贺蔷两位公关部女士这样问我。我说，赛特建筑的外观，一幢未曾有过的楼房在北京最洋气的一段长安街上出现了。后来我就知道，赛特是北京的一把刀。赛特副总经理胡镇江说，1993年，新闻界有一场轩然大波，认为赛特是超前消费，是北京的第一刀。社会分配不公，大款们的不正常消费极大地毒化了社会风气。其实，胡耀邦早就说过，老百姓口袋里有几个钱，用不着你们教育他们怎么花。赛特选定的消费层，就是那些最先进入小康的人。我们坚信党的政策会使这一部分人越来越扩大。这项政策是有生命力的。有一家报纸说，赛特只为10万人服务。我说，也许你的说法是对的，但它只能坚持两个月，两个月后它就有可能发展成11万。这种发展变化是看得见的。去年，赛特的消费对象以中年人为主，今年就慢慢转移为以青年人为主。钱是变化无穷的。文化、感情、亲情都会从商品中显示出来。去年的母亲节（5月的第二个星期天），我们进口美国萨麻亚围裙，一套800元，马上一抢而光。父亲节（6月的第三个星期天），我们又从日本进口烟斗，空运生鱼片，盒装3片生鱼肉100元，也是一抢而光。时间刚刚过去一年，又有高级的商场开始动工，新东安市场（新鸿基）要建亚洲乃至世界的一流中心。40年来，中国商业管理已经走进死胡同，而中国又处在一个温饱型向消费型转化的历史阶段。这是我们的背景。我们找了一个日本伙伴（八佰伴）合作。一开始进口商品占80%，现在也可达60%。赛特的名牌服装：衣都锦、费姆派娜、沙驰、迪仙娜、雪莲、稻草人、金利来、花花公子、凡尔赛、绅士、观其洋服、北京奇妮、华歌尔、世界几大名牌POLO（西服、休闲服）、卡地亚、欧洲LEEC OPER（西部牛仔），名牌产生价值。斯特法内，用同样的牛仔裤（价格200多元），挂上斯特法内的牌子，就500元、600元。国外名牌有一个特点，它们把人体各部位都琢磨透了，怎么穿也不变形。赛特的方向是：展示世界名优精品，传播现代精神文化。

北京的商场如同一条条大江大河，源源不断地把各种服装汇入北京的汪洋大海。

人靠衣裳马靠鞍。北京人开始爱美也开始懂得什么是美。原先说五八月乱穿衣，现在北京已经从黑蓝灰挣脱出来走向“东方服装之都”，这也是一个过渡过程，也是一个乱穿衣的阶段。俄国的服装是一种高雅的灰调子，像一片忧伤的白桦林。美国的服装鲜亮活泼跳跃，阳光的色彩，金属的色彩。中国的服装至今还没形成自己的色调，也就是说有些人有衣服穿但不知道怎么穿衣服。作家刘连枢有一回在大街上，见一女子穿一条弹力牛仔，因是罗圈腿，又恰好落日夹在她的两腿中间，两条腿幻化成一个括弧。我也常常在街上见到一些笨女人，不懂衣着和体形的关系，常常让人有一种蛇吞了蛤蟆的感觉。服装露人体之美。也有的服装是调整加强女性的曲线美。女性若产生误会，东施效颦，效果自然不妙。我认识一些搞美术搞服装的女孩子，女娲给她们心灵吹进灵气，做工却稍显粗劣，忘了做女人的该凹的凹、该凸的凸的曲线美，她们用服装对女娲的作品进行修正，总是穿得大方得体。紧透露引起反感，那是一个分寸的问题。巧衣服最易露笨，而笨衣服却有藏巧的意韵。北京是一个民族的象征，北京的穿着影响着全国，也塑造一个形象，在世界面前，告诉他们，这就是中国人。由穿着不分性别的服装、扁平呆板枯燥的中国女性，变成有胸有臀，既有柔软的腰肢也有修长的腿，有淡淡的口红，有馥郁的香水味儿，中国的女性几乎从一个世纪进入另一个世纪，变得女人味儿十足。服装的前卫队伍永远以女性为先导。

中国人的服装进行了一场革命，它的成果是什么？为什么港台明星周润发要穿一身长衫马褂到国际上领奖？北京，要成为“东方服装之都”，它的真正标志是什么？记得闻一多那一句诗吗？爆一声，咱们的中国！

10 年服装变革的成果就是两个字：西化。我们吸收欧美工业革命的成果。工业科学技术也西化。建筑，钢筋水泥结构当然也是西化。“拿来主义”，总不能数典忘祖，所以美术馆、王府饭店、台湾饭店加了琉璃瓦大屋顶，还都十足的中国特色。北京人现在已经是“洋装虽然穿在身，我心还是中国心”。北京如果服装全盘西化，那它成为的应是“西方服装之都”而不是“东方服装之都”。

服装界自然不乏有识之士，正以其见识之光照耀中国，北京服装有前程。

旗袍的再现就是一个成果。向西方学习，由平面加省道而立体化，胸高了腰细了。加上大开气，前后袍片飘飘闪闪，叫两条长腿时隐时现，既性感神秘又不放浪邪俗，既有吸收又有传统，是一合璧的成果。可惜，几乎成了礼仪小姐的专用。现在没大家闺秀小家碧玉，旗袍其实还有没找到真正的着装者。

服装设计师王化，在 1994 年国际服装博览会上，见一位高级女工程师为自己在国外的女儿买极其国粹的古典女时装，于是领悟了真正中国的名牌感觉：他看到工程师的儿媳把一件火红的唐式上衣穿在身上，帽里、扣绊与边缝，都有无法解读的文字，极引人注目。也仿佛看到她女儿，将一套红、白、黑相间的天书潇洒地披在身上，领袖上镶着古老的东方文字，既有高贵古典的浪漫情怀，又充满了东方的神秘色彩。（王化《穿出你的感觉》）

《中国服饰报》总编聂昌硕说，西方，灰颜色已经发展成为无限。东方不一样，东方没有灰颜色。中国画是黑白的。中国青绿山水、敦煌壁画，两个特点，一个艳，一个花。有时很不协调的颜色用金线一勾也很舒服。现在我们向西方学习，以灰调子为高雅。但西方也向东方学习，西方很多现代派画家，像马蒂斯都喜欢东方色彩，直接用原色。聂总编的话不也发人深思吗？

人们越来越清醒地看到，中国服装怎样走向世界，所以 1994 年美尔雅时装队赴巴黎展演的是“中国风系列”。“世界时装之都”巴黎市长希拉克称其充满“迷人而独特的东方风韵”。

这十几年来，先是南方吹壮北风，后又北风吹活全国，吹动古老的土地，吹出四季分明。西风信息，东风本源。不管南风北风，是彩色的风，是生命的风，是中国风。

概念错位

我是谁？

这是二十年前中国知识分子提出的问题，“文革”时因极“左”思潮，他们失去合理的位置。但“我是谁”现在可能是千千万万被称为“农民”的人提出的问题。

晋江的农民，20世纪50年代几乎清一色的住在带着屋脊带燕尾翘角留着天井的老式的称作“厝”的平房里，现在大部分住进新建的楼房。其中一部分已经住上别墅，面积对城里人来说显得相当奢侈，装修花钱也让城里人瞠目，只是由于文化的原因有些家的装修还显得“村”（土气或者俗气），还有他们失去比例地把相当部分的钱都花在盖房上。大部分家庭都把原来的锄头畚箕扁担还有水车留在旧房子里，这些东西已经没法进入他们的新家。20世纪50年代几乎全部光脚，走远道时穿草鞋，洗完脚穿木屐，六七十年代部分人穿上拖鞋，现在大部分人都有皮鞋穿。一个人都有几双鞋，尤其是年轻人。20世纪50年代走路、挑担、推车，现在坐车、开车。那些被称为乡镇企业家的甚至有奔驰、凌志、奥迪。20世纪50年代穿汉装，六七十年代穿中山装、青年装，现在穿西服，穿夹克，穿休闲装。20世纪50年代都是用一只手托两只碗，一般是大碗盛番薯（过年过节才吃米饭），小碗盛自己腌的酱瓜豆豉（鱼和肉是不常有的，他们靠海但不能吃海，赶海那时也叫搞资本主义），他们都端着碗从家里走出来，到一个热闹的场地或某一个墙脚，蹲在一块吃饭。现在在家里要围着桌子吃饭了，总有几个菜，有时也喝点酒，而且男人们还有女孩们经常上饭店。

一种习惯，人们说农民的生活水平提高了。但这句话其实是说错了，有一批农民已经不是农民。

中国过去说百分之八十是农民，现在说八亿农民，农民这个概念使我们产生一种思维定式。

什么是农民？如果按原来阶级斗争的理论，地主阶级的对立面就是农民阶级。矛盾双方失去一方，另一方也就不存在。当然，我们在打倒地主的时候，仍然保留农民的生活状态。

费孝通发现中国变化迟缓，就在于我们一直是用血缘关系把人固定在土地上，这就是乡土中国的痼疾。

后来我们认识上产生突破，搞市场经济。在市场经济中，人口流动是它的一大特点。

据我在晋江一带的调查，改革开放二十年来，由于乡镇企业的蓬勃发展，在这块土地上从事农业劳动的人口不到百分之二十，而且有一部分已经是在成片承包的土地上劳动，雇佣的是外地打工仔，其实也可以称为农业工人，包括养猪场、养鸡场、蔬菜果林场等等。本地人在农村办企业和出去打工的人数占百分之八十以上，对这些人我们还习惯称他们为农民。

由于我们是按户口所在地来计算人口的，这也出现一个误差，晋江就是一百万人口，在改革开放期间，把几十万到晋江打工的人计算在外，包括一批外地精英。我们总是说，一百万晋江人在改革开放二十年里改变了晋江的面貌。我想如果在别的国家，应该说一百五十万人（假设外地人为五十万）在二十年里改变了晋江的面貌。

拿了美国绿卡的中国人也成为美国人，在晋江打工二十年的打工仔仍然不是晋江人。

一个农民，如果他到香港当老板，只要一天时间就没人叫他农民。可如果在本土，当了二十年的乡镇企业家，在观念上仍然归为农民。一个人就是在外边打工二十年，由于被户口制度束缚着，他还属于他生身的村子，他还是农民。

司机开车。

裁缝做衣服。

厨师做饭。

科学家搞实验。

建筑设计师设计楼房。

由于概念不准确，我们就会出现生活的不对位。

农民开车。

农民做服装。

农民开饭店。

农民设计楼房。

农民造酒。

这时问题就出来了，假货出现了，伪劣产品出现了，冒牌产品出现了。

由于农民概念的不准确，他们就在自己的耕地上办厂，在自己的村子里办厂，他们延续了当农民的习惯，以一种旧瓶装新酒的方式来安排自己的新生活。

最近几年，农村发生翻天覆地的变化。让人耳目一新的是那些一家一幢的小楼，有的甚至是六层、七层的大楼，而且外装修都非常漂亮，它几乎可以成为南方农村的新的风景线，但美中不足，它们都被各种工业垃圾包围着，甚至可以说它们都极为奢侈同时又极为尴尬地排列着。既然承认他们是农民，他们就不遵照城市的规矩，而是按乡村进行无规划地盖房，往往要把房子盖在过去属于自己的土地上，于是东歪西斜三尖六角，甚至把路都给堵死。而且是盖了新房，还不拆旧房，按封建意识认定祖屋是风水是不能拆的，现在有的村子有上千亩的土地让残破的空房子跟杂草统治着，往往有几十个老人守着几百幢旧房和几厅桌祖宗的木主。

概念的不准确，他们变得非常实用，像寓言中蝙蝠的笑话，一会儿说自己是鸟，一会儿说自己是兽。盖房的时候全讲农民的规矩，但叫农民又不在地里干活，让成片成片的土地荒草连天。他们已经不吃自己土地上生产的粮食，不吃自己土地上生产的蔬菜，肉蛋鸡鸭鱼虾也都到菜市场里边去买。他们对土地失去感情，怎么糟蹋也不心疼。

他们改变了原来的生活方式，办厂经商，跟外界交流多了，见的世面也广了，这些被我们称为农民的人已经在一定程度上脱胎换骨，他们有了民主要求，现在村干部让他们实行民主选举，有着某种现实意义。但问题又出来了，他们其实只是脱胎而没有换骨，他们还是一些用血缘关系固定在村子里的人群，民主选举同时也带来一种负面，宗族势力重新抬头，不能真正做到把优秀人才选上领导岗位。

有的村子做皮子，这几年富起来了，到处都是皮子，不但造了一条黑河，流经临村，流入镇区，流入大海，而且皮子上的废水一层一层地渗入地底，极端残酷地渗向他们自己食用的井水里边去。我曾说过，1958 年消灭麻雀，麻雀死不了，后来化肥呀、农药呀一用，麻雀就陷入灭顶之灾。现在搞计生，村子的农民钻各种空子，还挺能生，可这些井水都被污染，麻雀的命运可以说是一个非常严肃的警告。自己把自己消灭了，绝对不是一句玩笑的话。

我们已经有过很多残酷的教训，宿舍厂房仓库三合一的房子，也是在这种背景下的产物。虽然是三令五申，历史的原因，现在这类房子也还没有完全废除。不知有多少人就死在这样三合一的房子里，由于是化学原料，一旦火灾，其结局都是叫人目不忍睹。工业化程度高的国家，工业区和居住区是完全分开的，在工业区下班以后人员几乎全部撤离，只留下值班人员和保卫人员。

我想，在那些基本上没人种地的农村，尤其是已经被城镇吞下去的包围住的农村，或者和城镇的街道已经连起来的农村，要给他们城市意识的引导，不要随便批土地，现在就应该开始规划，甚至不一定一个村一个村地规划，可以一个片区一个片区地规划，首先把生活区和工业区分开，让他们懂得保护自己的环境，甚至让不同村的人容纳在一个生活区里面，让他们摆脱血缘宗亲的束缚。

大概因为称为乡镇企业，一般中小型企业都办在自己村子里，这种生活区和工业区的混杂是二十年前乡镇企业摸索阶段给我们留下的尴尬，某种程度上也是当时概念不准确产生的后遗症。随着企业的规模化，环境已经不适应，像现在晋江的五里埔工业园区，让一些成规模的厂子集中在一起，这是我们为了改变那种尴尬所做的努力。如果我们的概念准确一些，我们将会更自觉地创造我们的新生活。所谓自觉其实就是清醒地走向城市化，概念准确我们才有章可循。

在新的城市里，是不容忍乡村独立存在的，在现代化国家，在先进的国家，是没有农民的，只有农业工人，而且他们在远离城市的地方并不生活在我们这样意义的农村里边，他们的生活方式也是城市化的。

市民代替农民，城市代替乡村，这就是我们明天的图景。

市　标

改革开放这些年，在20多公里的地面上，拔地而起有了3个名满神州的市，一个地级市两个县级市。江南的晋江人喜欢说，一县变三市。20世纪50年代初，晋江的县城在泉州，后以江为界，江北划为泉州市，那时还是县级市。专区还叫“晋江专区”。晋江的县城搬到江南的五店市，因在青梅山的阳面，故起名“青阳”。改革开放后，泉州升为地级市。接着又从晋江划出一块成立石狮市，又接着成立晋江市。江北的泉州人不爱听，我们本来同时就是地区所在地，是你们从我们这里搬了出去。1000多年前，我们就是泉州府，怎么是你们变出来的？晋江人还有话说，是先有晋江还是先有泉州？你们编《泉州市志》干吗还要来抄我们的《晋江县志》？泉州有《泉州府志》又编《泉州市志》，晋江有《晋江县志》更要编《晋江市志》。这里人万分地喜欢这个“市”字，要是由于习惯了不小心把它印成写成“县”字，那就非立即改过来不可。而且，按一种时尚，一一都建了市标。分别是“东方醒狮”的石狮市标，用3个J象征300万海内海外同胞的晋江市标，“飞天迎宾”的泉州市标。

上边只是官方解释，民间却演化出一系列的故事来，而且还都说得有鼻子有眼。这达人信风水。一开始说是那石狮子样子太凶，对面村子里一下死了3个人。“狮子”吃人，村子里的人急了，在一个月黑风高的夜晚，几个人潜近市标，把石狮子的蛋砸下来。当然，很快又补上了。乡里人说，补也没用，气不通了。但这也还不行，听说村子里，女人晚上都不安宁，有人“花疯”，也有人出去做婊。那雄狮太厉害啦。晋江当然不会视而不见，市标的意思是“弄狮钓鲤鱼”。狮是石狮，鲤是泉州。闽南话，“弄”就是舞。要球舞狮，以球诱狮，谜其本性，失却凶悍。夹在泉州、石狮中间的晋江一边对付石狮一边对付泉州。泉州也叫“鲤城”，晋江人想，石狮市标是只石狮子，鲤城就应该雕一只鲤鱼。晋江市标上边的几个球是对付狮子的，下边的钩是对付鲤鱼的。石狮子张牙舞牙，晋江又是要又是钓的，两个市标都咄咄逼人。泉州本来对鲤城的叫法心里就有点儿不踏实，古时就造东西塔，意为刺破渔网。现在他们一看就火了，你们都是县级市，我们可是地级市，我们的卵鸟（阳具）比你们的头壳还大。由是，泉州的市标是一根花岗岩石柱，上边有 8 个金色的飞天。晋江、石狮的话自然也好听不了，说是雇 8 个片子看着那一根。又说是 8 只金蝇在噌（舐）卵鸟。改革开放了，有人认为世风日下，不及从前，话也糙了点儿，纯属野语村言，但天也没有塌下来。这里并非杜撰，泉州原先就有石笋，是男性生殖崇拜。3 个市标耸立海峡西岸，很有些阳刚之气。

一个悲剧故事和四十年后的结局

我在20世纪90年代初就知道郭文梯先生的名字，并两次去过郭文梯捐建的季延中学。郭先生解囊办学，有过一段心理历程。我虽未曾和郭先生谋面，但我尊重他，并把他的办学业迹写进我的新体验长篇小说《世纪预言》。

20世纪40年代，土匪抢侨汇。郭文梯的父亲拿顶门杠去顶门，土匪在门外开枪，子弹穿过门板，火辣辣地钻进他父亲的肚子里……悲愤中，举家外迁……经过奋斗，郭文梯先生成为印尼的饼干大王。

凡是刻骨铭心的记忆，总会有一个结果，这个结果千差万别，但这个结果必然显示一个人的素质。人们很难把一个人的悲剧和一所学校的诞生联系在一起，这是一个巨大的差异，这种差异丈量着人的品格的升华。

我曾经这样写道："这土地已经恩断义绝。他们走了，头也不回地走了。陆地被海洋隔开了，他们不能不回头。他们发现，父亲的孤坟留在断开的那片土地上……"

但是，到20世纪80年代，成了印尼饼干大王的郭文梯却萌生了一个愿望，为帮助家乡人摆脱愚昧，决定捐资在家乡办中学。

去年，我站在季延中学办公楼上，纵观南北。北边举目可见的是罗裳山，罗裳山边上有个小小的玉髻山，玉髻山上有块画马石，相传是唐朝流浪诗人罗隐所作。南边微微向下倾斜，是碧绿的五谷地，中间有一汪池水，尽管有山丘屋宅阻隔，但它也挡不住不远处是波涛万顷的大海。海风习习。校园视野开阔，蓝天如盖，赤土如盘，上有白云飘浮，下有绿树重叠。北靠山，南临海，我对季延中学的校长蔡世居说，季延的风水好。

季延中学是一所设施比较完备的中学，现在建成的有教学楼、办公楼、科学楼、图书馆楼、体育馆、食堂、师生宿舍楼，最近正在增建电教图书楼。中学占地一百七十亩，是目前晋江面积最大的中学。楼房的排列舒展大方，疏密有致。校门口是一条柏油路，几百米便接上贯通晋江南北的泉安公路，在这里形成一个十字路口，北通福埔青阳泉州，福埔往东通石狮，南通安海，西通磁灶，进入校门，学校分为南北部分，北为花园，南为校园，一道门把校园和花园分开。进入校园，迎面也是花园式结构，有一个喷水池，有草地，有剪藤绿篱，还有橡胶树。应该说，我很喜欢季延中学的绿。校内有环绕校园的水泥路，是很好的绿荫道，道两旁的树，是着意选择的天竺葵，四季常青，阔叶，不爱长虫，砸地绿荫。校园里，还有几百棵芒果、几百棵相思树、几百棵木麻黄、几十棵榕树。我说校园舒展，它不但有四百米跑道的体育场、水泥篮球场，还另有操场，而尤其让我喜欢的是它的四百米跑道环绕着一块绿茵场。

到目前为止，郭文梯先生办季延中学已经捐资三千多万。

郭文梯先生20世纪80年代已有初议，到20世纪80年代中期动工，1990年建成季延中学。古人讲天时地利人和。我感兴趣是郭文梯先生的选时选地选人。

20世纪80年代，中国改革开放，适得其时，这是不言而喻的。晋江开始腾飞，急盼人才。季延中学现在在校生两千六百多人，每年为社会输送四百多名初中毕业生、两百五十多名高中毕业生。

选地的一场风波，建造地点产生了争执。这种争执是农民式的。是一个乡村和另一个乡村的争执。郭文梯先生是明智的，他选择了这片寸草不长的赤土埔，没有损害耕地，也不用拆迁民宅。校园建成时，很多农民都想挤进校门口的三角地，想在那建商店。经校方的努力，政府的帮助，保住了这片土地，建成花园，创造了隔开喧闹的静穆校园。

最难的是选人。负责侨务工作的副县长吴良良任学校筹备组组长，并任名誉校长。郭文梯先生的特派代表陈碧南先生，从筹建开始，直至后来的教学工作，呕心沥血，尽职尽责。他们对学校的组建功不可没。首任校长是吴长慎，副书记是姚乾隆、朱金塔，副校长是郭英伟。1994 年，校长吴长慎退休，郭文梯先生亲笔写信给尤垂镇，尤垂镇找到当时永春书记洪辉煌，把永春一中的蔡世居调到季延中学。蔡世居 1994 年起任季延中学校长，1996 年兼任书记。副书记是姚乾隆。副校长是郭英伟。郭文梯先生远在异国他乡，不能事必躬亲，但他用人不疑，整个学校领导班子协调一致，极有事业心。季延中学的教师来源有三个渠道，一是全国全市聘任；二是退休老师续聘；三是政府给条件，选择优秀大专毕业生。郭文梯先生每年提供五十万元奖教奖学金。又派女婿周树国先生办康阳饼干厂，决定饼干厂的利润百分之十归校方。1996 年，陈碧南先生给郭文梯先生打电话，他说，饼干厂目前还没有达到预期的效果。郭文梯先生说，厂子暂时有困难没有关系。学校怎么样？学校正常上课就好。老骥伏枥，壮心不已。郭文梯先生仍然在事业上奋进。百忙中分一份心在季延中学，他对学校的心很重的，让我们看到他办学的执着。

郭文梯先生一开始就提出，在家乡创办一所一流水平完全中学，省教委副主任马长冰为季延中学题词：高标准，严要求，抓落实，创一流。这也是郭文梯的夙愿。郭文梯 1991 年又为学校题词：愿全体师生共同努力树立季延中学优良校风学风。季延中学师生都能自尊自信，珍惜时光，勤奋学习，早成大器，报效祖国。

郭文梯的思想对教师是一种激励。学校形成了严勤诚信的校风。

季延中学成为晋江学生向往的学校。社会有一种传言，在季延中学学生好当，教师难当。知难，构成季延中学教师的一种境界。

季延中学到 1994 年，刚刚办校的第四个年头，就实现一个目标，和养正中学、晋江一中并列为二级达标中学。现在养正中学一级达标，季延中学也不甘屈居二级，引而待发，历届高考成绩喜人，并出了尖子学生。首届高考张泽同学数学科满分，荣获省高考数学状元。第二届文科考生李清池以五百九十一高分居泉州市第一，全省第三。学生在各种比赛中获奖，其中：全国化学奥林匹克赛省第一名全国一等奖（吴荣聪）；荣获两届全国中学生英语奥林匹克赛一等奖（黄立、洪传世、柯荣谊）；福建省初中数学联赛一等奖（柯文助）；全国高中数学联赛二等奖（王建宏）；三次全国数学“祖冲之杯”竞赛晋江团体总分第一；全国初中数学联赛六个得奖，其中李润聪同学以满分（一百四十分）的成绩并列全国第一……学生不辜负良好的体育设施：1993 年，晋江市中学生运动会，季延中学获团体总分第一。

郭文梯先生 1995 年 7 月底接到季延中学高考报捷以后，立即传真祝贺：但愿季延中学师生在比上届、超上届的口号下，再接再厉，争取更好的成绩。8 月，又不辞旅途辛苦，飞越重洋，携带夫人和子女回国，参加学校庆祝大会，并亲自颁奖。

我至今没见过郭文梯先生，只见过他的一帧照片，感觉他年富力旺。后来才知道他是七十高龄的老人。但郭文梯精神矍铄，心志宏远。我力图想象到那个有血有肉的郭文梯先生，结果我想起，在两个村子为建校地点发生争执出口辱骂时，郭文梯先生落泪了。诗人艾青说，为什么我的眼里常含泪水，因为我对这片土地爱得深沉。因家乡未能迅速摆脱愚昧而落泪，我感觉到郭先生的真情及办学的远见卓识。

我感觉到的汪曾祺

汪曾祺三个字并不好记，记住是因为读了短篇小说《受戒》，忘不掉的作品也就有忘不掉的名字。

20 世纪 70 年代末 80 年代初，北京出了一批引人注目的爱情小说。刘心武的《爱情的位置》提出爱情的问题，张洁的《爱，是不能忘记的》写爱情的现实，汪曾祺的《受戒》写爱情的永恒。刘心武敏感，捷足先登；张洁写苦涩，这女人多情；汪曾祺写欢乐，姜是老的辣。

我的书柜里有好几本“汪曾祺”。我读“汪曾祺”有自己的一种读法，常常从书柜里把书抽出来，读一段，又把它放回去。汪老的文字地道，可细细地品。就像在我的闽南故乡喝功夫茶，拳头大小的紫砂壶，塞满了铁观音，沏好了，倒那么三个手指头儿就可捏住的一小盅（不像北方人沏一大杯，为的解渴），功夫茶需要功夫，那要一点点地咂，琢磨它的滋味儿。汪老的文字经得住琢磨，数十遍读它，不厌。我想，一个作家要在读者的心里占有位置，应该是这么达到的。

由于以上原因，我的心里就有汪老的很大的一个位置，这就是我敢于应下写汪老印象的基点。及至我又为此重读舒非的《汪曾祺侧写》和何志云《有一个汪曾祺》，我才在心里暗暗叫苦。舒非是认真地采访过汪老的，甚至有一次“还陪了他两三天”；而何志云，从他行文的口气，他是汪老的忘年交；何志云一句“好老头”，叫我心里发毛。这二者，我都不及，这时我才清醒，其实我对汪曾祺其人其事一无所知。我的面前横下一条河。现采访现写，太生。又看案头摆着的舒非、何志云的文章，心生一计。古人云：善假于物。我何不倚仗着它们的撑持，跳过这条河去。

虽然两鬓凝霜，但他那种神采奕奕的眼睛和眼睛合得天衣无缝的两道浓眉，时时显现出活力和睿智。正如诗人顾城所说："北京作协开会，整个会场有一双眼睛最聪明，那就是汪曾祺。"

在北京一家小茶馆……邻桌有一老者默默注视他（指汪老），末了对旁人说："别看此人相貌平平，笔下功夫可不同凡响。"汪老觉得奇怪，问何以见得？老头儿答曰："单凭执盏的三根指头就可看出！"

接触之中，我觉得最有趣的莫过于见到汪老的笑：他把头歪过一边去，缩起脖子，一只手半掩着嘴：就这样"偷偷地"笑。那模样，真叫人想起京剧《西游记》里的美猴王，当捉弄整治猪八戒得逞之后，闪在一边得意扬扬，乐不可支，愈想愈开心。

集小说家、画家、书法家、剧作家甚至美食家于一身——汪老能烧得一手好菜，他在家管烧菜，"一脚踢"，太太要帮他买菜他都不肯，因为"那是构思的过程"……

那年奉命写《沙家浜》剧本，有一次，打字员将第二场整场的原稿弄丢了，急得要哭，汪老说不怕，"我可以从第一个字起，一字不漏地背到最后一个字。"

——以上见舒非《汪曾祺侧写》

这些年来只要有什么人想去看他（指汪老）或说拜访他，来问我带点什么礼物好，我一概直言："什么都不必，实在想要就带瓶绍兴酒去。”……在沈先生（指沈从文）那里，对汪曾祺却很少以弟子视之，他几次说道：“汪曾祺的小说写得比我好。”老师再是喜欢学生，也不大会把学生和自己比，这是一种朋友间的说法。

——以上见何志云《有一个汪曾祺》

抄别人的文章充字数换烧饼吃得见好就收。每个人接触人都有自己的方式。记得加西亚·马尔克斯年轻的时候，曾在欧洲的一条什么大街上，见到他所崇拜的作家海明威。当时，他只是在海明威的背后喊了一声“大师”。海明威认定喊的是他，便回头来找。马尔克斯没有站出来，也没有向他跑过去。海明威没有找到喊他的人，他便向人群招了招手，而后转身向前走去。中国人也有这样接触他敬仰的人的。漫画家沈培，也是在一条什么大街上看到了坐在人力车上的盖叫天，他也是在背后喊了一声“盖老”！盖叫天回身来找，沈培也是远远地看着他，盖叫天找不到熟人，则按中国的方式向身后的众人一抱拳。马尔克斯和沈培是不谋而合。海明威、盖叫天则都有大家风度。

由于作协的活动，我是有机会见到汪老的，但几乎没说过什么话，我认识他，他不认识我。我想，一个作家能给予我们的主要是他的作品，我有汪老的书，还见过他本人，这就已经足够了。

大约是前年，这种定势突然被打破，《当代作家评论》的副主编、我的同乡林建法在编《中国当代作家面面观》，请我陪他去看两位在京的南方籍老作家，汪曾祺和林斤澜。我动了心，我们一块儿骑车去。带什么当见面礼？我们俩相视一笑：一个老头儿一坛黄酒。

名义上是我给林建法带路，其实说不清是谁给谁当向导。地址和电话都是从林建法的小本里找出来的，我只是提供了蒲黄榆在北京的方位，不过很顺，我们找到了汪老的家。那一回建法是去请汪老为《中国当代作家面面观》作序还是去取稿子，我已经记不清了。我只是陪着。记住的只是第一坛黄酒送到家了，第二坛可是费了一番周折。没打电话，原以为林斤澜会在家，结果扑了个空，黄酒又提了回来，建法托我找机会再给林老送去。我跟林老比较熟，见的次数多。在《北京文学》编辑傅锋的婚礼宴席上，林老把一个鱼头扛走了，有人开玩笑说，许谋清也吃鱼头，林老竟然在盘子里把鱼头劈开，对我说：咱哥俩儿一人一半儿。黄酒搁在我家，一回来了朋友，我们就把它喝掉了。很长时间没有到林老那儿去，至今还欠他那一坛黄酒。这一次的另一个印象，就是汪老的序作得好。

第二回去汪老家，还是陪林建法去的。建法在编“大文化丛书”，里边有“当代散文大系”，总序由汪老作，里边有《汪曾祺散文随笔选集》，他们谈他们的，我还是陪着。这一回认识了汪老的夫人施松卿，她也是福建人，认了一位老乡，多了一点乡情。还有就是我帮建法请青年画家李老十为“当代散文大系”搞装帧设计。我曾向李老十推荐“汪曾祺”，又舍不得把书借给他，但他绕开我向我爱人把书要走，结果骑车跌倒在水坑里，把“汪曾祺”都泡湿了，烤干后全起褶子，叫我心疼了好长时间。李老十设计的《汪曾祺散文随笔选集》，白色的纸上只画三道波纹，封底尾花是一只茶壶，一只茶杯。我觉得有味道，并接近汪曾祺。环衬，我建议画几圈水波纹，边上插一钓竿，上边停着一只蜻蜓。李老十后来又改了，画一个葫芦，里边有一个小老头，我觉得不十分对，不对我也不能再勉强他。他感觉到的汪曾祺不是我感觉到的汪曾祺。

第三回去看汪老，是和林建法约好的，他和陈言（原《当代作家评论》主编）一路，我一路，到汪老家会齐。有一点应该说明，我这位老乡上名人家去是十分谨慎的，这回竟提出想在汪老家吃一顿饭，这时我才想起，汪老家不铺地毯，上他家不用脱鞋。水泥地板很干净，但家里书太多，多少显出一点点乱。于是，我这位老乡竟放肆起来了。我去后建议不要做饭，好多说点儿话。这回，我发现汪老是入世的，在谈到一些人的人品文品，他都直截了当，不避嫌疑，并且在有些时候也不无愤激。后来我们一块儿吃了一顿饭，饭馆的名很怪，叫“五国城”，不知哪五国？吃的是东北火锅，拒绝所有的野味。他夫人指指汪老说：到我们这样的年纪，对于吃的，已经不需要太多了。又说，他离了酒，就吃不成饭。这段时间，汪老常流鼻血，流鼻血自然得限制酒，这饭没法吃得好。我只看到汪老吃了一口白肉，几口酸菜，两半碗汤，主要是看着我们吃。还有就是，习惯性流血，他用一个棉花球把左边的鼻孔堵上。过一会儿，又揪了一个棉花球儿，大得鼻子难以容纳，硬是塞进另一个鼻孔，他仿佛连空气也不需要那么多。结果五个人只吃了一百元多一点儿。汪老举起三根手指头儿，笑笑：“三千字稿费。”这一次的另一件事，就是说定叫我为汪老写这篇印象。附带一句，陈言从汪老那里要走一幅画，我没要，我说，如果我这篇文章写得好，汪老再奖我一幅。录以备考。

我写这些并不想否定我前边说的话，而是进一步证实它，我对汪老确实所知甚少，而有的，只是一点感觉。

法国有一个著名的影星叫阿佳妮，我最近在电视上看到她主演的影片《罗丹的情人》，演得好极了。听说，前不久阿佳妮路过中国，很多人都想一睹芳颜。法国大使馆搞了一个招待会。人们都在等待阿佳妮。人们没看见阿佳妮都很着急。但阿佳妮的出现却很普通，一个个子矮矮的女人，带着两个孩子，后边跟着她的也是个矮矮的丈夫，几乎是经过大使馆人员的介绍，人们才恍然大悟。席间，阿佳妮一直在照顾她的两个孩子，完全不是人们想象中的明星的样子。一个声泪俱下的疯狂的卡米尔（罗丹的情人），一个这么不引人注目的阿佳妮。这使我想起，很多中国演员为什么没有取得成功？当她（他）饰演角色时老想着自己，当她（他）在生活中老想到自己是个演员，也就是说，她（他）不能完全进入角色，也不能完全还原自己，她（他）老是徘徊在两极之间，永远不能达到极致。

听说，舞蹈里边要求达到一种度，如果动作做不到这个度，造型就不完美。

我对汪老的印象就是这么一点，他是一个在多方面都能达到极致的一个人。要达到极致就必须纯粹，这是一种人生境界。要修炼到纯粹那是不易的。

《作家》主编王成刚曾在鼓浪屿对《北京文学》副主编陈世崇说过：《受戒》是20世纪80年代的第一个短篇佳构。

舒非在《汪曾祺侧写》中说，《受戒》篇末注明："写四十三年前的一个梦"，这个"梦"，其实是汪老自己的初恋故事。我想不应该是，或不全是。我问过汪老，汪老说，不是。又说：是个心理过程。

所以，《受戒》也达到一种极致。

林斤澜的六十变法

1983年，《北京文学》搞了一个活动，时髦叫法也可以叫作笔会，地点主要是舟山群岛，一行七人。林斤澜年满花甲。刘厚明是天命之年。其他几位惑与不惑之间。可以算晚辈，晚一辈或晚半辈的，有傅用霖、刘国春、方楠、郑淑方。有的搞文，有的搞画，有的是两把刷子都要。总之都是文人骚客。他们都是北京作协的人。还有我。舟山之行对我是重要的。也许是普陀山圣地使我得到一种悟性，回来后，我写了短篇小说《孩子，大海，太阳》。尽管在这之前，我已经开始写东西，但从某种意义上说，写这篇小说时我才明白，什么叫创作，于是我告别了昨天。这篇小说写一个渴望看到海上日出的孩子，作家们给他作了种种精彩的描述，他都不满足。而在多种挫折中去追求自己的海上日出。从此以后，也才有了我的目标。也许是因为这个原因，我不能忘记舟山之行。我这篇小说被一位老编辑认为是写的“吃喝玩乐”，于是成了《北京文学》的退稿。但我仍念念不忘《北京文学》为我提供的这次机会。我不能忘记舟山之行的每一个人，于是，当1993年元旦晨钟敲响时，我便记起，斤澜老今年该是七十了。七十古来稀。这是可贺的，但这还不是我贺他的主要原因。

舟山之行，林斤澜是我们的重要保护对象。不仅因为年纪大，主要的是还有心脏病，又没有夫人陪着。但万没想到，六年后，当年没有心脏病的刘厚明，却因突发性心脏病而辞世。那是胡耀邦逝世时，要去参加胡耀邦的追悼会，厚明因赶汽车紧走几步，竟然就此追寻耀邦的英魂去了。林斤澜有心脏病，却一直状态良好。1989 年 12 月《北京文学》又搞了一个活动，在回龙观，那大概不能叫笔会，时间短，就两天时间，一块儿开开会，20 世纪 80 年代要结束了。我记得，林斤澜当时很有信心，对自己有信心，对《北京文学》20 世纪 90 年代的前景也有信心。那时他是《北京文学》的主编。那次我和刘庆邦住一屋，我们两个一块儿给他敬酒。我说，从舟山之行以来，我一直祝您健康长寿。斤澜老说，现在行了，离 20 世纪 90 年代没几天了，看来活到 20 世纪 90 年代是没有多大问题了。我说，铆把子劲儿，得活到下一个世纪。斤澜老很高兴，说，这杯酒一定得干。一转眼，又过了三年。林斤澜成了七十岁的健康老人，这更是可贺的，但这也还不是我祝贺他的主要原因。

《孩子，大海，太阳》是多家刊物的退稿。直到 1985 年才发出来，竟有人为它叫了一片小好，这我当然是高兴的事。一回，舟山之行的朋友恰好碰到一块儿，傅用霖不当不正地开了一个玩笑，说，许谋清写的那个不理解童心的作家章伯伯写的就是林斤澜。我的脑门差一点点冒汗。章伯伯的言行举止确有点儿像林斤澜。我不能否认里边有点儿林斤澜的影子。写文章总是东抓西抓的，也许哪一把就抓来了林斤澜。我有了点难堪。林斤澜却并不在意，这也许是他们也了解他这脾性，所以才开这一类玩笑。从此以后，林斤澜还就记住了我，他当了《北京文学》主编，就让编辑来组我的稿，有好几次活动都惦着我。

参加编辑付锋的婚宴，林斤澜算是老爷子，当仁不让，把一个大鱼头搬到自己的盘子里。刘庆邦说了一句，许谋清也吃鱼头。斤澜老呵呵一笑，把鱼头劈开，对我说，咱哥俩一人一半。一回，和《当代作家评论》副主编林建法提一坛子黄酒去找林斤澜，撞了铁将军，建法托我找机会再送，但因忙就放下了。惟有饮者留其名。什么都可以不干，酒不可不喝。饮者家里是存不住酒的。一日，适有朋友聚会，耐不住就把那坛酒开了，众饮而尽。我就欠了斤澜老一坛黄酒，至今未还。记得一回我对斤澜老说，我家乡一位朋友送我两瓶酒，一是人头马，一是长颈 XO，两瓶互相碰撞，很不方便。我又不懂洋酒，一出门就把它送给我的一个同学了。斤澜老叫起苦来，哎呀，你怎么不来找我？你不会喝，我可以教你嘛！有人集邮。有人收藏字画。有人喜欢贝壳。有人好奇石。斤澜老也有雅兴，饮者的雅兴。收集各种各样的酒瓶，土洋不拒。斤澜老摆在书框里的酒瓶美妙得让人忌妒。应该说我欠林斤澜的是一瓶没喝过的酒，更实在地说，我欠他一个好酒瓶。我是《中国作家》编辑，林斤澜给我推荐程绍国的一个短篇，叫《逝者如斯》，文章挺有些韵味，我就把它留下了。一晃一年多，林斤澜生过我的气，这个许谋清。如是文章不好，我是可以退的，因为只是推荐而已，非斤澜老大作，但文章确实不错，退不得，偏我又说话不算，真是无可奈何了。斤澜老电话里说，欠的酒可以不要，程绍国的文章你给我催着点儿。这是“将”军。斤澜老推荐的好文章压在我手里，我是坐立不安的。新近得了一瓶酒，名字没听说过，叫湖之酒。外包装不一般，用带斑点的竹片围成一个桶，底和盖是两片圆木板。缺陷是那个红绿烫金的商标，把一个古朴的包装给破坏了。我想把它撕下来，又怕毁坏它的完整。竹片系着黄色丝带，解开丝带，竹片也就可横着展开，如古代的册，竹片上衬着黄布，上边印的介绍是毛笔手书。内中装一灰黄色陶罐，黄布封口。陶肚上有一灰蓝色圆章：“极品湖之酒。”四周全是字，黑褐色，阴刻，纯粹是一个艺术品。我当时真是爱不释手。但我马上想起斤澜老。这酒这酒瓶，除斤澜老，我是谁也不给的。我给他去了电话。他说，他也没听说过有这样一种酒。于是我决定带着这篇文章的初稿和这瓶酒去会斤澜老。

我曾请林斤澜为北京第二中学的文学爱好者讲过一次课，斤澜老在电话里问我：请的人还有谁？现在是连吃饭都要问问是跟谁同桌。我说，还有汪老汪曾祺。我的儿子许言在二中上学，二中请我帮着组织，我请您。中学很穷，讲课费不多，只能表示表示。斤澜当即回答：这都没关系。只要是你请，我去。

凭他的大度平和，凭着友情，凭着不隔心，我是应该贺他的大寿，但这点点情感又显得窄了。

林斤澜是著名老作家，可贺的是他的创作。

1983年，舟山之行搞了二十来天，我们都赶回北京过“十一”，斤澜老却独自去了他的故乡温州，回来后完成了他的《矮凳桥风情》，这是林斤澜极为重要的作品。比《新生》重要，比《头像》也重要。

汪曾祺写过一篇《林斤澜的矮凳桥》，里边有这么一段：

> 斤澜在北京住了三十多年，对北京，特别是北京郊区相当熟悉。“文化大革命”以前他写过不少表现“社会主义新人”的小说，红了一阵。但是我总觉得那个时候，相当多作家，都有点像是说着别人的话，用别人也用的方法写作。斤澜只是写得新鲜一点，聪明一点，俏皮一点。我们都好像在“为人做客”。这回，我觉得斤澜找到了老家。林斤澜有了自己的思想，自己的感情，自己的语言，自己的叙述方式，于是有了真正的林斤澜的小说。

我喜欢读作家的评论文章。作家不如评论家写得那么头头是道，但作家写的评，往往是感觉极好。汪老这段文字就地道。我图轻巧，借汪老这段文字来说斤澜老。

有不少作家，成名之作都成了自己的顶峰，再也跃不过去。大部分作家高峰都在中年。像托尔斯泰年纪那么大了还写得那么好，叫好多作家都叹服。都说活到老，学到老。没说活到老，好到老。因为这太难。那么活到老，变到老呢？那也做不到。往往把老和僵连在一起。老了还能破，是凤毛麟角。不过，也不是没有先例。齐白石就是衰年变法。他成了一代大师。四十不惑。五十而知天命。六十而耳顺。偏要破它一破。由“说着别人的话”，“用别人也用的方法写作”到“有了自己的思想，自己的感情，自己的语言，自己的叙述方式，于是有了真正的林斤澜的小说”。而发生的时候是六十岁。难道不可以说，这就是林斤澜的六十变法，一次成功的变法。

这就是我要说的话。一个作家，在从六十岁走向七十岁的年月里，因大胆变法，而有了一番辉煌业绩，这样的七十大寿就值得庆贺。因为它和庆贺六十大寿就不是一种重复。老就庆贺不对，老而不老才值得庆贺。有的人年轻他已经老了，有的人老了他还年轻。

又回到舟山之行。舟山之行至少成了两个人的人生的转折点。一个是本文的主人公，一个是本文的作者。

感悟生命

曾平晖老师来电话，说要到我这里坐坐。我知道他前些时候身体欠安，就说您不用来，我去看您。他执意要来，说他恢复得不错，当作散步。我拗不过，就收拾茶几，煮杯子，候他。

他进屋头一句话就说，我 76 岁了。

我说，年龄有两种算法，一是加法，您是 76 岁；一是减法，如果您能活 120 岁，那往后的日子还长着呢。

他笑了，笑声洪亮。

我说，曾杰老师那年 90 岁，几位 60 岁 70 岁的文友给他敬酒说，我们几个后生祝您老活到 100 岁。没想到老爷子竟生气了，他说，这么说，我就只能再活 10 年？

许集美会说话，他祝他 90 高龄的老哥许书纪长寿不封顶。

想活的人活得长，生命也是一种意志力。

生活充实的人活得长，有一种说法，退休是老年人的第一杀手。

生命不但有长度，从某种程度上说，有意义的是它的密度。

一个人碌碌无为，活得再长也是泡沫。

一个人自私自利，活得再长也是虫豸。

聂耳只活了 23 岁，但聂耳的生命是充实的是丰富的，是迅忽的彗星，不是彗星的迅忽。

一支支歌都是聂耳生命的外延。

《国歌》也是聂耳的生命。

时间过了一年，人人都长了一岁，但一岁和一岁是不一样的。

健康的一年和病痛的一岁是不一样的。

快活的一年和郁闷的一年是不一样的。

成功的一年和失败的一年是不一样的。

充实的一年和空虚的一年是不一样的。

有的一年是正数，有的一年是负数。

人，各不相同，我曾经说过，你是桃花李花，你就在春天去争去拼。如果你是菊花，那么，八月才是你的季节。

齐白石就是衰年变化，如果齐白石只活 60 岁，我们谁也不知道齐白石。那时，他刚踏入京门，画风冷逸，知音无几，生涯落寞。

老年齐白石痛下决心：余作画数十年，未称己意，从此决心大变，不欲人知，即饿死京华，公等勿怜，乃余或可自问快心时也。又说，余昨在黄镜人处，获观黄瘿瓢画册，始知余画犹过于形似，无超然之趣，决定从今天大变。人欲骂之，余勿听也；人欲誉之，余勿喜也。

齐白石，80 多岁 90 多岁，作画才达巅峰状态，成了一代宗师。

曾平晖老师，76 岁，寂寞闹市，作《海王郑芝龙》。我捧铁观音茶，祝老树新花，也自勉奋发。

施学长讲古

施学长是我在晋江的官场朋友之一。

我挂职时，我的同学张清坛在统战部，张克乙在财政局，许仲谋在安全局，他们都当过阿兵哥，施学长跟他们是老战友，我们就是这样成了朋友的。

我刚到晋江挂职，学长就对我说，除了赖昌星之外，什么人你都可以接触，他今天是很多高官的座上宾，明天可能就是阶下囚。几年后，才有“4·20”大案，可见他是一个有眼力的人。

他说话挺幽默，他批评官场的文山会海。他说，中国要超过美国，最好的一个招就是，把我们的会议出口给美国。

学长会讲故事，他说，古时，一个人要到这里做官，此人夜宿寺庙。这么说，这个人没坐轿子，也没住客栈，是个很清廉的官。他发现两个鬼也恰好住进这座寺庙。听两个鬼说话，知道那两个鬼要去的跟他是同一个地方。他们去干什么？再听，原来，这两个鬼要把瘟疫带到那里去。再听，知道那瘟疫就搁在一个布口袋里。他不作声，等鬼睡下，去把布口袋偷了过来。他想把它扔了，可又想，扔在这里，不也害了这里的百姓，想不出办法，他就把那瘟疫吃了。他死了，全身乌黑。后来，这里的百姓，为他建庙，侍奉他，是一尊黑脸佛。实有其庙，实有其佛，可能实有其人。

很想去拜拜这尊佛，各种原因，至今没去，也不知他的尊姓大名。

学长又讲土地庙的故事，一个高大的农民在犁地，他让走投无路的汉武帝藏在犁沟里，躲过追兵的追杀。汉武帝当了皇帝就去找这个农民，没有找着。就想给建一座庙，那农民很高大，所以要给他建一座很高大的庙。是多高呢？汉武帝就单膝跪地，向天射箭，射多高就是多高。可是，汉武帝的劲太大了，把弓给拉折了，箭刚射出去就掉下了。君无戏言，所以，土地庙就都是那么矮。

学长又讲造洛阳桥的故事，洛阳江口经常起风浪，鬼怪就把船推翻。一回，一个鬼喊了起来，这船不能翻，蔡大人在船上。船便没翻，可是却找不到蔡大人。蔡大人在哪里呢？还在他妈的肚子里。她妈就发誓，若生男孩，做官，就造洛阳桥。这是蔡襄造洛阳桥的故事。蔡襄造桥，观音帮他集资，观音化身一绝色女子，坐在船上，说谁能把钱扔过来沾在她身上，她就嫁给谁。吕洞宾捣乱，他帮打柴的韦陀，结果钱就沾在那美女身上了。观音不能嫁韦陀，他们就做个“背面夫妻”。在庙里，韦陀站在观音背后，背靠背。庙有庙规，韦陀的剑如果捧在手里，过路的僧人可以吃饭不可留宿，如果韦陀手里的剑杵在地上，过路僧人可以吃饭也可以留宿。

南蛮子林建法

东北作家刁斗写了一篇《东北汉子林建法》，我步其后却反写这一篇《南蛮子林建法》。写了第一句，我就发现我给自己出了一道难题。记得鲁迅先生曾说过，北方人纯朴而近于愚，南方人聪明而近于滑。刁斗一下子来个北冠南戴，写从南方移居北方的林建法身上带有的北方人才具有的仗义，特色一下子就出来了。现在我把它给折回来，自然减去几分风骚。既是笨人拙笔，那就只有拙拙实实地写。

记得还是鲁迅说过，如果要用简单几笔勾画一个人来，那就画他的眼睛。但要我写林建法，却要先写他的腿。他大概得有一米八几，长腿。以刁斗的看法，叫他东北大汉也着实像。但他仍然保留一点点南方的特点，不如北方人壮实，他是瘦高个儿。长腿孙达得能跑，长腿林建法也能跑，很少看到他这么跑稿子的编辑。一夜火车，从沈阳到北京。从北京站直到我们家，我家住赵家楼这边，他回回把我堵在被窝里头。在我这儿把话说完，十点，他已经到北大谢冕那里。下午便又折回来，到农展馆南里文联大楼找《文艺报》的那批青年评论家。晚上又会到《人民日报》王必胜那里。他还是个穷编辑，都是坐公共汽车。近一点点的，有时也骑自行车，一会儿到社科院，一个电话过去，又到汪曾祺那儿，到林斤澜那里，到王蒙那里。有时一到北京，就把身份证快件寄到上海，去订到哪里哪里的机票，这常常叫我替他感到累。人老腿先老，他正年富气旺，自然是不老，但最近听说，他的腰出了些毛病，身体再棒，谁能不累呢？六十六，长个腰扭。八十八，长个腰疙瘩。小孩子没腰。那是跟孩子们逗着玩儿的。由林建法，又叫我想起东北的编辑、天津的编辑，他们都善跑，这叫北京人显出懒来了。

说林建法长腿，还想起他小半生的经历来，生在福建连江。到山西当兵，转业不返故乡，而报名到西藏落户。而后考上华东师大回到上海。毕业分配在福州。几年后，却调到东北沈阳。从青年到中年，居住地挪了那么多地方的人实不多见。北方人也说人挪活，树挪死。这一般指的是职业，没有这么大幅度的地理变动。内地人还是摆脱不了恋土。那么林建法就显出了东南沿海人的特色来了。男儿志在千里，东南沿海的人把勇于出外闯荡作为男性的标准和荣耀。

这位长腿的南蛮子，这位奔跑着的中年汉子，叫我们不能不想起古代寓言中的夸父。

夸父与日逐走。

夸父追日。林建法在追逐什么呢？前不久，林建法对我说，每个人都应该对自己有个把握，我知道我自己，我其实是个编辑的料，我的奢望就是编几本好书，推出几个好作家，他们的标准是纯文学。几年来，他奔走于全国各地，组发了几十个纯文学作家的评论专辑，最近又利用业余时间，尽心编他的《大文化丛书》，这是一套包括小说、散文、诗歌、理论的庞大的丛书。散文请汪曾祺作总序。诗歌谢冕总序。理论王蒙总序。林建法编排的书版式都是他自己搞的，精美大方真叫人爱不释手，甚至连出版社都不能及，加上没有错别字。这也是一绝。汪曾祺出的书不少，还有台湾那边出的，讲究能立得起来。而见到林建法给出的散文的样书，竟然拿到另一个房间去独自欣赏，汪老的女儿说，终于有一本可以拿出去的书啦！这绝不是顺嘴人情。林建法在《当代作家评论》当副主编，当然也显出南方人的聪明来，找了东北一批大企业家组成了刊物的董事会。但他终于露出他的呆气来，这个董事会，还有他老婆掌管的一个大文化书店，统统都为他的纯文学计划服务。我说他呆，主要是指他老婆的书店，他插手这个书店，只卖纯文学的书，对于通俗的东西不屑一顾，听说，他到书店去有时给大学生们推荐他喜欢的作品，一本书他讲两个小时，弄得人家笑话他，要像他这么做生意，得赔到姥姥家去。他和王景涛合编的《撕碎，撕碎，撕碎是并接——中国当代作家面面观》，很多人都想买但买不到，因为交给了时代文艺出版社，只印了三千册，以至于连稿费也开不出来。这林家铺子！包括他编的《大文化丛书》，统统是赔本的买卖。辛苦劳累，在所不惜，他一心追逐他的日头。

入日，渴，欲得饮。饮于河渭，河渭不足，北饮大泽。未至，道渴而死。

林建法除做了大量的编辑工作，也写了不少批评文字，结集《寻找精灵》。另外翻译过一本文学理论专著，但中国作协却一直没有吸收他这样一个会员。会员何其多，他却偏偏成了例外。宿命。夸父“道渴而死”是对他这种人的一种象征。

弃其杖，化为邓林。

林建法没有“弃其杖”，继续追逐他的日头。原因是他没有“道渴而死”，有一个人背着水壶，一直跟在他的身边，这就是他的老婆。老婆对他好，当然他也对老婆好，不管走到哪儿，总是老婆不离嘴，还一口一个“夫人说”。听老婆的话还可以当真君子，可一口一个“夫人”，这是什么地方人或什么样阶层呢？刁斗没说，看来这一点不像东北汉子。可这也不是南蛮子。闹得实在憋不住了，问他才明白，不是“夫人”，是“傅任”。南方人口音。那么骨子里还是南蛮子。

好像汪曾祺、谢冕都说过，林建法这么能干，一半仗着傅任。还有一说，先有傅任，后有林建法。一个死心眼，碰上另一个死心眼。刁斗说，之所以叫林建法东北汉子，有一个极为重要的原因，他娶了这么一个死心塌地跟他跑的东北姑娘。

那一回两个人一道到西藏日喀则考大学，考完后，林建法才发现，傅任只参加第一天考试。究其原因，才说，若两个人都上大学，谁给提供经费。于是她牺牲了自己，当后坐力，把林建法给推上去。

傅任可以说是全身心的。这位“夫人”百折而不悔。只有一回，她牵了林建法的鼻子走，那是大学分配若干年之后，她一下子把林建法从他的故乡一提溜，拽到东北，拽到她的老家去了。此举实现了由女人创造男人的使命，于是中国在各种风波之后，还存留着一个不间断地组织纯文学作家评论专辑的南蛮子。他没有随故乡的《当代文艺探索》的结束而结束，在异地适应新的水土而复生。

最近傅任辞了职，办大文化书局，实际上是执行林建法的使命，由“内助”变成“外助”了。林建法称她为“老板”，自称“老板娘”，这又是南蛮子的机灵，而我们这位东北姑娘，还就美滋滋地去为他披荆斩棘。

我和林建法交往这么多年，有一事很是对不住。我前边已经说过，他是一穷编辑，出门坐公共汽车，花不起钱住宾馆，有时就在我这儿凑合。他住我这儿，我就得惦着，得陪他说话。七天、八天，我就陪不起了，我得赶稿子，犹豫再三，我还是说了，把他给“轰”到旅馆去了。不说，我已经支不开，说了，心里又很不是味儿。偏是林建法，还很善解人意，他说，你这儿住人的确不方便，这一来太影响你写东西。关系并没有因此淡了，一到北京，照样先来我这里。后来我说，你我是轻易不接待了，但有一个例外，带老婆孩子来时，可住我家，他也认为这样好。放假时，把老婆孩子带来了，他老婆和我老婆成了朋友。他的儿子和我的儿子成了朋友，三个人得睡一床，个子都不小，横着睡，被子也横着，三个人钻两个被窝，中间还要打通。也许是东北小孩子的习惯，三个全都赤条条，像三条鱼。林建法上旅社，傅任和三个孩子一屋，当孩子王。北京人懒，我们家的人更懒，我不是说我老婆懒，省得闹矛盾。傅任一来，天天起得早，我们一下子利落了好几天。

我要论证林建法是南蛮子的还有一条，他吃鱼头。他到我这儿，我就想着得有鱼，否则吃不香。鱼头十八味，他是不是都品出来了，我不清楚，但从吃的架势看，是吃出来了。虽然还不能把根根鱼骨吃得透明，但唇舌翻飞，鱼骨鱼肉各得其所，也够让北方人瞠目的。只有一样丢失了南蛮子的特色，鱼头必须由主人夹了送过去的，鱼一端上来，他的筷子就自己伸过去，鱼头，我所欲也。吃了半天，才想起，你吃鱼头吗？自己想想也还过得去。我到哪儿，人都请我吃鱼头。你是主人，鱼头当然是请我的。夸父吃鱼头，这是那篇古老的寓言未曾提及的。

再有，就是酒，他酒不行，啤酒，而且只能是一杯。有一回为×××××喝酒，也是只一杯白酒，结果醉得一塌糊涂。

有一个永远的日头，有一个永远背水壶的女人，于是便有一个永远奔跑的林建法。生活并不随人意，但奔跑着等于迅速地告别烦恼。当然还会有烦恼，同时意味着新的挣脱。

认识孙郁

孙郁，大连人，现在是北京青年评论家。

在我和孙郁的不多不少的接触中，发现他的性格里边，有一种古怪的或者说异样的东西。不多不少不是含糊其词。每隔一段时间，总要见见面，谓不少。可每次都是个把钟头，谓不多。不在一块儿吃饭喝酒，见面只有茶。要是时间短，茶也免了。又不抽烟，没有些儿氤氲把我们拢在一起。君子之交，淡剩茶。

孙郁多大岁数？我说不太准，总之是三十几岁。但黑发人的孙郁的交往，却主要是混迹于白发人之中。或邵燕祥。或张中行。究其缘由，我是说不清的，会不会是和他搞现代文学研究有关，心理上就往那边靠了靠？是也罢，不是也罢。这是孙郁性格中的黑与白。

孙郁是东北大汉，一米八几的个儿。近年渐渐显出虎背熊腰的劲头来，体重仿佛是一百六十多斤。他的爱妻却只是他的一半，八十几斤，身体比较弱，爱生病。孙郁家的家务都由孙郁承担。洗衣、做饭。甚至连孩子都是他带大的。他的妻极聪明，我没见过。他的女儿，是个小美人，照片曾登在一家杂志的封面上，我也没见过。妻、女曾说他，可别再胖了，否则有病时她们抬不动他。这是孙郁性格中的大与小、强与弱、粗与细。

孙郁算是很北方的人，那我是很南方的人，也说不清什么原因，我们俩成了朋友。这是孙郁性格中的南与北。

也许因为孙郁性格中有着巨大的反差，于是有着一个巨大的思想空间，于是没有那些鸡毛蒜皮，而是去思考宏大的问题。

我很喜欢孙郁作品的题目。他写鲁迅书名是：20 世纪中国最忧患的灵魂。他写巴金书名是：世纪末的忏悔。他写茅盾书名是：身后的寂寞。他写整整一个世纪的知识分子的探索和命运书名是：百年苦梦。书名就已经是他的胆识。深刻得冷酷，人性得脆弱。

读他的书，本想写一篇评，思之再三，又放下了。他会创造“被现代化”这样的词语，他会进行“互证”，我感到力不从心。只能把一些感觉写出来。

20 世纪初，鲁迅先生在《祝福》里边借用祥林嫂的嘴，提出了一个问题：人死了有没有灵魂？那是上一个世纪幽灵的纠缠。

现在是世纪末，我因《20 世纪最忧患的灵魂》而想一个问题：人活着有没有灵魂？这是下一个世纪肉体的诘问。

老鼠的生日及老虎猫狗的恩怨及我们的聚会

那天在柯子江家喝茶，和我在那喝茶的碰巧有很多公安的朋友。晋江公安局局长陈永恩是预先约好的，我们几乎同时到达那里。后来来的，有政法委副书记吴文棋，有安海分局局长尤四川、副局长陈永聪，安海分局的教导员蔡纪业。还有一位安海镇的农场场长，没记住他的大名。等等。

陈永恩说，你是一个作家应该什么都知道。你知道老鼠的生日吗？

我不知道老鼠的生日。

陈永恩说，老鼠的生日就是老鼠嫁女儿的那一天。

石晶知道，老鼠在大年那一天嫁女儿。

陈永恩说，那一天家家彻夜灯火，老鼠在嫁女儿。那一天夜里，老鼠都是成群出现的。五只、六只甚至更多，你只要注意就会发现，老鼠排队排得挺有规矩，全按大小排列。小的在前面，老的在后面。

陈永恩笑笑，又说，小的在前面放鞭炮，出嫁的女儿走中间，老的在后面送亲，完全跟人一样。

我问，还有其他的有关十二生肖的故事吗？

陈永恩接着说，猫和老虎交流经验，老虎会展威，猫吃老鼠不留血迹……

吴文棋说，猫吃老鼠是毁尸灭迹。老虎做不到这一点。

陈永恩接着说，狗给它们当中间人。为谁先教有过一番争执，结果还是老虎先教猫展威。接着应该是猫教老虎怎么捕杀猎物而不留血迹。但是猫蹿上树，它不肯教老虎。老虎脾气暴躁，就用牙咬树，把树咬倒了。但猫又从这棵树跳到另一棵树上……

陈永恩说，猫吃老鼠，老虎吃人。猫吃老鼠如果留下血迹，其他的老鼠就不敢从那儿过了。猫吃了老鼠，一定要把血迹舐干净。猫不能把它的招全教老虎，否则老虎吃人不留血迹就糟了。

吴文棋说，老虎急了蹦跳，没辙了，就扭回头来找当中间人的狗。狗没法向老虎交代，三十六计走为上计。老虎追狗。狗跑不过老虎，让老虎咬掉一条后腿。三条腿的狗瘸着去找观音，观音为它捏了一条泥腿接上。后来狗撒尿的时候，总把一条后腿抬起来。那一条腿是泥捏的，怕尿湿了。

过了几天，一位业余作者丁勇为说，狗掉了一条腿，它去找土地爷告状，土地爷管老虎。土地爷没有去责备老虎，因为在这个案件中，狗也有责任。土地爷没有别的东西，有的是泥巴，就用泥巴给它捏一条后腿。

那个被我忘掉名姓的农场场长接着说，老虎咬掉狗的一条腿还不罢休，狗情急之中跳到芋头地里，芋头地是烂泥地，老虎不敢下去，于是芋头地救了狗的命，所以狗不吃芋头。

吴文棋又说，狗还窝着一肚子火，它又去找猫算账。猫在前面跑，狗在后面追。终于，狗把猫逼在一个死角。猫被逼急了，就回过头来，这时它就用从老虎那里学来的招。猫一展威，就把狗给吓住了。

我说，还有一个问题不明白，为什么乡里人吃了狗肉，要拿番石榴的叶子擦嘴？

柯子江说，番石榴是狗生的。

他的话解答不了我的问题，却又提出新的问题。

柯子江说，人吃了番石榴化不了。狗再吃一回，后来地里长出了番石榴。所以番石榴是不能敬神的。

在安海分局以前常见的还有副局长周厥智，他如果来了，也准是妙语连珠。

与历史结伴同行

我最近在福建晋江市挂职体验生活。

为什么选择晋江？

历史并不是齐步并行的。有的地方是死水微澜，有的地方甚至僵卧不动，有的地方却如江河一泻千里。东南沿海无疑最能显示今日中国的历史步伐。我选择晋江，意在和历史结伴同行。

晋江原是一个县，1978 年农业总产值两个亿多一点。晋江后来成立两个市，晋江市、石狮市，1996 年两个市加起来工农业总产值可达三百个亿。全国百强县（市），晋江排十五，石狮排十七。由穷变富，由县变市，由农民变市民。他们把历史最沉重的一页翻过去了。

有走天下的记者，没有写世界的作家。晋江是我的故乡，我离开那里，又回到那里，不离开没有比较，不回去没法深入。只有在这里，我才能够看到昨天今天明天在同一片土地重叠。

1995 年底我完成一部长篇体验小说《世纪预言》。什么可以称为世纪预言？是世纪预言，不是伟人的预言。世纪预言是以世纪实践、世纪奇迹显示出来的。东方世界几代人的梦实现了。日本十年富起来。亚洲四小龙全都十年富起来。中国大陆会不会成为一个例外？我观察体验故乡晋江，我以晋江十年的奇迹验证预言。

1996 年我编撰一部反映公安题材的纪实文学创作《负债功勋》，

我感受到我们在这场历史变革中所付出和将付出的代价。

挂职期间，我主要搞纪实文学创作。纪实文学创作也是一种接近生活的方式。这一年挂职体验生活，打碎了狭窄的文化人生活小圈子，打掉了文人闭门造车好假设推理的习惯，被卷入了时代的漩涡。真实、丰富、多层次多视角地接触社会。最深入的体会是：虚构不过生活，生活远远超过虚构。

现实生活有时是令人困惑的。有百万人富起来了，高楼大厦，卧车手提，腰缠万贯，却把另外几百万人扔在大山的褶皱里土里刨食，随着少数人先富起来就这么两极分化吗？解决的办法在哪里？每一根烟囱下边都出现一个万元户，于是几千根烟囱组成一片黑森林，黑烟遮天蔽日，我们就这样在污染中生活下去吗？第一世界把大量密集型行业推给了我们，我们就这样承受吗？富起来了，争相盖房，堵塞道路，我们在富起来的过程中堵死自己吗？街道上你一个小店面我一个小店面，参差不齐地挤着拥着，我们就保留这种形象吗？金钱闪光耀彩，孩子不读书了，穿着几套西装在大街上叫卖，文化知识就这么失去价值吗？有人惊呼，在富裕的地区，正在形成一片文化沙漠等等。更有鲁迅先生提出的改造国民性，一个世纪来成效甚微：世纪初中国知识分子就努力想改造农村而一次次走向迷茫，周作人、梁漱溟、彭湃、毛泽东、费孝通，农民的真正出路在哪里？所有的这些问题，在书房里都无法解决。但在今日的南方，乡村城镇，你看到历史的脚步，你看到一切都无法阻挡它的踏进。当然，也让你看到牺牲，看到每前进一步的沉重代价，甚至叫我还没有勇气把它落在文字上。这就是代表历史前进主流的生活，要把我们的民族带向明天的生活。

在西北，历史脚步迟滞，作家们有机会细心解剖，出现很多深刻的作品。而在东南，随着历史的前进，也有很多生活泡沫蒙住我们的眼睛，但我能感触到它的根脉，我对自己的选择不后悔。

过去作家到贫困地区体验生活，讲的是同吃同住同劳动，难过的是生活关。到富裕地区挂职，面临的是全新的问题。舆论就说作家挣钱去了。如果一个作家不能把握自己，这里有很多陷阱，吃可以把人吃死，酒可以把人醉死，钱可以把人埋死。作家在贫困地区，往往有一种传统的居高临下的态势。而在富裕地区，却容易处于仰视的角度，也就是说，作家一到富裕地区极易失去心理平衡。失去心理平衡的作家，就可能以迎合吹拍的华丽辞藻去描绘去为某些个人树碑立传，而丢掉历史的责任、作家的尊严、思想者的目光。作家忘掉了自己的使命，把目标移到钱上，这时，我们便失去一个作家，而增加一个文乞。文乞当然还会写文章，但他的作品走调变味了。随着中国让一些人先富起来，它也可能带来一个负数，出现一群附庸的文乞。这应该是值得作家警惕的。但有一种群体无意识，环境渐渐给作家造成一种威压，要叫作家就范。金钱对所有的人都是一种诱惑。作家在作品中塑造人，生活却要塑造作家。金钱有强行塑造作家的特异功能。作家当然会有他的良知，这种良知就是作家在这种思潮下的痛苦，这种痛苦需要有人来理解他，尤其是上级领导的理解。我写《世纪预言》，因为带有纪实性，晋江市委书记问我，有没有经济要求？我说，没有。我不是为晋江写晋江，我为中国写晋江。我得到妻子的支持，保持正常的作家心态。我得感谢我家里的人。今年春节我是在晋江过的，连同我的妻子儿子。我的九旬老母也让我接过来同住十数日。我和她们取得共识。母亲说，莫与人攀比，有钱无钱都无关系，什么时节也不要仰望别人，就指望自己骨头生肉。我的《世纪预言》写了几百个真人。诗人曾阅统计是三百二十九人，《中国财经报》李美锋统计是三百二十七人。曾阅比李美锋多统计两人，里边有许谋清和我，曾阅作两人算，另，他把上帝也算上了。我在晋江处处有熟人，我自然也懂得晋江的风俗。在春节期间，我和妻子也没带孩子上任何一位大款家拜年。母亲给两个孙子一人一个红包。眼花了，老大一千，老二九百。老大故意逗小二，就说是奶奶喜欢长孙。奶奶又给补，结果分不清老大小二（双胞胎），又给了老大了。我觉得我们的年过得很高兴很充实。我这么说，并不是说作家一定得受穷，文人一定要在别人富起来的时代里处于孤立无援的境地。情况恰恰相反，随着物质富裕，精神日益显示它的价值。中国大众有一种传统的崇尚知识文化的品质。它往往先从教育入手。泉州一带，有人捐一个亿办大学，有十个人各捐一千万办中学，有一个人为一百个小学各捐建一座教学楼。这些事在全国鲜为人知。不要以为有钱了就仅仅是为了买几句廉价的赞美词。文乞现象是一个误区。一个严肃的作家，他是会得到理解和支持的。需要的是时间。挂职往往是有期限的，这也容易造成短期行为，立竿见影种种尴尬。但这应该说是自己造成的，尴尬人难免尴尬事。如果作家把挂职的目标定在钱上，就是自杀。如果有人把作家挂职的目标定在钱上，就是在摧残作家。我要感谢《文艺报》，让我把这句话说完整了。我写《世纪预言》提出一个问题：富起来需要多少时间？回答是十年。现在又有一个问题提出来了，文化在什么时候才能产生它真正的价值？回答是始于足下。当文化人不再盯着大款钱包，千万人的眼睛就会发现作家脑门上的亮光。

有各种生活，有各种作家。作家进入时代漩涡，有的沦落为附庸文乞，能走出来的是时代的作家。

大 人 生

记得有一位权威人士说过，作家有两种，一种写人生，一种写社会。写人生的是大作家，写社会的是小作家。

这话使人警惕。但人生有种种，有的猥琐渺小，有的辉煌灿烂。有的人从生到死没离开过自己生身的村子，有的人周游世界南征北战。有的人食不果腹，有的人挥金如土，后者一顿饭等于前者一生食粮。有的人大智大勇，有的人呆滞木讷，有的人一瞬间的成就超过有的人一生的功劳。有的人的一生说不尽道不完，有的人的一生却单调乏味。当然，写伟人的作品未必伟大，写小人物的作品未必渺小。但是，作家的人生狭小必然构成作家作品的局限。古人也说要读万卷书走万里路。人生离不开社会，离不开时代。作家需要有大人生。人有欢乐有痛苦，作家必需感受各种人的欢乐痛苦，离开社会离开时代的欢乐痛苦是小欢乐小痛苦，和时代的命运紧紧相连，才有大欢乐大痛苦。

社会时代给人生展开一个大世界，作为一个作家，我去挂职，我承认是受到那个大世界的诱惑。大有几说，一是空间大，内容丰富。二是变化大，速度快。一个无穷世界，万物纷至沓来。我在《世纪预言》第五部分《构想大城市》里边曾预感一座大城市正在故乡赤红的地底下孕育着。挂职两年时间，我亲眼看到，那座城正从地底下冒出来。挂职，甚至让我参与一座城，一座非凡的城市的建造，那种感觉是我在书房里永远无法获得的。在晋江，青阳镇、陈埭镇、罗山镇、安海镇、磁灶镇正在连接起来。在泉州，泉州市、晋江市、石狮市、南安市、惠安县也呈现了连接起来的趋势。前不久，厦门大学教授、著名评论家林兴宅到晋江，他很肯定地对我说，十年以后，泉州将是福建第一大城市。一直在观察这座城市诞生的我又为之一振，这座城市正在为众人瞩目。十年前，泉州这个地区，只有泉州一个县级市，现在，泉州是地级市，又增加晋江、石狮、南安三个县级市。三个都进入全国百强。我们不看它的外表，看看这座尚且状若珠链的半城乡的城市，它的国内生产总值已经超过福州，而且已经是厦门的两倍。历史摆脱它的死水状态，变成如此波澜壮阔。生命也带上永不满足的色彩。

这个世界的变化并不那么简单，它经历过历史的痛苦，“文革”期间磁灶镇只有两根烟囱，形影相吊。民兵在风雨之夜站岗，抓那些私自贩卖瓷器的农民，把他们的谋生手段作为资本主义尾巴割掉了。改革开放后，乡镇企业发展，烟囱一根根树起来，有位老领导每天早晨都要爬到小山上去数烟囱，因为每一根烟囱底下都是一个万元户。终于烟囱林立，黑烟滚滚，并在这滚滚的黑烟中成了“南国瓷都”。每年一万个车皮原料进来，一万个车皮的瓷砖运往全国各地。事业蒸蒸日上。但是，漫山遍野的龙眼树只有开花不结果，一棵树一棵树枯死并固执地站在我们的前面。飞鸟尽，虫蝶绝。我们得到了什么，我们又失掉了什么？人们又回过头来，亲手拔掉使自己富起来的三千根烟囱。生命在这里显得尤其辉煌悲壮。

飞机在这里飞起来，高速公路从这里穿过。一天等于二十年。让你看到人的前所未有的创造力。东西合璧，佛道混杂，耗资十数万的奇形怪状的送葬队伍，黄金坠颈，百桌大宴，嫁妆数十万的奢华绮丽的婚嫁场面，一切仿佛身不由己，人生却又如此无奈！

我去晋江挂职，使我的生命世界由斗室变成这么一个缤纷世界。

我汇入其中，由于这是我的故乡，所以没有什么心理障碍，自然地，我和他们休戚与共，原先闭塞的心灵窗户全都打开了。这里，我还想说，我可以说，我以前的世界太小，在一个小小的世界里，个人也有过一些委屈，这种委屈有时甚至让人难以承受。但我离开了，有时想起来，觉得它在我的新生活里变小了，变轻了。挂职，也是换一种活法，要跨出这一步也不容易，有时是一家四处，家人和我一起经历了一场颠簸。评论家孙郁把我称为“自我放逐”。两年了，回首我的这次抉择，我还是比较满意的，我失去了我一直想挣脱抛弃而又没胆量摆脱的生活方式，我得到了我寻找的而一直可望而不可即的生活目标。总之，我丰富了自己。

借东南海风寄语《小说月报》并贺

要祝贺《小说月报》两百期，突然细心起来，发现我和《小说月报》构成了三种关系。首先是它的读者而后是我编发的稿子和自己写的小说也参加到《小说月报》里边去。如果说文学是历史的一面镜子，那么《小说月报》是被大家爱护而没被打破的镜子，我由衷地喜欢它。最近，我换了一种活法，到故乡挂职体验生活。一段时间里，我不再编稿，也不创作，甚至不读书。退出作家状态。但我在遥远的故乡的沧海赤岸，又听到已达两百期的《小说月报》的呼唤。我感到它是这般的亲切。而我处于另一种生活状态，一时竟不知如何应答。

我所到的地方，是经济开发地区，常被人误解为下海。天下之大，人各有志，自然也有鸿鹄不知燕雀。之所以选取故乡，因为只有这里我能够看到今天昨天明天在同一片土地上重叠。九旬老母的思念，我也不能不回眸。谁无母乎？

我原先学历史，后画画，后写小说，回到故乡，也许还原了一种历史癖。历史用一般意义的河作比喻是蹩脚的。它可以几百年不动，让你反反复复绕着它看，把你看得很深沉。当然，它不会一动不动。有时有一只苍蝇爬进它的鼻孔，它突然打了一个喷嚏，还会叫你吓一大跳，但它自己又垂下眼皮睡着了。历史在往前走的时候，它的脚步叫用常规思维的人怎么也跟随不上。恶是历史前进的杠杆，不可能全是莺歌燕舞伴随，它会有另一种姿态。我的选择，其实是意在和历史结伴同行，否则无以记录历史的真正足音。我已经看到，它因荆棘缠脚所显出的窘态，我也看到它匆匆行走要踏出一条新路时的鲁莽。我看到落花。枯树。寂灭鸟鸣。历史坐着让你看，你随时都会遇到，深刻总有机会。但历史站起来走几步给你看看，这却常常是千载难逢。我珍惜它，这就是我的执着、我的真诚。于是纸笔掉在地上，于是眼睛也受到那重重足音的诱惑，离开书上那些优美的词句，让目光落在历史沾满污垢的脚上。

我现在住在一幢“光棍”楼的一个单间里，前面是石灰墙，背后是硬板床，朝南是门，朝北是窗，中间是我的写字台。风从南边来，吹向北边去，带着一股子咸腥味儿，它滚过一万个海面的浪尖，友好地从我的身边绕过，再滚向一万个山尖，我让它带去我的故乡海土的祝贺。

一家四处

我们家四口人。我，妻，老大，小二。老大、小二：许浒、许言。双胞胎。十六岁。

这十六年来，我们四个人，很少分开。当然，有时，我也出差，参加笔会什么的，但有妻和两个孩子在家；有时，妻出差，则是我和两个孩子在家。总有三个人在家。等我回家，或等妻回家。也有例外，三个出门。我和妻带着老大上福建看奶奶，把小二留在姥姥家。还有一回是我和妻带着小二，把老大留在姥姥家。那么就是一个人等三个人回家。

有一个人不在家，饭就吃得少。四个人都在家，饭就吃得多，吃得香。我们习惯四个人都在家，妻炒菜，我们全家都习惯吃自家的菜。自家的菜可口。香。吃饭时，我们喝一瓶啤酒，二瓶刹住，不多喝。有时，妻也让我喝一点白酒。妻若不在，孩子不叫喝白酒，让喝也是一点点。妻在，让喝一杯。妻不在家，孩子只叫喝一瓶盖。每天，晚上一顿饭，总要在一块儿。一回，我和妻出门办事，回家晚了，两个小玩闹睡下了，在一块衬衣衬纸板上给我们留了几行字。是用妻的口红写的。

妈、爸：

你们不在家，我们自己吃了饭，还洗了澡。哥哥帮我，我也帮哥哥。现在我们要睡觉了。请你们回家时，一人亲我们一口。

小二

我们亲他们，他们睡得实实，没醒。

这样的家，仿佛就应该这样，四个人总在一起。

有一句话，叫老婆孩子热炕头。我们不是这样的心理，但我们似乎也没有什么理由不这样。这没什么不好。

今年，我决心暂时离开这个家，回到故乡去。继续写我的《世纪预言》。不去别的地方，去故乡挂职体验生活。那里有我的九旬老母。那里有撒遍我童年足迹的沧海赤岸。那里有一个古老的谜的召唤。那里有一个新异故事的诱惑。这回是妻儿答应让我走的。

偏偏，妻也要出差，她甚至得比我先走。

偏偏，北京少儿出版社在北京找一二十个孩子写校园生活，一个孩子一本书。其中挑到我们家小二，他叫许言。

我对妻说，一二十个孩子写校园生活，我们得给小二创造一种环境，不如把他带到南方去，增加一点南北校园对比，增加一点异地气息。妻也赞同。我又说，老大中考考得不理想，只差四小分没考上北京二中，心里老是不平衡。留在原来的学校，觉得平淡，劲头儿挑不起来。要不我也把他带到南方去，都去借读一段时间。新鲜一下，刺激一下。我去挂职，这也顺理成章。

偏偏是老大，他叫许浒，他就是不肯跟我走。他有自己的心眼儿，小二到南方借读，北京二中不空下一个位置吗？二中是他的一个梦。他去找老师，他趁这个机会，也到二中借读。正好有个王梅生。她是许言的班主任。她发现许言上二中，并不珍惜，很浮。她知道许浒迷二中，成绩也好，原来就想搞个调包计，双胞胎不会太扎眼。好促他们一下。这回不谋而合。

我们三个都走，许浒怎么办？他说他会做饭，他要一个人留在北京。两个孩子没想到，我真的把小二带到福建晋江。而且刚说好，妻随即就出差。妻刚走，我又接到福建省里电话，让明日上午十一时到福州。立即就带小二去买机票。我们的变动来得太快，俨然与信息时代的节奏合拍。孩子叫我们吉卜赛人。我们仿佛就这样搞了一回吉卜赛游戏。但真真不是闹着玩儿。

老大留在北京，圆他的二中梦。

妻去杭州出差。又去广州。又去成都。

我到福建晋江市挂职。

许言怕坐飞机，一坐飞机手心都出汗。妻为他找到了护身符。在晋江，我让许言上季延中学。晋江有三所好中学。养正中学远点儿。一中近点儿。季延适中。条件也不错。我让许言住校。我们又分住两处。许言在北京是个足球迷，我就这样把他带到一个到处有足球造型的土地上。（晋江私人住宅的水塔，都以足球为造型，不是喜欢足球，而是那黑白两色的组合挺顺眼。）许言到晋江还迷足球。过一把瘾。他边读书，边写那本小书。在文字间，时时处处滚动着足球。我们给他那本正在创作中的小书，取名为《黑白诱惑》。

我俩得自己洗衣服。吃不到家里的饭。很难见上一面。但我们乐意这样换一种活法。四个人分开毕竟不适应，天天都要打电话，用这无形的电话线，把一个家又拢在一起了。

一千七百多公里的空间

我家在北京，老家在晋江。我工作单位在北京，挂职体验生活在晋江。泉州晋江机场是我挂职期间民众捐资建成投入使用的，不管我从北京飞晋江，还是从晋江飞北京，空姐总要重复这么个数字：一千七百多公里。这是两地的距离，但它没有把两个地方拆开，而是把它们构成一个完整的空间。

我有一种感觉，不管去一个什么地方，同一段路，觉得出门的路远，归家的路近。而现在出现了例外，不管是北京，还是晋江，都有一种回家的感觉。不管是家里的人出来接我，还是我自己拿出钥匙打开宿舍的门，都是亲切的。开了门，我就闻到家的气息，我的书柜，我的写字台，我所喜欢的石头陶瓷，我的窗前的风景。家里，家人团聚，自然是一团喜气。而宿舍里，临走时随意放在桌上椅上床上的书报，也有一种久别重逢的味道。不一会，电话响了，一个熟悉的声音。那问话绝对不是：您来了。而是你回来了。北京的第一个电话，晋江的第一个电话，是一样的。不是到家就写东西，纯属一种习惯，打开电脑，就能找到自己的文档。北京话、闽南话，两种语言常混在一起。在北京会说，我们晋江。在晋江会说，我们北京。这几年，我虽然长住晋江，但总觉得是同时住在北京晋江两个地方。在北京，心里有一个晋江。在晋江，心里有一个北京。不只这些，实际上，北京是我在晋江挂职的一个重要因素。北京是我认识晋江的一个最基本的参照。我从一开始选取的角度就是从北京看晋江，从晋江看北京。我时时记住，我不是从一个地方到另一个地方，而是真正地扩大我的视野。

1994 年，北京十位中青年作家和《北京文学》联合发起新体验小说创作，当时作家们痛感文学离开人民，意在重新贴近生活。我写的以晋江改革开放十年的变化为背景的中篇小说《富起来需要多少时间》发在《北京文学》1994 年第 1 期，有一点反响，于是有晋江市委邀请，由中国作协党组批准我去晋江挂职体验生活。

作家在富起来的地区挂职比到落后地区挂职应该说更加严峻，这种心态的把握当然不是那么简单，其中还得承受来自各方面的压力，还得有做出某种牺牲的心理准备。严峻，就是错位，或者被错位。

整整一个 20 世纪，中国知识分子都企图启蒙中国农民，可以说是呕心沥血。但部分中国农民借改革开放的政策，借信息时代，走出樊篱，走出困惑他们的沼泽地，这就是一部分农民富起来了，这就是他们不再当农民了。但一直要给他们领路的知识分子却不能摆脱自己的低迷状态。一句话，知识分子自己反倒没有富起来。对比一下，一部分知识分子失去心理平衡。

关键是得找到自己的价值。作家的价值在哪里？

去年，诗人舒婷说我，许谋清，人家都说，你这几年富起来了。我说，人家这么说，可以理解。但我只要说一个事实，你就会明白，在我挂职期间，没有为任何有钱人写过一篇赞助报告文学。今年，又见舒婷，她对文友们说，你们给许谋清传授什么经验也没用，各人的情况不一样，还有应当承认，人各有志。我感谢诗人的理解。

有一位海外朋友对我说，你这样当作家不行，你只要肯听我的话，几年就让你富起来。我说，请赐教。他说，我知道你文人清高，有些事你做不来。这样，咱们俩分工，低三下四的事我来做，你只要写，就用你的文笔。我说，我要是连低三下四的文笔也不会呢？他苦笑，我也苦笑。

记得有一幅漫画，阿Q富起来了，他去找鲁迅，请他修改《阿Q正传》。究竟你是看到阿Q的辫子，还是看到阿Q的钱包，这是文人的两种目光、两种选择。

我在《富起来需要多少时间》中提出问题并且发现，无论日本，还是亚洲四小龙，都是十年富起来。地处中国南方沿海的晋江也不例外。我并不是琢磨一个人怎么富起来，而是在探索一个民族怎么才能富起来。我自信这是每个当代中国人都关心的问题。这是一个大问题。

一位欧洲朋友说，你提的问题我们也感兴趣。同时，我们也关注着，究竟中国人多少时间会富起来。这也关系到我们欧洲的前景的问题。

一位韩国的朋友对我说，你十年富起来的说法我完全赞同。早些年，有人对我们说，你们韩国很快就要富起来，我们都不信。而你们现在的状态和我们那时候的状态是一样的。

作为一个作家，我的价值是我思想着。

有一种平常心，有一种正常心态，于是，能堂堂正正地面对富起来后的五花八门的世界了。这种堂堂正正就是非功利的，这种摒弃急功好利的心态必然是宏阔的。这种思考不会盯在少数人身上，不可能断裂在有钱人发亮的鞋尖上。多数人的疾苦奋斗多数人的命运前景才是作家关注的对象。

这就是我所拥有的从北京到晋江、从晋江到北京的一千七百多公里的空间。一切和它有牵连的都叫我心动。

我发现，在北京，有一个晋江的缩影。晋江以北京来证明它。北京机场、北京西客站、富华大厦、罗马花园、阳光广场等，据说几乎北京所有的重大建筑都有晋江的瓷砖晋江的建材。在一次招商会上，我曾为他们自豪地说，晋江的陶瓷为晋江在北京做了一个辉煌的广告。

仅仅从晋江看晋江不一定看得真，晋江在北京的轨迹很发人深思。晋江石狮的服装一度几乎进入北京所有的服装市场，几乎每个北京市民都穿过晋江石狮的服装，但后来一段时间里，北京服装业重新崛起，这些服装又几乎全部被挤到三环以外。我由此对晋江的服装业的前景担忧。建市只有几年的晋江，它的品牌意识市民意识还是相对薄弱的，如巴尔扎克所说，要培养一个贵族需要三代人的努力。乡镇企业的发展是一条奇妙的曲线。结果，确实有一批服装厂破产了。但晋江的服装业并没有垮，有的厂增强了品牌意识，有的厂花一个亿引进意大利西服流水线，有的厂到国外拿订单，发展到一百多个子厂。晋江在努力缩短和大城市的意识的差距，学习北京的大气。从北京的视角，对它的变化及原因，看得更真切。

而且，我觉得，从北京看晋江，更清楚地看到这些挣脱土地镣铐而迅速富起来也可以说敢为天下先的晋江人，他们给我们带来了中国可以富起来的证明，将日益显示它的价值。

从改革开放至今，晋江形成一个巨大的推销员队伍，仅长住北京的人员就有数千人之多。一开始，他们穿着不太合身的西装皮鞋从北京站下来，上了长安街，觉得皮鞋捂脚，就把鞋脱了挂在肩上，赤脚走上长安街。二十多年来，北京大城市帮他们洗掉土气，开阔了眼界，提高了品位。他们说的普通话比以前好多了，穿着不再那么“村”了，皮鞋也擦得亮亮的。不一样的是，他们又有一种北京人不具备的东西，好像特别经冻，冬天也穿得挺少，西服扣子还解开，里边就穿件白衬衣，习惯把门窗都打开。他们吹惯了海风，只有在自由的风里才舒畅。

三百万人，二百万散居在东南亚各国和港澳台地区，留在本土的一百万，又有相当数量的人长住全国各大城市，这就是我越来越熟悉的晋江人。

几年来，我觉得我丰富了许多，这种丰富就是不再缩在文人圈子里，而是同时立足一方激情的土地，和那里的三百万人同忧乐。

有人说，你写《富起来需要多少时间》难道你没有想过，你自己什么时候能够富起来？财富不仅仅就金钱一种。作家的财富就是有激情有灵感有生活。对财富各有各的理解。契诃夫有一篇小说，题目忘了，大意是两个人打赌，一个人把另一个人关在一个地方读书，记得时间是一个很大的数字。如果那个被关着读书的人不逃走，到时，关他的人得给他一笔数目很大的钱。结果，那个被关着读书的人在限定日期的头一天逃走了，因为他已经得到更有价值的财富。挂职，使作家拥有更多的精神财富。

七　味

《科学家发现第六种味道——肥》："除酸、甜、苦、咸、鲜，美国珀杜大学科学家新近确认第六种味觉——肥。什么是肥味？是当你咬住一块多汁牛排的感受，是你把橄榄油滴在舌头上的味道，可能腻，可能香。肥味与各种味道混搭，会让你大快朵颐……"

中国的五味是酸、甜、苦、辣、咸。

两个国家对比，美国少了一个辣，中国少了一个鲜。

看来，美国佬不懂得吃辣。

我们家住亚运村，那里有一家饭店叫隆顺园，以辣出名，做的菜分三级辣五级辣七级辣。我只能吃到五级辣，而且也只吃过一两次。它在北京算是很火的一家饭店，总是排着长长的队。一回，两个外国人也去排队，点了一桌菜，女的吃了一口，把筷子放下了，男的也吃了一口，也把筷子放下了。两个人同时喊：服务员，埋单。

四川不怕辣，湖南湖北辣不怕，江西怕不辣。以前北京不怎么吃辣，现在吃辣了；以前闽南人不吃辣，现在也吃辣了。

内地人吃淡水鱼，淡水鱼有点土腥味，辣去腥，但也掩盖了鲜。所以是酸、甜、苦、辣、咸。

中国五味没有鲜，但沿海的人对这个鲜可讲究。

沿海的闽南人吃得刁，吃鱼讲究吃北风天打的。北风天打的比南风天打的好吃。炸的不如网的，网的不如钓的。水柜里的不如刚打上来的。所以，我们老是说去海边吃海鲜。有人问我，鱼到了外地就变得不好吃，可活鱼还是活鱼，为什么？我说，鱼生气了。

闽南人懂得“鲜”但不会说，他们也说成“甜”。吃糖产生“甜”，怎么咸味里又吃出另一个“甜”来，和北方人越说越糊涂。闽南话要把他们的那种味觉翻译出来翻译出问题了，这个字不是“甜”而是“津”，津力的津。鲜是条件，津才是舌尖上的感觉。只有鲜才能产生津，津津有味。所以我建议美国佬和内地人把这个“鲜”改成闽南人说得更准确的这个“津”。

当然，我也能接受美国的这个“肥”。

以后，应该说是七味：酸、甜、苦、辣、咸、津、肥。

《黑白诱惑》跋

《自画青春丛书》，北京少儿出版社请了九位作家当编委，辅导20多位少年写作。我辅导许言《黑白诱惑》处于另一种状态，并非别出心裁，而是一种特殊的生活是使然。《黑白诱惑》不是在北京写的，而是在南方完成的。我到福建晋江市挂职体验生活，顺便把许言带到晋江寄读，使他有了另一番生活经历。以差异而想占一席之地，作一个歪陶，以和别人不一样而自慰。这样我和其他编委交流甚少，而许言甚至跟一些编委及所有的小作者未曾谋面。我们只有孤军奋斗了。

初稿送交出版社时，我写了几个字，那是我对这本小书的一种感觉——

找一只完美的鸟唱歌，会婉转动听。现在找的是一只赖鸟，于是他的故事就是从缺陷开始的。于是他的努力的开始就是身不由已地追寻和别人的差别。避开正面写学校生活，写一个球迷，还要加一个“儿”音，叫球儿迷。成绩不好，被“发配充军”到南方，鼻子还让同学给打歪了，就写南北对比。生活不如意，一家四处，就老想家，就写双胞胎哥哥。写球写南方写双胞胎，就是要写一个跟谁也不一样的自己和所面对的这个世界的冲突和谅解。

好处是富有少年的敏感，贪婪地捕捉各种信息。语言是含着感觉的，一种属于这一茬孩子的心理的语言。

不足的是行文的随意性，故事组合也不成熟。而这种缺点是融合在他对于生活的感觉中的，也许得等待他的成熟。我力图保留这些不足，保留它的不确定性，使他的心灵有更多的门窗，让时风在里边流荡。

我还写了一个对《黑白诱惑》提纲，这个提纲不是许言动笔前写的，动笔时还不知道故事会怎么发展，这个生活和写作是同步进行的。我是看了他的初稿后作了一个归纳，还有就是对他的写作的某些疏漏的提醒，他的写作是信马由缰的，我启发他在哪里应该收一收——

许言上高中时成了足球迷，他不珍惜他所上的二中，但双胞胎哥哥许浒却因只差四小分被二中拒之门外。许浒还耿耿于怀。于是许言的班主任王梅生就决定搞个调包计。调包计的阻力是六十五中许浒的班主任毕国英。二中也犹豫不决。又出了一个吴光华，把许言引向参加《自画青春丛书》。爸爸说，许言可以开始开阔视野写南北对比。于是这个计划师出有名。二中刘树丛老师也来了一次思想大解放。许言的爸爸把许言带到处处有足球雕塑的故乡。那“足球”其实是每幢小楼的水塔。

调包计事与愿违。到晋江季延中学，不但许言成绩没上去，对于足球的渴望不能如愿也是上不好学的原因，书也不好好写，而且许浒的成绩也开始滑坡。许浒一直是好样的，这到底是为什么呢？这个世界存在种种阻隔。北方与南方是一种阻隔，中学与中学是一种阻隔，语言与语言是一种阻隔，生活方式与生活方式是一种阻隔。

少男少女，情窦初开，男孩与女孩是一种沟通。爸爸和蔡世居校长，老同学是一种沟通，同乡是一种沟通。交一些朋友是一种沟通。差异也可以沟通，更高层次的沟通，对足球，也产生了南北差异，这差异成了沟通的起点。

因球而使自己的成绩几乎门门变成足球的许言，终于发现，足球是一种语言，一种世界语言，它使人和人接近了。人和人沟通了的世界变得美好了。跟世界沟通的人充满生机活力。有生机活力的人才能踢一场好球，于是许言开始接受自身的弱点的挑战。

现在回头看，有一个问题应该说一说，在这套丛书里，辅导者、作家和小作者，有一些是父子、父女、母子、母女，赵萌主编给我说过，她特别看重这些老少兵。老子教小子自然是尽心的，老话说俗了，望子成龙，难在教子无方。我的两个儿子（双胞胎）小时候打架，我妻子说，不是想打架吗？现在都站好，老大先打小二三下，而后小二打老大三下，轮着打下去，什么时候不想打了什么时候停。在大人面前，公平打架。姥姥看不下去，说有你们这么教育孩子的吗？妻说，孩子打架没是非，打疼了就不打了。听说，有人的孩子刚会说话不久，就会背 100 首唐诗。我想，这完全是大人对孩子的摧残。我不这样教育孩子，上学前不教他们背唐诗、宋词，不教他们加减乘除，这些他上学以后一教就会了，这不是我的任务。小孩子什么没玩过，就让他们玩玩，上学前的孩子，要满足他们的天性。我不赞成强制，要培养他们的兴趣，热爱是最好的老师。

有一回，有一个朋友来找我，说他的孩子会写文章，让我给指导指导。他对我说，虽然他们家有人在报社工作，但文章是孩子独立写出来的，大人没有帮助他。我懂得他的意思。我认真地读了那孩子的一本习作。后来，那位朋友问我，写得怎么样？我说，这孩子写的文章，要是你们家大人真的没有帮助他就好了。我这句话说得有点儿损，不好听，但我实在是出于真诚。大人以他们的自以为是时时处处在扼杀孩子。我的一位天才的女同事周晓红为我这么说鼓掌叫好。她说，非如此就是害人。可惜，她竟看破文坛红尘当服装设计师去了。这是题外话。鲁迅说过，救救孩子。我现在还想再说一遍，救救孩子。

许言小时候写文章前，常常躺在床上翻滚，要是想好了，爬起来就写。要是想不好，就不写。我也不强迫他写。到现在也这样，写这本书时也这样。来兴趣就写，没兴趣就不写。这回叫他写《写在前面的话》，他烦了，一星期不写。我给他出了一个主意，写《好孩子坏孩子》，他找不到感觉，不写。后来，随他去，他在小屋里关了两个小时，完成了任务。

在许言写这本书时，我最重要的作用就是保护他的“病句”，允许他“胡说八道”。开篇的头一句话：当了15年的我了……这句话来自他的一篇作文，来自老师给他圈出来的一句病句。老师没错。我允许他这样开篇，不是因为这个句子正确，而是没人这么说过。我取其新鲜取其不重复。像这样的句子，多读几遍就不是病句了。我不是老师，我不是规范他，我是容忍他。

许言两岁多开始写作，他向我要了一张稿纸，趴在桌上写了半个多小时，很认真很投入。他从稿纸的最后一格写起，画各种各样的符号，一直画满了整张稿纸。我表扬了他。

许言6岁半开始用一半方块字一半拼音写作，第一篇因为是分行的，我就把它叫作诗。题目是《海是蓝蓝的》。我不会写诗，我的诗歌水平就到分行这一点上。里边有这么几句：“我想读一首诗，/大海，你真美丽。/我想站到高台上读一首诗，/大海，大海，你真美丽！/真想变成一个小海岛，/海岛上石头多，/有些石头亲亲你。”我对妻说，这孩子的感觉好。

他7岁写他的第二篇小文，也是分行的，但不太像诗。结尾有这么几句：“大鹰和大海搏斗，/大鹰的翅膀一闪，/就把大海扇出有边儿了。/而扇出来的水，/形成了小河。”

我是大人，我知道小河不是这样形成的。但我没说这句废话，因为这句话用不着我说。后来《北京文学》的章德玲夸他有气魄。大人知道得太多，大人很难有这种气魄。我保护幼稚，我保护不成熟。

到10岁，许言写风雨雷电，他不说是风雨雷电，而是说，天空中的彩色动静。大人奈何不了他。写一个人死了，他不说那个人死了，而是说，他闭上最后的紫红色的眼皮。大人们微笑了。

12 岁到 14 岁是一个坎儿，从少年儿童要渐渐过度成青年，很多儿童画家就在这个年龄画一个句号。他们没法实现这个跨越，没有画一辈子儿童画的。一个会写小文的人也不能一辈子以幼稚写作。长大了，再用幼稚写作就是庸才了。许言 14 岁写了《窗外，我小小的乐园》。他写，我站在雪松下，自由自在地吸入被晚霞照亮的空气。他写，雪仍在稀稀落落地下着，我停住了，就在葡萄架下，脑子中的思想受地球吸引似的掉在了脚下，然后又像树根一样在土壤中像四周伸去。到这时，我放心了，这孩子懂得语言。于是我对他说，该怎么写就怎么写。我们习惯像鲧那样叫孩子造句，但只有禹才能给孩子以语言的启发。

在这本小书里，我主要是为许言的叙事表达壮胆。

《星光》不惑

我认识《星光》时，它是青春年少，现在《星光》不惑。《星光》原来是县办刊物，现在是市办刊物。原来晋江是穷县，现在晋江是富市。还有穷人，但出了很多土豪。一切都变了。

《星光》让我想起创办者李灿煌，那时我从北京来，到李灿煌家吃过地瓜干，煮汤，配酱油水小杂鱼，是那时《星光》的味道，乡村的味道。

那时，从北京回来，我住我们村。一天夜里，快12点了。我们村，我的小学校友许清泉（毕业于厦门大学）来找我，说要“半眠反”。我不懂什么叫“半眠反”？他给我解释，就是半夜喝酒。那时穷，半夜还要喝酒。反了？于是，我记住这个“半眠反”。那天“半眠反”在我们小学校长陈德辉家，他是我姨的女婿，还是我小学的班主任。我和许清泉过去时，在他家候着我们的还有我们村的“村长”许谋山。三道菜：红虾、白鱼、炒米粉。一瓶白酒，忘了是什么酒。陈德辉老师和许谋山村长都不会喝酒，一人只倒半酒盅，剩下的就我和许清泉对撅。两个年轻的比两个老点的能喝，仿佛成了后生比先生强的标志。记不清是“文革”末末，还是改革开放伊始，乡村蠢蠢欲动。酒后，各自回家。没有月娘，走黑黑的村巷，有几声狗叫。

我的《海土》系列就是在这样的土壤中产生的。我的《海土》系列第一个中篇《鬼街》首先发在《星光》。

这些是往事。

现在《星光》不惑。我说的不惑指的是年龄，四十而不惑。

三十而立。也许因为“文革”，晚了10年。那时北京作家群里，讲四十而立，这是一个关，你必须在40岁写出名堂来，否则就没戏了。

我40岁前后，和两位南方籍北京作家颇多接触，一位是汪曾祺，一位是林斤澜。我写过《我感觉到的汪曾祺》《贺斤澜老七十大寿》，都发表在《当代作家评论》。

汪曾祺60岁写《受戒》，有人说，我用几十年努力，不信写不出一篇《受戒》。人应该知难，全中国几十年，都没有再出一个汪曾祺。

我在晋江挂职，有一年，何镇邦打电话给我，汪曾祺、唐达成（原中国作协书记）和他元宵要路过晋江，让我接待一下，机票有人出。后来，何镇邦来电话说，出机票的人不出了，来不了了。几个月后，汪曾祺、唐达成先后驾鹤西去。多年后，我们请了很多作家来晋江，我总觉得遗憾，晋江错过了汪曾祺。

四十而不惑，但不是一到四十就能不惑，有些人活了一辈子都不能解惑。

1983年，《北京文学》组织了七八个人的舟山笔会。这次笔会，改变了我的人生，我写了混沌初开的《孩子·大海·太阳》，它竟然也改变了大作家林斤澜的人生。我们从舟山回来，中间在杭州逗留几天，就回了北京。林斤澜却顺路回了一趟老家，之后出版了新作《矮凳桥》。汪曾祺很少谈论别人的作品，但他是林斤澜的文坛好友，写了篇《林斤澜的矮凳桥》：

斤澜在北京住了30多年，对北京，特别是北京郊区相当熟悉。“文化大革命”以前他写过不少表现“社会主义新人”的小说，红了一阵。但是我总觉得那个时候，相当多作家，都有点像是说着别人的话，用别人也用的方法写作。斤澜只是写得新鲜一点，聪明一点，俏皮一点。我们都好像在“为人做客”。这回，我觉得斤澜找到了老家。林斤澜有了自己的思想、自己的感情、自己的语言、自己的叙述方式，于是有了真正的林斤澜的小说。

按汪曾祺的说法，林斤澜是六十而不惑。

四十而不惑，意思是 40 岁了，人就应该不惑。真正达到不惑，其实并不容易。

《星光》四十，我说《星光》不惑，是一个祝愿，是对《星光》笔耕不辍的作者们的良好祝愿。

北京的大气

我考大学不敢报北京的志愿，家里太穷，但录取通知上，清清楚楚写着：北京大学。我的母校福建养正中学的老师出于好意，背着我悄悄地把志愿改了。我至今不知道改我的志愿的是谁。我在一个秋雨初晴的早晨来到北京，从那以后，北京就一直有一个叫许谋清的公民。大学毕业本是应该离开北京的，我们班留京名额一个。我分在天津，我又让了出去，没想到分在北京的同学硬是把北京让给了我。这同学叫曾新民，后来他考研究生又回到了北京，现在在经济出版社，多时没见他了。人生其实很匆忙。这篇小文规定，说写“我和北京”，不能太多旁枝逸出，只好缩回来。就仅这两件小事，也足以说明我和北京之间的缘分。我是珍惜缘分的。

我从四季如春的故乡来到北京，一开始我畏惧它的寒冷，我穿着肥笨的棉裤隔着窗玻璃看雪景。但我渐渐地接受了它，以至于在我的每一年的历程中，冬天不能没有雪，夏天不能没有雷雨，秋天不能没有红叶，而春天不能没有那像星一样密集闪烁的绿芽，它们每每以不可抗拒之势在十天半个月时染绿了金瓦红墙的北京。这不仅是直观的色彩。冬天不能没有寒冷，当我这几年有机会在南方过冬，我甚至怀念北京的冷。我特意回来冻几天，冻几天才感到踏实有底气。我家窗前有一个花坛，花坛上有一棵白玉兰，白玉兰在秋天最后的绿叶的掩盖里就含苞了，那含苞熬过整个严冬，春天才抢在百花前绽放它的坚贞。没有风刀霜剑，哪来的白玉无瑕？夏天不能没有炎热，每年得痛痛快快出几回透汗，好冲洗出自己身心里边的龌龊。当然，北京夏天也有几天让人喘不过气来的日子，每年都得有十几天低气压，但你等着，只要等一等，它注定有几场让你心胸舒畅的透雨，它会在万里云天中打几个响雷。这就是北京。以它的四季分明节奏明快推进人生。

很长时间，我的内心不无孤独。当我大学毕业分配在北京，我站在大街上，我的心受到孤独的侵袭。在这里，没有我小学的同学，没有我中学的同学，甚至没有一个我大学的同班同学。但很快地，我就发现，这是一片最能接受外乡人的土地。在北京，你很难遇到祖祖辈辈都生活在北京的人，有的是爷爷辈来的，有的是父母辈来的。北京容纳着接受着，于是这是一个大北京。一千多万人，一百个中国人就有一个北京人。每年有一亿多的中国人从四面八方汇聚北京城。北京不欺生，北京容纳多种人，多种语言，多种口音。容纳各种食品风味：川菜，粤菜，鲁菜，还有东北菜，甚至可以不提京菜。北京容纳各种着装，容纳各种车辆，甚至容纳各种建筑。容纳政治风云。容纳各派科学艺术。容纳各种专长个性。它使各种各样的狭窄、妒恨显得渺小。正因为这种容纳，北京作为中国首都显出它的大气，十里长街正是它的胸怀气度的象征。

去年11月，我在北京机场安全检查那一关被一位小姐留住了。她请来一位领班，并对他说，这位先生提着整整一箱子二锅头。领班问我，您是哪个单位的，带那么多二锅头干什么？我告诉他，我的单位是中国作家协会，我现在在福建省晋江市挂职体验生活，他们都想尝尝北京的二锅头。领班微笑了，并给了一个优美的放行手势。

这手势是北京的。这微笑是北京的。

北京的大幽默

幽默是智慧的剩余。

北京人说话很逗，但各有各的逗法。王朔说，老舍用的是爷的语言，而自己用的是奴才的语言。

三朝古都，两朝是外族统治，北京人的话里有骨头，北京的幽默并不盛气凌人，更多的是自我戏谑。要是有人踩了你的脚，又没说对不起，你也只是说，哎哟，我硌了您的脚啦？当然，外地人问，师傅，这豆汁是甜的还是咸的？他不直接回答你，就说是臭的。有时，让人摸不着头脑。会心一笑的是北京人。

但是，北京大气，总是有一种大幽默。

北京出笑星，舞台上常常让人笑喷了，北京葛话（葛——北京方言，即脾气各色，古怪。发音 ge，三声，可能由“嘎”变音而来，意从嘎），得会说，还得会听。北京还有一种社会大舞台，那种幽默的目的并不是要博人一笑，要让人慢慢回味，笑得刻骨铭心。

我现在生活在两地：北京、晋江。春节，我常常从禁鞭炮的乡下跑回北京城里放鞭炮，在北京过年更像过年。

20 世纪 80 年代，我在人民美术出版社，我就从这个角度感觉到北京的那种幽默。

“文革”浩劫，北京人不苟言笑，近于窒息。20 世纪 80 年代伊始，他们把一张满脸皱纹，又是泥，又是汗的老农民的巨幅画像摆在中国美术馆展厅的正中央。这幅画在地方出现时，审批的人就含糊了，可以把我们的衣食父母画成这样吗？硬是让画家给老农民的耳朵上夹上一支圆珠笔。但是，北京，它就让这幅《父亲》以这样君临天下的姿态出世了。过了十年，北京人很规矩地在中国美术馆外边排长队，这长队在大街上还拐了好几个弯，记得是雨天，都打着伞，成了一线风景。这又是在干什么呢？买票参观中国历史上第一次人体大画展。北京人时不时地还挺时尚。

新世纪，北京建筑又体现了这种幽默。那是北京的全民幽默，国家大剧院叫“鸟蛋”，奥运会体育场馆叫“鸟巢”，央视 CCTV 大楼叫“鸟脚”（也叫“大裤衩”），北京机场第三候机楼叫“鸟翅”。我曾说过，有时形式就是内容。趴着的老北京说：“好吃不过饺子，好受不如躺着。”由此，我称它是“要飞的北京”。

北京人的胆识是它的幽默的灵魂。

双手捂着眼睛，从手指缝接受人体美

对人体的赞美是人类童年时代共有的，中国并没有例外。童年比成人更多赤裸的机会，小孩子照相，比如周岁照相，总喜欢给他拍个光屁股的，尤其是男孩，还一定要把小雀雀露出来。现在，在很多国家还设有裸体浴场，到那里如果有谁穿着衣服就被视为不文明。最近听全国第一个十项全能冠军苏振国说，他就去过巴巴多斯的裸体浴场。中国人到那种地方有看新鲜的心理，但到那种场合首先得扒光自己，自己先难为情起来。其实在那种场合，人家都很自然，谁也不会盯着你看。甚至男女的在路边接吻，如果他们挡住了路，路过的汽车就自动地停了下来，不去打扰人家。我想，这是人类对自己童年时代的留恋。也许就是缘于这种童年心理，古希腊的运动会是裸体的。什么都不是无来由的，这就是古希腊人体雕刻达到尽善尽美的根本原因。人体是上帝的杰作，是世间万物无与伦比的美，这个伟大发现首先归功于古希腊。中国没有过这样的辉煌。人体美并没有停留在希腊，人类的文化艺术遗产是共有的，首先是欧洲人都继承了这份遗产。古希腊之后，欧洲也跌入中世纪的黑暗之中。中国则在漫长的封建社会中挣扎。和欧洲资产阶级革命互相呼应的是文艺复兴，文艺复兴在美术上很重要的就是恢复对人体的赞美，我想这是资产阶级革命的伟大功绩之一。中国又缺了这一课。由希腊起始的辉煌了两千多年的人体艺术，对很多中国人来说，却仍然陌生。

我记得中国有一种说法，女人的乳房结婚前是金子，结婚后是银子，生了孩子也就变成土的，以她的封闭为宝贵。我小时候在乡下，大学毕业后也经常到农村去，我发现乡下人结婚有了孩子，在大庭广众之下，就解开衣襟把奶子拿出来喂孩子，而且是见多不怪。而在城里，女人奶孩子动作绝对不会如此粗俗。我慢慢就有种感觉，在中国，越文明越懂得廉耻也就越封闭，我们的文明的走向恰好跟西方背道而驰。鲁迅说过中国人看到胳膊就想到性交……我想鲁迅说的是中国的文明人。乡下并不如此。在我们南方乡下，天热，早些年，女人下地干活，虽然没人穿短裙裤，甚至也没有穿裙子，但她们总是把薄薄的长裤一直卷到大腿根，连大腿也晒得黑黑的，并没因此出什么乱子。惠安女甚至要露出一截肚子，露着肚脐眼儿。闽南话“脐”和“财”同音，意为日日见财。惠安女是不是认为这就是美，我想不一定。生了一堆孩子的老惠安女也那么露着个大肚子，实在看不出有什么美。女孩子当作别论。现在当然是形式内容统一了，全世界的女孩子都有露一截肚子，露着肚脐眼的欲望。这成了女性美的又一种展示。记得在北京郊区，有一回下乡画速写，房东的健壮漂亮的女儿在外面用车推土，天太热，她索性把衣服脱了，就穿个乳罩，是一种束胸，就一块布缠在胸脯上。她干她的活，脱掉衣服的动作仿佛出于无意。这要在城里，肯定有哪个街道老太太就出来干预。那村的一个女孩，十七岁就生了个孩子，自己还细皮嫩肉的，她竟然就光着个膀子抱着反倒是穿着衣服的孩子，在村子里走，还往热闹的地方凑。我就在一篇写服装变革的文章《彩色的风》里边说过，西方强调露美，中国注重遮丑。一个女孩子懂得害羞，这是一种成熟的表现。我屋里有一本人体大画册，镇政府一位干部的年近半百的妻子是开小铺的，和我一块编《安海百年文学作品选》的黄亦工想抽烟，找不到打火机，让她送一个上来，她上来时刚好看到那本大画册，她说，你这里还放着这么一些挂历。普通大众看到世界人体画是从挂历这个途径看到的。我们从极端封闭到把人体画印在挂历上，从一个极端到另一个极端，又可以说是极端开放。我问她好看不好看，她还伸手摸一摸，然后说，歹看歹看。我想，即使人类有巨大差别，也不致蓝眼睛看到美，黑眼睛看到丑。比如这位女士，她又说了一句，皮肉还挺嫩的。那就是心口不一。我们眼里看到美，但我们嘴里说丑。我们中国人都有巨大的心理障碍。

社会是进步的，奴隶社会比原始社会也是一种进步，封建社会对奴隶社会是进步，资本主义社会对封建社会是进步，在人类社会以往的历史阶段中，资本主义的成就是最辉煌的。马克思在《共产党宣言》里一开始就说，资本主义像魔法一样从地下呼唤出巨大的生产力。所谓继承人类的文化遗产，为了避免误会，我还得说批判继承，最有价值的文化遗产当然是资本主义留给我们的。邓小平很聪明，他是中国第一个通窍的人，他最明白这个道理，他说，市场经济并不仅仅属于资本主义，也可以有社会主义的市场经济。就这样找到了遗产继承的方式。20 世纪五六十年代要搞社会主义，死对头就是资本主义，我们甚至拿封建主义反对资本主义。废除模特儿写生就是最典型的用封建主义反对资本主义。后来，美术界画模特儿还总拿毛泽东当时没有公开发表的这一段话当挡箭牌。我想，假如没有这段话，人体画在中国是很难见天日的。20 世纪 80 年代初，安格尔的《泉》第一次出现在《富春江画报》的封底上，马上受到批判。和南斯拉夫恢复关系，我们的代表团向人家提出一个问题，你们为什么把一个裸体女人登在封面上？在我们中国人的心目中，裸体是资本主义的标志。南斯拉夫在欧洲，自然地接受了人类的这份遗产。记得他们有一个非常平和的回答，我们的欣赏习惯不一样。现在进行反省，这哪是欣赏习惯解释得了。

我们长时间里不承认人体美。我在 20 世纪 60 年代，买了一本中国出版的外文书，是一本史书，里边有西方美术史，也就配了插图，有一幅是米开朗琪罗的《大卫》，大卫是全身雕塑，那插图很滑稽，只截下半个身子。鲁迅的《补天》有这么一个情节——

伊向西一瞟，决计从那里拿过一株带火的芦柴积，正要伸手，又觉得脚趾上有什么东西刺着了。

伊顺下眼去看，照例是先前所做的小东西，然而更异样了，累累坠坠的用什么布似的东西挂了一身，腰间又格外挂上十几条布，头上也罩着些不知什么，顶上是一块乌黑小小的长方板，手里拿着一片物件，刺伊脚趾的便是这东西。

那顶着长方板的却偏站在女娲的两腿之间向上看，见伊一顺眼，便仓皇的将那小片递上来了。伊接过来看时，是一条很光滑的青竹片，上面还有两行黑色的细点，比槲树叶上的黑斑小得多。伊倒也很佩服这手段的细巧。

“这是什么？”伊还不免好奇，忍不住要问了。

顶长方板的便指着竹片，背诵如流地说道：“裸裎淫佚，失德蔑礼败度，禽兽行。国有常刑，惟禁！”

赤裸的女娲两腿下仰头往上看的小人自然滑稽可笑，但他后来形象变了，变成另一种模样，“说要含泪哀求，请青年不要再写这样的文字（指《蕙的风》）”。我不知怎么就想起中国的一句老话，满口仁义道德，一肚子男盗女娼。这句话也许恶毒了点。但我们有一个事实，就是跟这种不承认人体美相对应的，首先出现在宫廷，而后流入民间的秘戏图、春宫图，广泛而成了春图。虽然王熙凤也曾经为这查抄过大观园，但作为主子的贾母也说，男人跟馋嘴猫似的，谁没点儿这种事。下人焦大借着撒酒疯破口大骂，说他们爬灰的爬灰，偷小叔子的偷小叔子。塞一嘴马粪，只不过是不允许他言论自由。柳湘莲就堂堂正正地说，恐怕除了那两个石狮子外，就没有什么干净的了。禁毁《金瓶梅》，公开的说法，就是指责它诲淫诲盗。我想背后还有一层，就是不让它揭示上层社会的荒淫无耻。

到20世纪80年代，封闭的铁门终于冲毁了。不过中国人冲毁这扇铁门，有些人还跟做贼似的，偷偷摸摸的。经过几番批判有几番松扣，安格尔的《泉》里面的那位托着水罐的裸体少女成为挤开这扇大门的真正猛士，以她的清纯无瑕给千百年来坚守孔老夫子名不正言不顺的中国人找到了最好的辩护词。它的再次出现竟然就是在挂历上。20世纪80年代初，中国还没有整本裸体名画的挂历，这幅《泉》是出版者羞答答地把它藏到一组世界名画的背后，可这套挂历因为《泉》而长了身价。在王府井新华书店买了这本挂历走百十步到王府井街口一倒手就是两倍三倍的价钱。《泉》第二次出现，由于毛主席的那段话，没人敢再说不字。人体画便大量地涌入民间，当然，主要是城市，尤其是大城市。也许可以说挂历起了一个非凡的作用，人们面对一张裸体画不再像一个人躲在屋子里偷看春画那样产生邪念，这是对人体美的接受，也是中国人在上帝杰作面前的升华。以《泉》来冲击千年封闭的中国也是一种中国特色，它不可能以偷吃禁果的夏娃作它的先锋，在这里也暗含着中国人观念改变的极端复杂性。喜欢大团圆喜欢完美的中国人在这里最容易产生沟通。世界人体画杰作，从某种意义上说也是从普提切利的《维纳斯诞生》开始的。当然，我说的是文艺复兴时期。比它早了近一千七百年就已经有古希腊杰作《米洛斯的阿芙罗狄德》，但普提切利的《维纳斯诞生》是在中世纪死去的人体美在资产阶级革命时期的复活，或者说再生。也许因为这一原因，它有一种亲切感、生命感。《维纳斯诞生》在审美上毕竟与我们有一段距离，而《泉》是带着青春气息活生生地来到中国的。美不是死的。得到一种新鲜气息，中国的艺术一下子生机勃勃起来。这个变革的最辉煌的庆典是20世纪80年代在中国美术馆举办的人体画大展，那个展览的名目我已经忘了，但当时的情景至今历历在目。在当时票价应该说是很贵的，但排队的人很多，可能有二百米不止，一队不行还排两队，甚至顺街排还不止，还拐了一个弯。中央美院画家靳尚谊、杨飞云等就在那次画展上领了风骚。虽然，期间还闹了一场模特风波，但并没有影响人体画漫向中华大地的进程。据说，在上海报名当模特儿的一天就达到一千人，有的还是丈夫带着妻子来报名的。那时还有一种为艺术献身的说法。当时我在人民美术出版社当编辑，有一位考上中央戏剧学院表演系的漂亮女生主动找到美术出版社，愿意当一回裸体模特，目的是想体验一下。

封闭当然不仅仅是中国，没有彻底的资本主义革命就总留着封建主义的尾巴。一直到20世纪40年代，澳大利亚一位著名的女运动员在游泳场就因为裙不及膝而被捕。20世纪后半叶西方开始流行三点装，这不仅对东方同时对西方来说也是强刺激。美国在比基尼制造第一颗原子弹，他们就利用这么刺激的地名来给这么刺激的服装命名。

封闭有封闭的结果。在中国造成一种极端变态的后果，比如女人裹小脚，男人又把这种女人的残酷束缚变形当作美，还美其名曰三寸金莲。像西门庆那样荒淫无耻的人，他对潘金莲下手的第一动作，竟然是装作拣东西而弯腰下去桌子底下偷捏她的小脚。农民起义领袖张献宗的一位小老婆有一双三寸金莲，张献宗为了独享，竟然用剑把它砍下来，珍藏那对小脚。束胸也是一种变态，也有害健康。在中国承认人体美有着更加伟大的意义，从辛亥革命开始直接废除女人裹小脚，使在封建制度束缚下大门不出、二门不迈的妇女终于从家庭走向社会，从一种寄生的状态走向自立。可以说它叫妇女解放成为非常实际的行动。可惜中国的这场革命极不彻底，“文革”中服装走向单调死板的黑蓝灰，都是种种封闭的直接结果。听说，有一回有一位外国女士穿着透明的服装出现在使馆区，这在精神上简直像给北京扔了一个原子弹。从人体美产生的一个非凡作品就是乳罩，20世纪正是乳罩支撑着整个世纪的服装变革。它赞美了女性的曲线美，同时以它特殊的功能再度加强了这种美。我在《世纪预言》里面讲到一个晋江农民，第一次见到从海外回来的姐姐洗衣服晾晒的乳罩，不知那是什么玩意儿，好奇心的驱使，在没人在的时候他用手偷偷地捏捏，发现还有弹性，这也是晋江乡镇企业服装革命的发端。他解剖了让姐姐留下的那副乳罩，发现有弹性的感觉是里面垫了一层海绵，他去寻找海绵，找到的是体育用品店里的乒乓球拍，于是由二十副乒乓球拍上面的海绵被拆下改造诞生了晋江乡镇企业最初的二十副胸罩。甚至乡镇企业的开始也是从服装开始的，沿海开放地区曾经对北京发起过三次服装冲击，第一次是广州的冲击，第二次就是晋江石狮的冲击，第三次是温州的冲击。这三次冲击的结果是北京国营集体服装业的大部分都破产了。而它的第二个结果是欧洲一百二十个服装公司直接选择北京，也就是和北京联手，促成了北京的服装向更高档次迈进。现在在北京想找一套像晋江柯子江一直坚持穿的那种五六十年代的服装已经是非常非常的困难了。服装，让我们看到我们二十年变革的直接成果。

承认人体美，服装的成就只是一个例子。其实，它影响着一切。它是一个时代和一个时代的毫不含糊的分野，那一边是封建社会人性压抑的黑暗，这一边是新世纪人性解放的光芒。“东亚病夫”是落后贫穷，是被侮辱被损害。如果从我们自身来看，仅仅看占一半的女人，束胸、小脚、黑蓝灰。可堪回首？生我们养我们的母亲，我们民族的伟大女性，竟然曾是这般模样。而我们民族光辉灿烂的文学最牵动人心的妇女形象也就是病恹恹的泪人儿林黛玉。20世纪中国男人在文学上最成功的典型阿Q，我们现在的服装变革，我们的体育金牌，我们和世界对话的姿态……都是和20世纪80年代接受人体美这个真理同步的。可以说。承认人体美，一个民族才能以一个最光彩的形象站起来。

开向睡美人的渔船

那片海跟别的地方的海没有什么差别，只是海上经常有云雾，悄悄地让海平线上的金门岛蒙上面纱；那条渔船跟别的渔船也没什么差别，只是一开始它仿佛是一个神秘的传说……

围头到金门到底是多远？

战争年代，洪建财说，是一颗炮弹远。

和平年代，洪水平说，是一杯酒远。

我说，金金相望。金金，金井、金门，围头属金井。金，真金白银的金。金金，闽南话，真真切切。当然，曾经是可望不可即。

地图说，原来是5.6海里，后来建了新码头，是5.2海里。

不过，不能只听嘴上说的，亲自走一走才踏实。

围头和台湾金门通婚已有148对，原来的“战地小老虎”洪建财的17岁的女儿洪双飞第一个嫁到金门去。她怎么说？

有部外国电影，故事情节是公路堵车，时间长了，人就下车，生火做饭，于是人和人相遇，就有交往，男孩女孩就谈恋爱，就结婚，就生孩子，孩子都好大了，车还堵在那里。荒诞吧？生活偏偏就是这样。出嫁，洪双飞从围头走到金门，她的孩子已经3岁。

双飞说，绕了好大一圈，还三班飞机，从厦门到香港，从香港到台北，从台北才到金门。路上孩子又闹，她觉得金门太远太远啦。可刚坐下，喝口水，四下里一看，又太近了，一样的赤土埔，一样的红砖厝，一样的相思树，一样的花岗岩。一样的口音，一样的习俗，一样的一进门先吃甜鸡蛋点心。找个高一点的地方往回一看，就看到海平线上的围头，不禁想大声喊，爸妈，我们到金门的家了。仿佛这一喊，家里就能听见。

婆婆带她家里看看，笑着说，厨房落下过两颗炸弹，回去问你爸，是不是他扔过来的？

后来，变了。双飞她妈妈说，双飞来电话说要回家，她开始做饭，饭菜还没做好，双飞就到家了。

凡是产生爱情的地方，都留下美好的记忆。不过，很多都是听人说的。我这个人比较叫真，总是不满足。我和洪建财说“八二三炮战”，说着说着就说到洪双飞；我和洪水平说围头举办的返亲节，说着说着就说到洪双飞。在这过程中，我慢慢感知到那条渔船，那条往返两岸的渔船，但一开始，我只知道它是蓝灰色的，在围头湾台湾白色渔船早就和它停靠在一起。

不过，我寻根究底，却得来不易。我更愿意听年轻人说，最好是听双飞本人说，但双飞没常回来，总遇不上。就找她姐夫，她姐夫总忙，打他手机，总说他在海上。就找她姐，洪建财说她走亲戚，去金门去双飞那里。

在我等待的日子里，我脑子里出现的躺在海平线的金门岛更像睡美人。

围头村委会小蔡给我打电话，告诉我双凤双飞今天回来。

我到围头就去洪建财家。

我说，一个多月了，怎么走亲戚走那么久？

洪建财笑了，她们在金门收鱼。

改革开放初始，洪建财办了一家海产有限公司，搞对台小贸易。公司包了10多亩地，有两条船、两辆车，有四五个鱼池，生意做得很大。

靠海吃海，我对这个话题感兴趣。

洪建财说，吃鱼，钓的好吃，网的次之，炸的最差。

左口鱼，土名叫蒋排，一条两斤多，大的可以达到二三十斤。

比目鱼，头尾尖，土名皇帝鱼，不超过一斤。传说皇帝吃这鱼，太好吃，把它放回海里。这鱼，一边灰色，一边白色，特像是半边鱼。

蒋排、皇帝鱼不好养。后来了解它的习惯，它经常把身子埋在沙子里，就在鱼池里铺一层沙子，就能养活了。

春节前后，放“莲”钓野生的黄花鱼，靠金门那边才有。黄花鱼不好养，出水见风就涨肚就死。野生黄花鱼，大的两斤来重，很贵，每斤一两千元。

洪建财告诉我，现在，好鱼，这边比那边贵得多，从那边收鱼到这边卖。鱼收了，搁在草箱里运过来，这边到海上接。草箱就是泡沫塑料箱。活鱼放在活仓里养着，船肚子边上有几个小洞，活仓和海通着，海水进进出出是活水。鱼在里边可以养很长时间。

这让我感知一种西东倾斜的财富变化信息，原来是好鱼从西岸运到东岸，现在是好鱼从东岸运到西岸。

双飞她妈进来说，双飞来电话了，她要开始做饭了。

我明白了，那条渔船已经在返航的途中。

那条渔船载着浓浓的乡愁，让两岸充满了等待……